KR

WAR NE



# Starcie demonów

**JOSEPH DELANEY**

Ilustracje David Frankland

Przełożyła Paulina Braiter

jaguar

Tytuł oryginału: *The Spook's Sacrifice*
Wydanie pierwsze w tej edycji, Wydawnictwo Jaguar, Warszawa 2015

Typografia na okładce i stronie tytułowej
w wydaniu polskim: Magdalena Zawadzka/Aureusart
Typografia rozdziałów: Andrzej Chojecki
Redakcja: Ewa Holewińska i Anna Pawłowicz
Skład i łamanie: EKART



Książka dla czytelników w wieku 10+

**ISBN 978-83-7686-362-7**

Adres do korespondencji:
Wydawnictwo Jaguar Sp. Jawna
ul. Kazimierzowska 52 lok. 104
02-546 Warszawa
www.wydawnictwo-jaguar.pl

Druk i oprawa: Grafarti

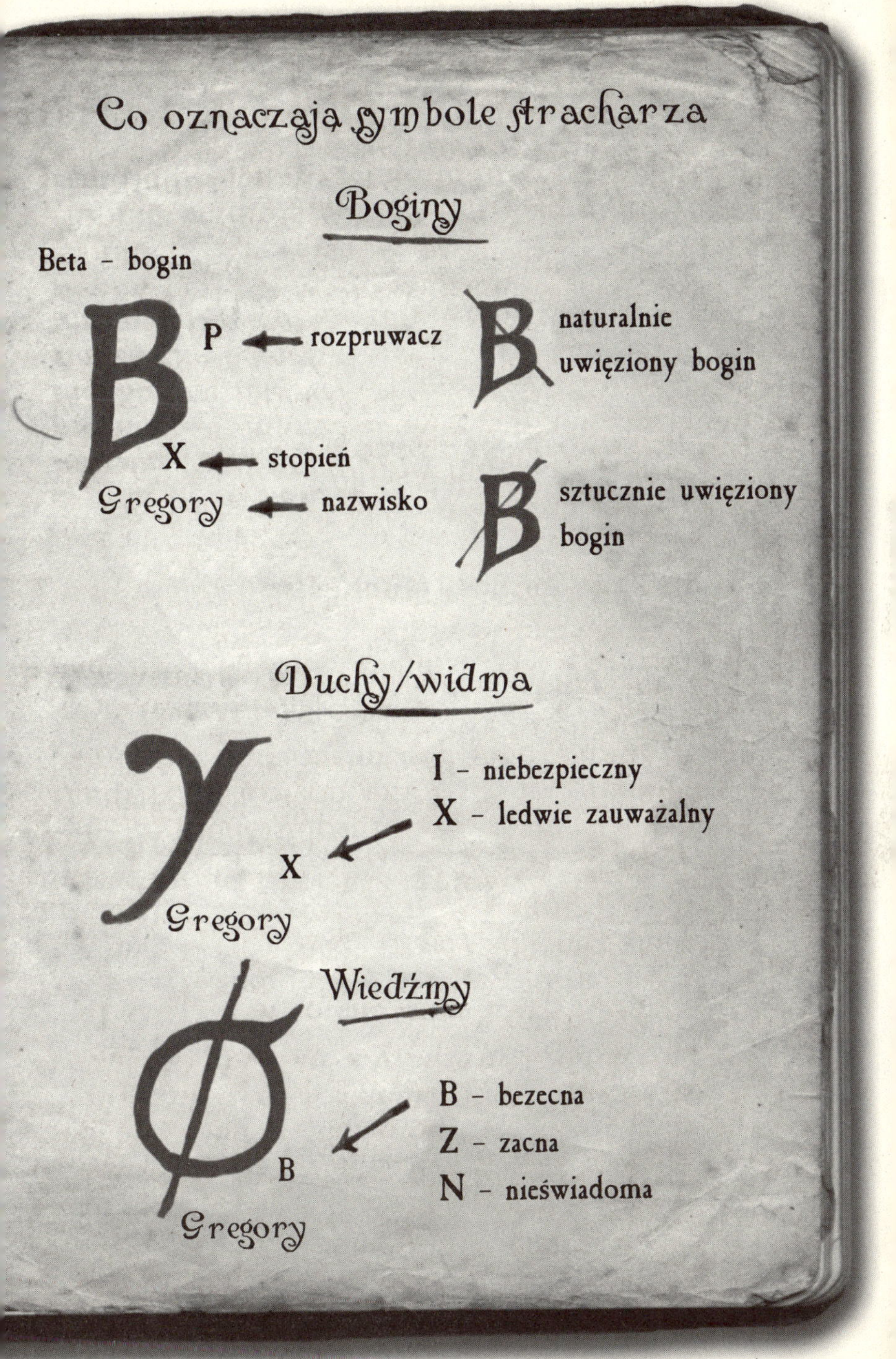
Co oznaczają symbole stracharza
Boginy
Beta - bogin
P ← rozpruwacz
X ← stopień
Gregory ← nazwisko
naturalnie uwięziony bogin
sztucznie uwięziony bogin
Duchy/widma
I - niebezpieczny
X - ledwie zauważalny
X
Gregory
Wiedźmy
B - bezecna
Z - zacna
N - nieświadoma
B
Gregory

# Kto jest kim

## Tom

Thomas Ward jest siódmym synem siódmego syna. To oznacza, że urodził się z pewnymi zdolnościami, dzięki którym idealnie nadaje się na stracharza. Widzi i słyszy umarłych, jest naturalnym przeciwnikiem Mroku. Nie znaczy to jednak, że Tom się nie boi – a będzie potrzebował całej swej odwagi, by odnieść sukces tam, gdzie wcześniej zawiodło dwudziestu dziewięciu innych uczniów.

## Stracharz

Stracharz jest człowiekiem jedynym w swoim rodzaju. Wysoki i groźny z wyglądu, nosi długi czarny płaszcz z kapturem i nie rozstaje się z laską oraz ze srebrnym łańcuchem. Podobnie jak jego uczeń Tom, jest leworęczny i urodził się jako siódmy syn siódmego syna. Od ponad sześćdziesięciu lat strzeże Hrabstwa przed stworami Mroku.

## Alice

Tom nie potrafi zdecydować, czy Alice jest dobra, czy zła. Dziewczyna umie przepłoszyć łobuzów z wioski, jest spokrewniona z dwoma okrutnymi klanami czarownic (Malkinami i Deane'ami) i zdarza jej się posługiwać czarną magią. Ale nauczono ją tej magii wbrew jej woli i kilka razy pomogła dzięki niej Tomowi w niebezpieczeństwie. Sprawia wrażenie wiernej przyjaciółki – lecz czy można jej ufać?

## Mama

Mama Toma zawsze wiedziała, że jej syn zostanie uczniem stracharza. Nazywa go swym darem dla Hrabstwa. Choć jest kochającą matką i świetnie zna się na ziołach, różni się od innych kobiet. Pochodzi z Grecji i niewiele wiadomo o jej przeszłości. Jak również o wielu innych rzeczach z nią związanych...

Pika Parlicka
Droga
Las
N
W
E
S
Chipenden
Gościniec

Wilcze Wzgórze
Strażnica
Droga
Dom
stracharza
Las
Rzeka
Dom Kościstej
Lizzie

Dla Marie

Najwyższy punkt Hrabstwa
kryje w sobie tajemnicę.
Powiadają, że zginął tam człowiek,
gdy podczas srogiej burzy próbował
ujarzmić zło zagrażające całemu światu.
Potem powróciły lody, a kiedy się cofnęły,
nawet kształt wzgórz i nazwy miast
w dolinach uległy zmianie.
Dziś w owym miejscu na najwyższym
ze wzgórz nie pozostał żaden ślad po tym,
co zaszło dawno, dawno temu.
Lecz jego nazwa przetrwała.
Nazywają je...

**Kamieniem Strażniczym**

# Rozdział 1
# Menada

Obudziłem się nagle z dojmującym uczuciem, że coś dzieje się nie tak. Za oknem zajaśniała błyskawica, po której niemal natychmiast zabrzmiał ogłuszający łoskot gromu. Jednak wcześniej już wielokrotnie przesypiałem burze, toteż nie ona mnie zbudziła. Nie, natomiast poczułem, że zbliża się niebezpieczeństwo. Wyskoczyłem z łóżka i nagle lusterko, stojące na stoliku obok, pojaśniało. Pojawiło się w nim na moment czyjeś odbicie, po czym natychmiast zniknęło. Zdążyłem jednak rozpoznać twarz. Należała do Alice.

Choć przez dwa lata pobierała nauki u czarownicy, Alice stała się moją przyjaciółką. Po tym, jak stracharz ją przegnał, wróciła do Pendle. Tęskniłem, ale dotrzymałem danego mistrzowi słowa i nie zwracałem uwagi na wszelkie, podejmowane przez nią, próby nawiązania kontaktu. Tym razem jednak nie mogłem jej nie zauważyć. Napisała na lustrze przeznaczoną dla mnie wiadomość. Mimowolnie odczytałem treść, nim zniknęła.

Uwaga, zabójca! Menada w ogrodzie!

Co to takiego menada? Nigdy w życiu o niczym podobnym nie słyszałem. I w jaki sposób mógł do mnie dotrzeć jakikolwiek zabójca, skoro najpierw musiał pokonać ogród stracharza – ogród, którego strzegł potężny bogin? Kiedy ktokolwiek przekraczał granicę, bogin najpierw wydawał z siebie ryk, słyszalny w promieniu wielu mil, a potem rozszarpywał intruza na strzępy.

I skąd w ogóle Alice wiedziała o grożącym mi niebezpieczeństwie? Znajdowała się przecież wiele mil stąd, w Pendle. Mimo wszystko nie zamierzałem lekceważyć ostrzeżenia. Mój mistrz, John Gregory, wyruszył w podróż, by rozprawić się z natrętnym duchem, więc zostałem w domu sam. Nie miałem przy sobie niczego, co mogłoby posłużyć do obrony. Moja laska i torba leżały gdzieś w kuchni. Musiałem do nich dotrzeć.

Bez paniki, powiedziałem sobie w duchu. Nie śpiesz się i zachowaj spokój.

Ubrałem się szybko, naciągnąłem buty. Do wtóru kolejnego grzmotu ostrożnie otworzyłem drzwi sypialni i wyszedłem na pogrążony w mroku podest. Tam przystanąłem, wytężając słuch. W domu panowała cisza. Byłem pewien, że nikt nie zdołał wejść do środka, zacząłem zatem na palcach schodzić po schodach, starając się zachować ciszę. Korytarzem przekradłem się do kuchni.

Wsunąłem do kieszeni portek srebrny łańcuch. Ścisnąwszy w dłoni laskę, otworzyłem tylne drzwi, po czym z obawą przestąpiłem próg. Gdzie się podziewał bogin? Czemu nie bronił domu oraz ogrodu przed intruzem? Czekałem, nie zważając na chłoszczący mi twarz deszcz. Wytężając wzrok, wypatrywałem jakichkolwiek oznak ruchu na trawniku i pośród drzew. Powoli moje oczy przywykały do ciemności, nadal jednak niewiele widziałem. Mimo to skierowałem się w stronę drzew w zachodnim ogrodzie.

Zdążyłem pokonać zaledwie dziesięć kroków, gdy z mojej lewej dobiegł mrożący krew w żyłach wrzask i usłyszałem głośny tupot. Ktoś biegł przez trawnik wprost ku mnie. Naszykowałem laskę, nacisnąwszy zagłębienie, tak że z końca ze szczękiem wyskoczyło ukryte ostrze.

Błyskawica znów przecięła niebo. W końcu zobaczyłem, co mi grozi. Dostrzegłem wysoką, chudą kobietę, wymachującą trzymaną w lewej ręce długą, morderczą klingą. Włosy miała związane z tyłu, wychudzoną twarz, pokrytą ciemną farbą, wykrzywiał grymas nienawiści. Ubrana była w długą suknię nasiąkniętą wodą; jej stopy zamiast butów, okrywały strzępy skóry. A zatem to jest menada, pomyślałem. Przyjąłem pozycję obronną, wznosząc ukośnie laskę, tak jak mnie nauczył mistrz. Serce biło mi szybko, wiedziałem jednak, że muszę zachować spokój i wykorzystać pierwszą sposobność do zadania ciosu.

Ostrze noża opadło nagle ku mnie, o cal chybiając prawego ramienia. Odskoczyłem w półobrocie, próbując zachować dystans do przeciwniczki. Potrzebowałem przestrzeni, by móc zamachnąć się laską. Mokra od deszczu trawa była bardzo śliska i gdy menada znów pomknęła ku mnie, straciłem równowagę. O mało nie wywróciłem się na plecy, zdołałem jednak opaść na kolano. W ostatniej chwili uniosłem laskę, blokując pchnięcie, które inaczej przebiłoby mi ramię. Uderzyłem ponownie, trafiając mocno w przegub menady. Jej nóż poleciał na ziemię. W górze zalśniła błyskawica: zobaczyłem furię na twarzy kobiety, gdy pozbawiona broni znów zaatakowała. Wrzeszczała na mnie, oszalała z wściekłości – pośród ochrypłych gardłowych dźwięków rozpoznałem parę greckich słów. Tym razem odstąpiłem na bok, unikając wyciągniętych rąk oraz długich ostrych paznokci i poczęstowałem ją potężnym ciosem w bok głowy. Upadła na kolana; w tym momencie z łatwością mogłem wbić ostrze w jej pierś.

Zamiast tego przerzuciłem laskę do prawej dłoni, sięgnąłem do kieszeni, oplotłem wokół lewego przegubu srebrny łańcuch. Srebro działa na wszystkie sługi Mroku – ale czy skrępuje menadę zabójczynię? Nie miałem pojęcia.

Skupiłem się. W chwili, gdy wstawała, oświetliła ją kolejna błyskawica. Znakomicie! Doskonale widziałem cel. Z głośnym brzękiem wypuściłem łańcuch. Wzleciał w górę, utworzywszy idealną spiralę, a potem oplótł jej ciało, powalając menadę na ziemię.

Ostrożnie okrążyłem kobietę. Łańcuch krępował jej ręce i nogi, zaciskał się wokół szczęki, nadal jednak mogła mówić. Obsypała mnie gradem słów, z których żadnego nie zrozumiałem. Wydawało się, że to greka – ale był to jakiś osobliwy dialekt.

Wyglądało, że łańcuch się sprawdził, toteż, nie tracąc czasu, chwyciłem menadę za lewą stopę i powlokłem przez mokry trawnik w stronę domu. Stracharz z pewnością zechce ją przesłuchać – jeśli oczywiście zrozumie, co mówi. Władałem greką co najmniej tak samo dobrze jak on, ale z bełkotu menady niewiele pojmowałem.

Z boku domu stała drewniana szopa, w której trzymaliśmy drwa na rozpałkę. Zaciągnąłem ją tam, osłaniając przed deszczem. Potem zdjąłem z półki w kącie lampę i zapaliłem, by lepiej przyjrzeć się schwytanej zabójczyni. Kiedy uniosłem lampę nad jej głowę, splunęła na mnie, różowa lepka ślina wylądowała mi na spodniach. Teraz czułem otaczający ją smród – mieszaninę starego potu i wina. Oraz coś jeszcze. Słaby odór gnijącego mięsa. Kiedy ponownie otworzyła usta, dostrzegłem tkwiące między zębami strzępki ciała.

Wargi miała fioletowe, podobnie język – oznaki, że piła czerwone wino. Twarz pokrywał misterny wzór, spleciony w zawijasy i spirale. Wyglądał jak czerwonawe błoto, lecz deszcz go nie zmył. Splunęła ponownie, cofnąłem się więc i powiesiłem lampę na jednym z tkwiących w suficie haków.

W kącie stał też stołek. Przesunąłem go pod ścianę, poza zasięg plującej kobiety. Do świtu została jeszcze co najmniej godzina, oparłem się zatem o ścianę i zamknąłem oczy, słuchając deszczu, bębniącego o dach komórki. Byłem zmęczony, mogłem sobie pozwolić na drzemkę. Srebrny łańcuch mocno skrępował menadę, nie miała szans się uwolnić.

Spałem zaledwie kilka minut, gdy obudził mnie głośny dźwięk. Usiadłem gwałtownie. Uszy wypełnił mi szum, ryk i świst, zbliżający się z każdą sekundą. Coś pędziło ku szopie i nagle pojąłem co.

Bogin! Zamierzał zaatakować!

Ledwie zdążyłem zerwać się ze stołka, gdy lampa zgasła, a mnie podmuch odrzucił na plecy, pozbawiając tchu. Chwytając oddech, słyszałem trzask polan uderzających o ścianę, lecz wrzaski menady niemal go zagłuszały. W ciemności trwało to i trwało bardzo długo; a potem zapadła cisza, zakłócana jedynie szumem i bębnieniem deszczu. Bogin zrobił, co do niego należało. Po czym zniknął.

Bałem się ponownie zapalić lampę. Bałem się spojrzeć na menadę. Ale i tak to zrobiłem. Była martwa, bardzo blada – bogin wysączył z niej całą krew. Na gardle, a także na ramionach pozostały rany oraz skaleczenia, suknia zwisała w strzępach. Twarz zastygła w grymasie przerażenia. Nic już nie mogłem zrobić. Nigdy wcześniej podobny przypadek mi się nie zdarzył. Skoro już ją skrępowałem, bogin nie powinien nawet tknąć intruzki. I gdzie w ogóle się dotąd podziewał, zamiast bronić ogrodu?

Wstrząśnięty tym wszystkim, zostawiłem trupa menady i wróciłem do domu. Przez moment zastanowiłem się, czy nie skontaktować się z Alice przez lustro. Zawdzięczałem jej życie, chciałem podziękować. Omal się nie złamałem, ale złożyłem stracharzowi obietnicę. Toteż, po dłuższych zmaganiach z własnym sumieniem, umyłem się tylko, przebrałem i czekałem na powrót mistrza.

***

Zjawił się tuż przed południem. Wyjaśniłem, co się stało. Poszedł obejrzeć martwą zabójczynię.

– No cóż, chłopcze, twoja przygoda budzi wiele pytań – rzucił stracharz, drapiąc się po brodzie. Wyglądał na mocno zaniepokojonego. Wcale się nie dziwiłem. Ja też czułem poważną troskę. – Do tej pory byłem pewny, że mój dom w Chipenden jest absolutnie bezpieczny – podjął – ale ten incydent daje do myślenia. Rodzi wątpliwości. Od dziś nie będę już tak spokojnie spał we własnym łóżku. Jakim sposobem menadzie udało się dostać do ogrodu, unikając przy tym bogina? Wcześniej żaden intruz tego nie dokonał.

Pokiwałem głową na znak zgody.

– I kolejna rzecz mnie martwi, chłopcze. Czemu bogin zaatakował i zabił później, kiedy już ją skrępowałeś? Wie, że nie powinien się tak zachowywać.

Ponownie przytaknąłem.

– Interesuje mnie jeszcze jedno: skąd wiedziałeś, że dostała się do ogrodu? Grzmiało, lał ulewny deszcz. Niemożliwe, żebyś ją usłyszał. Logicznie rzecz biorąc, powinna była wtargnąć do domu i zabić cię we śnie. Co zatem cię ostrzegło? – spytał stracharz, unosząc brwi.

Przestałem potakiwać. Wbiłem wzrok w podłogę, czując na sobie palące spojrzenie mistrza. W końcu odchrząknąłem i opisałem dokładnie, co zaszło.

– Wiem, że przyrzekłem, że nie użyję lustra do rozmów z Alice – dokończyłem. – Ale to się stało tak szybko, że nic nie mogłem poradzić. Już wcześniej próbowała się ze mną skontaktować, ale zawsze byłem posłuszny i odwracałem wzrok – do tej chwili. I dobrze, że tym razem przeczytałem jej wiadomość – dodałem z lekkim gniewem. – W przeciwnym razie już bym nie żył!

Stracharz zachował spokój.

– Cóż, owszem, jej ostrzeżenie ocaliło ci życie – przyznał. – Ale wiesz, co myślę o używaniu lustra i o rozmowach z tą małą czarownicą.

Najeżyłem się. Być może to zauważył, gdyż zmienił temat.

– Orientujesz się, czym jest menada zabójczyni, chłopcze?

Pokręciłem głową.

– Wiem tylko jedno: kiedy zaatakowała, była niemal obłąkana z wściekłości.

Stracharz przytaknął.

– Menady rzadko wypuszczają się poza granice swej ojczyzny, Grecji. To szczep kobiet, które zamieszkują tamtejszą głuszę, żywią się wszystkim, co znajdą – od leśnych jagód po zwierzęta, które wpadną im w ręce. Oddają cześć krwiożerczej bogini o imieniu Ordyna i czerpią moc z mieszaniny wina oraz surowego mięsa, doprowadzając się do morderczego szału. Wówczas ruszają na poszukiwanie nowych ofiar. Zazwyczaj żywią się ciałami zmarłych, ale bywa, że pożerają też żywych. Ta wymalowała sobie twarz, by wyglądać jeszcze groźniej; zapewne miksturą wina i ludzkiego łoju – a także wosku, który je utrwalił. Bez wątpienia niedawno kogoś zabiła.

Dobrze się spisałeś, ogłuszając ją i krępując, chłopcze. Menady są wyjątkowo silne. Zdarza się, że rozszarpują ofiary na kawałki gołymi rękami! Całe ich pokolenia żyły w ten sposób. W rezultacie tak bardzo cofnęły się w rozwoju, że ledwie przypominają ludzi. Bliższe są dzikim zwierzętom, ale nadal mają w sobie pewien spryt.

– Po co jednak przypłynęła aż tu, do Hrabstwa?

– Żeby cię zabić, chłopcze: to akurat jasne. Ale nie potrafię pojąć, jak miałbyś im zagrażać tam, w Grecji. Przebywa tam jednak twoja mama, walcząc z mrokiem. Możliwe zatem, że ów atak miał z nią coś wspólnego.

Potem stracharz pomógł mi odplątać łańcuch z trupa menady. Razem zaciągnęliśmy ją do wschodniego ogrodu, wykopaliśmy wąski, lecz głęboki dół – jak zwykle głównie ja machałem łopatą – po czym wsunęliśmy ją do ciemnego szybu, głową naprzód. Nie była wiedźmą, ale stracharz, mając do czynienia ze sługami mroku, wolał nie ryzykować – zwłaszcza jeśli niewiele o nich wiedzieliśmy. Którejś nocy podczas pełni księżyca, nawet martwa, mogłaby próbować wykopać się na powierzchnię.

Dzięki zastosowanemu podstępowi nie miałaby pojęcia, że kieruje się akurat w przeciwną stronę.

Po wszystkim stracharz wysłał mnie do wioski, bym sprowadził miejscowego kamieniarza, a także kowala. Do późnego wieczora przykrywali grób kamieniami oraz prętami. Mój mistrz tymczasem znalazł odpowiedź na dręczące go pytania. Na skraju ogrodu odszukał dwa niewielkie drewniane koryta, pokryte plamami krwi. Zapewne krew wypełniała karmidła po brzegi, nim bogin ją wypił.

– Przypuszczam chłopcze, że do krwi domieszano czegoś, co uśpiło bogina albo zamąciło mu w głowie. Dlatego właśnie nie wyczuł, jak menada wdziera się do ogrodu, a później zabił ją, choć nie powinien. Szkoda, że zginęła. Moglibyśmy ją przepytać i dowiedzieć się, po co przybyła oraz kto ją przysłał.

– Czy może za tym stać Zły? – spytałem. – Może to on wysłał ją, by mnie zabiła?

Zły, zwany też Diabłem, od zeszłego sierpnia swobodnie krążył po świecie. Przywołały go trzy klany czarownic z Pendle – Malkinowie, Deanowie i Mouldheelowie. Teraz toczyły ze sobą wojnę – niektóre wiedźmy wstąpiły na służbę u Złego, inne jednak należały do jego najzacieklejszych wrogów. Od tamtego czasu zetknąłem się z nim trzykrotnie. Choć po każdym spotkaniu pozostawałem wstrząśnięty do szpiku kości, wiedziałem, iż mało prawdopodobne, by Diabeł próbował zabić mnie własnoręcznie. Bo został spętany.

Tak jak koń, któremu pęta się nogi, by nie odchodził zbyt daleko, Zły został spętany w przeszłości przez kogoś nieznanego, kto ograniczył jego moc. Gdyby osobiście mnie zabił, władałby światem zaledwie sto lat, a według niego to stanowczo zbyt krótko. Toteż, zgodnie z zasadami, musiał dokonać wyboru: sprawić, bym zginął z rąk jednego z jego dzieci albo spróbować przeciągnąć mnie na swoją stronę. Gdyby zdołał tego dokonać, rządziłby światem do kresu dni. To właśnie usiłował zrobić podczas naszego ostatniego spotkania. Oczywiście, gdyby zabił mnie ktoś inny – na przykład menada – Zły i tak zapanowałby nad światem. Czy zatem jej nie wysłał?

Stracharz patrzył na mnie z namysłem.

– Zły? To możliwe, chłopcze. Musimy bardzo uważać. Miałeś szczęście, że przeżyłeś atak.

Omal mu nie przypomniałem, że ocaliło mnie nie szczęście, lecz interwencja Alice. Ale uznałem, że lepiej ten fakt przemilczeć. To była ciężka noc, niczego bym nie zyskał, irytując mistrza.

***

Następnej nocy nie mogłem spać. Po jakimś czasie wstałem z łóżka, zapaliłem świecę i znów zacząłem czytać list od mamy, który dostałem wiosną.

*Mój drogi Tomie, walka z mrokiem w mojej ojczyźnie była długa i ciężka, wkrótce nadejdzie przełom. Mamy jednak wiele do omówienia, muszę też ujawnić ci kilka rzeczy, a także o coś prosić. Potrzebuję czegoś od ciebie, jak również twojej pomocy. Gdyby istniał sposób na uniknięcie tego, nie prosiłabym cię. Ale pewne słowa wymagają rozmowy twarzą w twarz, nie za pośrednictwem listu, toteż zamierzam złożyć krótką wizytę w domu w przeddzień letniego przesilenia.*

*Napisałam już do Jacka, informując go o moim przybyciu. Niecierpliwie czekam dnia, gdy znów się spotkamy na farmie. Pracuj ciężko i ucz się, i nieważne, jak mroczna wyda ci się ciemność, zachowaj optymizm. Jesteś silniejszy, niż ci się zdaje.*

*Całuję, Mama*

Do przesilenia letniego pozostał niecały tydzień – wkrótce ruszymy ze stracharzem na południe, by odwiedzić farmę mego brata Jacka i spotkać się z mamą.

Tęskniłem za nią, nie mogłem się już doczekać, kiedy ją zobaczę. A do tego bardzo chciałem się dowiedzieć, czego ode mnie oczekuje.

# ROZDZIAŁ 2
# BESTIARIUSZ STRACHARZA

Następnego ranka powróciliśmy do codziennych lekcji. Już trzeci rok terminowałem u mojego mistrza, ucząc się walczyć z Mrokiem: podczas pierwszego roku skupialiśmy się na boginach, podczas drugiego na wiedźmach, teraz główny temat stanowiła „Historia Mroku".

– No dobrze, chłopcze, szykuj się do notowania – polecił stracharz, drapiąc się po brodzie.

Otworzyłem notatnik, zanurzyłem pióro w kałamarzu i czekałem. Siedziałem na ławce w zachodnim ogrodzie. Był słoneczny letni ranek, na błękitnym niebie nie dostrzegłem nawet jednej chmurki. Dokładnie przed nami wznosiły się wzgórza, pokryte białymi plamkami owiec; zewsząd dobiegały ptasie śpiewy i miłe, senne brzęczenie owadów.

– Jak już wspominałem, Mrok w różnych miejscach i w różnych czasach ukazuje się pod różnymi postaciami. – Stracharz zaczął jak zwykle przechadzać się tam i z powrotem przed ławką. – Jak jednak wiemy, a słono za tę wiedzę zapłaciliśmy, najgroźniejszym aspektem Mroku w Hrabstwie i na całym szerokim świecie jest Zły.

Serce zabiło mi gwałtownie, gardło ścisnęło się nagle, bo przypomniałem sobie nasze ostatnie spotkanie. Zły wyjawił mi wówczas straszliwy sekret. Oznajmił, że Alice jest jego córką – córką Diabła. Niełatwo było mi w to uwierzyć. Alice przecież stała się moją najbliższą przyjaciółką i kilka razy ocaliła mi życie. Jeśli Zły faktycznie wyznał prawdę, stracharz miał rację, wypędzając ją: nigdy już nie będziemy mogli być razem. Myśl ta wydawała się nie do zniesienia.

– Lecz choć Zły oznacza największe zagrożenie – podjął stracharz – istnieją też inni mieszkańcy Mroku, potrafiący z pomocą czarownic, magów oraz różnych nieprawych osób przedostawać się przez portale do naszego świata. Wśród nich znajdują się Starzy Bogowie, tacy jak Golgoth, z którym, jak zapewne pamiętasz, rozprawiliśmy się na moczarach Anglezarke.

Przytaknąłem. Nie zapomniałem ówczesnej ciężkiej przeprawy, ledwie uszedłem wtedy z życiem.

– Cieszmy się, że Golgoth znów zasnął – dodał mój mistrz. – Ale inni bynajmniej nie śpią. Weź na przykład ojczyznę twojej mamy, Grecję. Jak już mówiłem wczoraj, od niepamiętnych czasów nęka ją groźna bogini o imieniu Ordyna, czczona przez menady. Niezliczoną liczbę razy doprowadzała tam do ogromnych rzezi. Bez wątpienia to właśnie z nią próbuje rozprawić się twoja mama.

Niewiele wiem o Ordynie. Najwyraźniej jednak pojawia się wraz ze swymi wyznawcami, którzy zabijają wszystko, co istnieje w promieniu wielu mil. A menady, zazwyczaj rozproszone po całej Grecji, gromadzą się tłumnie, wypatrując jej przybycia. Są niczym sępy, gotowe pożerać ciała martwych i umierających. Dla nich to urodzajne żniwa, nagroda za cześć oddawaną Ordynie, a także jej poplecznikom. Bez wątpienia twoja mama będzie nam miała wiele do opowiedzenia – w moim bestiariuszu pozostało sporo pustych kart, czekających na zapełnienie.

Bestiariusz stracharza, jedna z największych i najciekawszych ksiąg w bibliotece, wypełniały opisy najróżniejszych złowrogich stworzeń. Nadal jednak pozostawało w nim mnóstwo luk, więc mistrz starał się przy każdej okazji uzupełniać swoją wiedzę.

– Wiem jednak, że w odróżnieniu od innych Starych Bogów, Ordyna nie potrzebuje ludzkiej pomocy, aby przejść przez portal wiodący do naszego świata. Nawet Zły musiał posłużyć się czarownicami z Pendle. Ona jednak przeprawia się, kiedy tylko zechce – i tak samo powraca.

– A ci poplecznicy, którzy jej towarzyszą, jak wyglądają? – spytałem.

– To mieszkańcy Mroku: demony oraz żywiołaki. Demony zwykle przypominają z wyglądu mężczyzn i kobiety, dysponują jednak niewiarygodną siłą, w dodatku są niezmiernie okrutne. Poza tym Ordynie towarzyszą wengiry – latające lamie. Tak wiele wengir do niej dołączyło, że tylko nieliczne pozostały na swobodzie – żyją samotnie bądź w parach, jak siostry twojej mamy. Wyobraź sobie, jaki to widok, gdy przybywa Ordyna – chmara owych stworzeń, opadających z nieba i rozszarpujących ciała ofiar! Lepiej o tym nie myśleć, chłopcze!

Bez wątpienia. Dwie siostry mamy były latającymi lamiami. W bitwie o Wzgórze Pendle walczyły po naszej stronie, siejąc grozę w szeregach trzech klanów czarownic.

– O tak, Grecja to niebezpieczne miejsce. Twoja mama ma tam wiele trosk... Są jeszcze dzikie lamie – te, które biegają na czterech nogach. W Grecji bardzo pospolite, zwłaszcza w górach. Radzę, byś po zakończeniu lekcji poszedł do biblioteki, poczytał o nich w bestiariuszu, uzupełnił swą wiedzę i streścił wszystko w notatniku.

– Wspominał pan o tym, że Ordynie towarzyszą też „żywiołaki"? Co to takiego? – spytałem.

– Żywiołaki ognia: coś, czego nie mamy w Hrabstwie, chłopcze. O nich jednak opowiem ci kiedy indziej. Na razie zajmijmy się lepiej nauką Dawnej Mowy, to znacznie trudniejszy język niż łacina czy greka.

***

Stracharz miał rację: reszta lekcji okazała się tak trudna, że rozbolała mnie od niej głowa. Wiedziałem jednak, że nauka Dawnej Mowy ma ogromne znaczenie: posługiwali się nią Starzy Bogowie i ich uczniowie, w niej także pisano grimoiry: księgi czarnej magii, używane przez nekromantów.

Ucieszyłem się, kiedy lekcja dobiegła końca, bo mogłem pójść do biblioteki mistrza. Bardzo lubiłem ją odwiedzać. Biblioteka stanowiła oczko w głowie stracharza, odziedziczył ją wraz z domem po swym własnym mistrzu, Henrym Horrocksie. Niektóre z tych ksiąg należały do stracharzy z wcześniejszych pokoleń, inne napisał sam John Gregory. Zawarł w nich wiedzę zgromadzoną przez wszystkie lata praktykowania fachu i walki z Mrokiem.

Stracharz zawsze martwił się, że coś złego może spotkać księgi: kiedy Alice mieszkała z nami, polecił dziewczynie przepisywać zawartość ręcznie. Pan Gregory uważał, że jednym z jego najważniejszych obowiązków jest zachowanie biblioteki dla przyszłych stracharzy i nieustanne wzbogacanie owego źródła wiedzy.

Na regałach stały tysiące tomów, ja jednak skierowałem się wprost ku bestiariuszowi. Zawierał w sobie spisy najróżniejszych stworzeń, od boginów i demonów po żywiołaki i czarownice, a także osobiste relacje oraz szkice opisujące, jak stracharz poradził sobie z daną istotą. Przerzucałem kartki, póki nie dotarłem do lamii.

*Pierwsza Lamia była potężną czarodziejką wielkiej urody. Kochała Zeusa, przywódcę Starych Bogów, żonatego z boginią Herą. Nierozważna Lamia urodziła Zeusowi dzieci. Odkrywszy to, w szale zazdrości Hera zabiła wszystkie, prócz jednego. Oszalała z żalu, Lamia zaczęła zabijać każde dziecko, które napotkała, tak że strumienie i rzeki spłynęły krwią, a powietrze drżało od rozpaczliwych krzyków rodziców. W końcu bogowie ukarali nieszczęsną, odmieniając jej postać. Dolna połowa ciała wydłużyła się i porosła łuskami, jak u węża.*

*Tak odmieniona, skupiła się teraz na młodych mężczyznach. Nawoływała ich na leśnych polanach, ukazując sponad bujnej trawy jedynie pięk-*

*ną głowę i ramiona. Kiedy zwabiła któregoś blisko, oplatała ciasno ofiarę wężowymi splotami, wyciskając z bezradnego ciała oddech i wbijała zęby w szyję, wysysając krew do ostatniej kropli.*

*Później Lamia znalazła sobie kochanka, imieniem Chaemog, pajęczego stwora, żyjącego w najgłębszych jaskiniach ziemi. Urodziła mu trojaczki, dziewczynki: to właśnie były pierwsze lamie. W dniu trzynastych urodzin posprzeczały się z matką. Po straszliwej kłótni wyrwały jej ręce i rozszarpały ciało na części. Szczątkami, łącznie z sercem, nakarmiły stado dzików.*

Następnie księga opisywała różne odmiany lamii – ich wygląd, zachowanie i, co najważniejsze dla stracharza, podawała wskazówki, jak się z nimi rozprawić. Wiedziałem już o lamiach całkiem sporo. Stracharz przez wiele lat mieszkał z udomowioną lamią, Meg, a jej dziką siostrę, Marcię, przetrzymywał w jamie w piwnicy domu w Anglezarke. Obie powróciły do Grecji, lecz podczas pobytu w Anglezarke sporo się o nich dowiedziałem.

Czytałem dalej, sporządzając zwięzłe notatki. Powtórka bardzo mi się przydała. Znalazłem wzmiankę o latających lamiach, zwanych wengirami, o których wcześniej wspominał stracharz, i moje myśli powędrowały ku mamie. Już jako małe dziecko wiedziałem, że różni się od innych. Mówiła z lekkim akcentem, świadczącym, że nie urodziła się w Hrabstwie. Unikała promieni słońca, za dnia często zaciągała w kuchni zasłony.

Z czasem moja wiedza na temat mamy rosła. Dowiedziałem się, jak tato ruszył jej na ratunek w Grecji. A potem usłyszałem od mamy, że jestem wyjątkowy. Będąc siódmym synem siódmego syna, stanowię jej dar dla Hrabstwa, broń w walce z Mrokiem. Nadal jednak brakowało mi ostatnich elementów układanki. Do jakich właściwie istot zaliczała się mama?

Siostry mamy okazały się wengirami – latającymi dzikimi lamiami, które, jak dopiero co tłumaczył stracharz, rzadko spotyka się poza portalem Ordyny. Obecnie przebywały w wieży Malkinów, strzegły skrzyń mamy, zawierających pieniądze, mikstury i księgi. Uznałem zatem, że mama najprawdopodobniej także jest lamią. I pewnie wengirą. To wydawało się najprawdopodobniejsze.

Oto kolejna tajemnica, którą musiałem rozwiązać – choć nie mogłem spytać wprost. Wyglądało, że mama będzie musiała powiedzieć mi to sama. I możliwe, że już niedługo poznam odpowiedź.

Późnym popołudniem, gdy stracharz dał mi parę godzin wolnego, wybrałem się na przechadzkę po wzgórzach: wdrapałem się wysoko na Pikę Parlicka, skąd śledziłem cienie chmur, przepływające powoli dnem doliny, słuchając charakterystycznych krzyków czajek.

O, jakże tęskniłem za Alice! Spędziliśmy tu wspólnie wiele szczęśliwych godzin, spacerując i podziwiając widoki rozciągającego się pod nami Hrabstwa. Samotne przechadzki to nie to samo. Nie mogłem się już doczekać końca tygodnia, kiedy wraz ze stracharzem wyruszymy na farmę Jacka. Bardzo chciałem znów zobaczyć mamę i dowiedzieć się, czego ode mnie chce.

## ROZDZIAŁ 3
# ODMIENIEC?

Rankiem, tego dnia, gdy mieliśmy ruszyć w drogę, poszedłem do wioski Chipenden, by odebrać od piekarza, kramarza i rzeźnika tygodniowe zakupy stracharza – ostatecznie miało nas nie być zaledwie kilka dni. W ostatnim sklepie poinformowałem właściciela, rosłego, rudobrodego mężczyznę, że jeśli podczas naszej nieobecności zjawi się ktoś mający interes do stracharza i uderzy w dzwon na rozstajach, będzie musiał zaczekać.

Wracałem przez wieś z workiem znacznie lżejszym niż zazwyczaj, bo wciąż brakowało jedzenia. Na południu Hrabstwa nadal szalała wojna, wieści nie były najlepsze. Nasze wojska wycofywały się, konfiskując tak wiele zapasów, że biedacy niemal już głodowali. Zauważyłem, że

Chipenden wygląda jeszcze gorzej niż poprzednio. Widziałem więcej głodnych twarzy, niektóre domy stały puste. Zamieszkujące je rodziny wyruszyły na północ w poszukiwaniu lepszego życia.

***

Stracharz od początku narzucił szybkie tempo. Mimo jednak że jak zwykle dźwigałem swoją laskę i obie nasze torby, nie wadził mi pośpiech. Nie mogłem się doczekać spotkania z mamą. Lecz po jakimś czasie, gdy zrobiło się trochę cieplej, stracharz przestał się spieszyć. Ciągle go wyprzedzałem, musiałem czekać, aż mnie dogoni. Wreszcie zaczął okazywać irytację.

– Zwolnij, chłopcze! Zwolnij! – uskarżał się. – Moim starym kościom brakuje już sił, by tak pędzić. Wyruszyliśmy w drogę dzień wcześniej: twoja mama nie zjawi się przed letnim przesileniem!

Późnym wieczorem drugiego dnia, nim jeszcze dotarliśmy na szczyt Wzgórza Wisielców, ujrzałem dym wznoszący się w niebo od strony farmy. Przez moment strach zmroził mi serce. Przypomniałem sobie zeszłoroczną napaść czarownic z Pendle: spaliły wówczas stodołę do gołej ziemi, splądrowały dom i porwały Ellie, Jacka oraz małą Mary.

Gdy jednak rozpoczęliśmy wędrówkę w dół między drzewami, ponad północnym pastwiskiem, ujrzałem coś, co miast strachu obudziło zdziwienie. Na południe od farmy płonęły ogniska – na oko jakiś tuzin – a powietrze przesycała woń drzewnego dymu i jedzenia. Co za ludzie rozbili obóz na polach Jacka? Wiedziałem, że nie przyjąłby na farmie obcych, zastanawiałem się zatem, czy ma to coś wspólnego z mamą.

Ale nie miałem zbyt wiele czasu na rozmyślania, bo natychmiast wyczułem, że mama jest już w domu. Z komina w błękitne niebo wzlatywała wątła smużka brązowego dymu. Ogarnęło mnie dziwne ciepło. W jakiś sposób wiedziałem, że wróciła!

– Mama już tu jest, jestem tego pewien! – powiedziałem stracharzowi. W moich oczach zalśniły łzy.

Tak bardzo za nią tęskniłem! Nie mogłem się doczekać chwili, kiedy ją zobaczę.

– Owszem, chłopcze, może i masz rację. Idź pierwszy, przywitaj się. Macie wiele do omówienia, pewnie zechcecie zrobić to w cztery oczy. Ja zaczekam tutaj.

Uśmiechnąłem się, przytaknąłem, pobiegłem zadrzewionym zboczem w stronę nowej stodoły. Nim jednak dotarłem na podwórze, zza rogu wyłonił się mój brat Jack. Stanął na ścieżce. Kiedy widziałem go ostatnio, był ciężko chory po tym, jak czarownice, które napadły na farmę i ukradły skrzynie mamy, niemal zatłukły go na śmierć. Teraz, ogorzały od słońca, wyglądał znów zdrowo i silnie, a brwi miał jeszcze bardziej krzaczaste niż zwykle. Chwycił mnie w niedźwiedzi uścisk, o mało nie pozbawiając tchu.

– Dobrze cię widzieć, Tom! – wykrzyknął, odsuwając mnie na wyciągnięcie rąk. Uśmiechał się szeroko.

– Cieszę się, że jesteś zdrowy i silny, Jack – odparłem.

– I to dzięki tobie. Ellie opowiedziała mi o wszystkim. Gdyby nie ty, leżałbym teraz sześć stóp pod ziemią.

Wraz z Alice pomogłem uratować Jacka oraz jego rodzinę z wieży Malkinów.

– Mama już wróciła, prawda? – dopytywałem się, podekscytowany.

Jack przytaknął, lecz z jego twarzy zniknął uśmiech. Wyczułem w nim niepokój, na twarzy mojego brata malowały się niepewność i smutek.

– Owszem, wróciła, Tom, nie może się już doczekać waszego spotkania. Ale muszę cię uprzedzić, że się zmieniła…

– Zmieniła? Co to znaczy, zmieniła?

– Z początku ledwie ją poznałem. Ma w sobie coś dzikiego, zwłaszcza w oczach. I wydaje się młodsza, jakby zrzuciła z siebie brzemię lat. Wiem, że to brzmi nieprawdopodobnie, ale tak jest…

Choć milczałem, aż za dobrze wiedziałem, że to może być prawda. Lamie nie starzeją się tak jak ludzie. Jak tłumaczył bestiariusz stracharza, lamie posiadają dwie postaci i powoli przeistaczają się z jednej w drugą. Możliwe, iż mama przechodziła stopniowy powrót do stanu dzikiego. Niepokojąca i przerażająca wizja, wolałem o niej nie myśleć.

– Tom, z powodu swojej pracy znasz się na takich rzeczach. Czy ona może być odmieńcem? – spytał niespokojnie Jack; jego twarz wykrzywił grymas strachu i wątpliwości. – Kiedy była w Grecji, coś mogło się zdarzyć. Może została schwytana przez gobliny i podmieniona na jednego z nich.

– Nie, Jack. Oczywiście, że nie – zapewniłem go szybko. – Coś takiego jak gobliny nie istnieje, to tylko przesąd. Nie martw się, na pewno w grę wchodzi tylko, wpływ ciepłego greckiego słońca. Pójdę się z nią zobaczyć, potem porozmawiamy. Gdzie James?

– Zajęty. Zarabia w kuźni więcej niż ja na farmie. Ale z pewnością znajdzie czas dla swego najmłodszego brata.

James mieszkał tutaj, pomagał Jackowi w obowiązkach, lecz na życie zarabiał jako kowal. Wyglądało, że nowa kuźnia cieszy się dużą popularnością.

– Co za ludzie obozują na południowej łące? – zapytałem, przypomniawszy sobie ogniska widziane z Wzgórza Wisielców.

Jack skrzywił się, gniewnie pokręcił głową.

– Lepiej spytaj o nich mamę! – odparował. – Ale powiadam ci, nie mają prawa tu być. Najmniejszego prawa! To czarownice z Pendle. I pomyśleć, że po tym, co się zdarzyło rok temu, rozbiły obóz na moim polu!

– Czarownice?

Trudno się dziwić, że się złościł. W zeszłym roku czarownice z Pendle zgotowały Jackowi oraz jego rodzinie prawdziwe piekło. A skoro tak, czemu mama dopuściła je tak blisko farmy? Wzruszyłem ramionami i pomaszerowałem przez podwórze. Tuż za stodołą, z tyłu domu, ujrzałem nowy budynek i Jamesa, który pracował w kuźni, zwrócony do mnie plecami. Na zewnątrz farmer przytrzymywał wodze konia, czekającego na podkucie. O mało nie krzyknąłem do Jamesa, ale za bardzo się spieszyłem na spotkanie z mamą.

Kiedy podszedłem do domu zdziwiłem się, widząc kwitnącą pnącą różę mamy. Podczas mego ostatniego pobytu wydawało się, że umarła. Gdy Zły zaatakował dom, próbując mnie zabić, oderwał od ściany poczerniałe, zasuszone pędy. Teraz jednak nowe zielone łodygi wspinały się po kamieniach. Kilka pąków już rozkwitło, lśniąc w promieniach słońca jaskrawą czerwienią.

Przystanąłem przy tylnych drzwiach, zastukałem lekko. Choć urodziłem się tu i wychowałem, nie był to już mój dom, więc uprzejmość nakazywała zapukać.

– Wejdź, synu! – zawołała mama. Na dźwięk jej głosu do oczu napłynęły mi łzy, a gardło ścisnęło się gwałtownie. Tak bardzo za nią tęskniłem!

Wszedłem do kuchni, znaleźliśmy się twarzą w twarz. Siedziała na stołku i mieszała gotujący się w dużym garnku nad ogniem gulasz barani. Jak zwykle zaciągnęła zasłony, chroniąc się przed słońcem. Lecz nawet w półmroku, kiedy podniosła się i postąpiła krok ku mnie, zrozumiałem, co miał na myśli Jack, mówiąc, że się zmieniła.

Uśmiech miała ciepły, lecz twarz nieco wychudłą, kości policzkowe wyraźniejsze niż wcześniej. W czarnych włosach nie dostrzegłem już śladów siwizny. Naprawdę wyglądała młodziej niż wtedy, gdy widziałem ją po raz ostatni, półtora roku wcześniej. Lecz w oczach jej kryło coś coś dzikiego, udręka oraz niepokój.

– Ach, synu – mruknęła, po czym objęła mnie i przyciągnęła do siebie. Poczułem, jak ogarnia mnie jej ciepło. Zaszlochałem w głębi gardła.

Przytrzymując mnie, pokręciła głową.

– Usiądź, synu i bądź dzielny. Dobrze jest znów się spotkać, ale mamy sobie wiele do powiedzenia. Oboje musimy myśleć jasno.

Przytaknąłem, usiadłem naprzeciwko niej przy palenisku, czekając, co mi powie. Rozpaczliwie chciałem spytać o Alice, o to, czy moja przyjaciółka faktycznie może być córką Złego, ale sprawy mamy liczyły się bardziej. Musiała mieć bardzo ważny powód, skoro przybyła na spotkanie aż tutaj, do Hrabstwa.

– Jak się miewasz, Tomie? Jak tam twój mistrz?

– Doskonale, mamo. Doskonale. Obaj jesteśmy zdrowi i silni. A ty? Co porabiałaś w Grecji?

– Było ciężko, synu... – Zająknęła się. Z twarzy mamy wyczytałem targające nią emocje. Przez moment wyglądała na zbyt poruszoną, by mówić, potem jednak odetchnęła głęboko, uspokoiła się. – Od razu przejdę do rzeczy. Odwiedziłam już wieżę Malkinów w Pendle. Zabrałam worki z pieniędzmi, przechowywane w skrzyniach. Pierwotnie przeznaczyłam je dla ciebie, by pomóc ci w twym zadaniu tu, w Hrabstwie. Ale w mojej ojczyźnie sytuacja bardzo się pogorszyła. Dotarliśmy do punktu krytycznego. Rozpaczliwie potrzebuję pieniędzy, by sfinansować to, co niezbędne, by zapobiec straszliwej katastrofie. Zgodzisz się przekazać mi je z powrotem?

– Oczywiście, mamo! Przecież i tak są twoje. Zrób z nimi, co tylko uznasz za najlepsze. Mają ci pomóc w walce z Ordyną?

– Istotnie, synu. Istotnie. Mistrz opowiadał ci, z czym mamy do czynienia w Grecji?

– Niewiele wie o Ordynie. Miał nadzieję, że uzupełnisz jego wiedzę. Czeka na Wzgórzu Wisielców, abyśmy my mogli pomówić na osobności, ale potem chciałby z tobą porozmawiać.

– Cóż, tyle przynajmniej mogę dla niego zrobić – choć lękam się, że po tej rozmowie nasze stosunki mogą się pogorszyć. Twój mistrz to dobry człowiek i ma swoje zasady: nie pogodzi się z tym, co planuję. Ale pożyjemy, zobaczymy. Może zrozumie, że tak będzie najlepiej. Co sprowadza mnie do drugiej rzeczy, o którą chciałabym cię prosić. Potrzebuję ciebie, mój synu. Chcę, byś wrócił ze mną do Grecji i pomógł mi walczyć z tamtejszym Mrokiem. Inni także pomogą, ale ty dysponujesz szczególnym darem, który może zadecydować o wyniku bitwy. Gdybym mogła tego uniknąć, zrobiłabym to. Ale muszę spytać, czy pojedziesz ze mną do mojej ojczyzny?

Jej słowa mnie zdumiały.

Miałem obowiązek wobec Hrabstwa, a mama zawsze życzyła sobie, bym został uczniem stracharza. Skoro jednak potrzebowała pomocy w innym miejscu, jakże mogłem odmówić?

– Oczywiście, pojadę z tobą, mamo. Czy pan Gregory wyruszy z nami, czy będę musiał na jakiś czas zrezygnować z nauki u niego?

– Mam szczerą nadzieję, że wyruszy z nami, synu. Decyzja jednak należy do stracharza. Nie potrafię przewidzieć, jak zareaguje.

– Co właściwie planujesz? – spytałem. – Po co potrzebne ci pieniądze?

– Wszystkiego dowiesz się w stosownym czasie – odparła mama. Od razu wiedziałem, że nie powinienem już dalej naciskać.

– Mamo, jest jedna rzecz, o którą muszę cię spytać – oznajmiłem. – Chodzi o Alice…

Obserwowałem, jak jej twarz się zmienia. Przed chwilą surowa i rzeczowa, teraz nagle złagodniała, a oczy mamy przepełnił smutek. Nim jeszcze zadałem pytanie, bałem się najgorszego.

– Zły twierdził, że Alice to jego córka. On kłamie, prawda, mamo? Z pewnością kłamie, przyznaj?

Mama popatrzyła na mnie. Zauważyłem, że do jej oczu napłynęły łzy.

– Tym razem Zły nie kłamie, synu. Boli mnie to, co muszę powiedzieć, bo wiem, jak bardzo zależy ci na Alice. Ale to prawda. Alice zalicza się do grona córek Diabła.

Serce ścisnęło mi się w piersi.

– To nie znaczy, że musi koniecznie należeć do Mroku, synu. Każdy z nas ma szansę na odkupienie. Szansę ocalenia. Alice także…

– Od jak dawna wiedziałaś? – spytałem cicho. Jej słowa nawet mną nie wstrząsnęły. Chyba gdzieś w głębi duszy znałem prawdę.

– Od pierwszej chwili, gdy ją ujrzałam, synu, kiedy sprowadziłeś ją tu, na farmę.

– Już wtedy wiedziałaś, mamo? I nie uprzedziłaś mnie? – Skinęła głową. – Ale przecież mówiłaś różne rzeczy. Rzeczy, które teraz tracą sens: że jesteśmy z Alice przyszłością i nadzieją Hrabstwa i że mój mistrz będzie potrzebował nas obojga u swego boku. Dlaczego to powiedziałaś?

Mama znów wstała z miejsca, położyła mi dłonie na ramionach i spojrzała prosto w oczy, stanowczo, lecz łagodnie.

– Wciąż upieram się przy moich słowach, synu. Alice bardzo na tobie zależy. Właśnie to uczucie, jak dotąd, chroniło ją przed szponami mroku.

– Skontaktowała się ze mną parę dni temu. Ostrzegła, że w ogrodzie stracharza zjawiła się zabójcza menada. Gdyby nie ona, już bym nie żył.

Dostrzegłem niepokój na twarzy mamy, lęk w jej oczach.

– Menada? Widziałam, że zdają sobie sprawę z zagrożenia, jakie dla nich stanowię... – wymamrotała. Wyprostowała się szybko. – Choć nie spodziewałam się, że dowiedzą się o twoim istnieniu i przyślą kogoś do Hrabstwa. Ciemność przesłania mój szósty zmysł. Nie dostrzegam rzeczy, które powinnam widzieć. A dzieje się to w najgorszym możliwym momencie...

Sprawiała wrażenie naprawdę zaniepokojonej.

– Mamo, choć ta menada przybyła z Grecji, nie rozumiałem ani jednego z jej słów.

– W moim kraju ludzie mówią wieloma dialektami. No i musisz też wziąć pod uwagę jej morderczy szał.

Rozmowa z menadami to trudna sprawa, bo kierują się emocjami, nie rozumem. Słuchają jedynie własnego wewnętrznego głosu. Ale nie wolno ich nie doceniać. To bardzo potężna gromada, bo jest ich wiele.

Musimy podziękować Alice, że ocaliła ci życie. Kiedy zrozumie, że mimo pochodzenia nie została skazana na los ohydnej wiedźmy, Alice może okazać się groźnym przeciwnikiem dla własnego ojca. Być może we dwójkę w końcu zdołacie go pokonać.

– We dwójkę? Pan Gregory nigdy się na to nie zgodzi.

– Lękam się, że możesz mieć rację, synu. Niełatwo mu też będzie zaakceptować to, co zamierzam... – I znów umilkła, nie mówiąc o swoich planach. Dlaczego je ukrywała?

– Na południowej łące widziałem ogniska. – Wbiłem wzrok w twarz mamy. – Jack mówi, że to czarownice z Pendle. Chyba się myli, mamo?

– Nie, Tom, on się nie myli. Potrzebujemy ich, synu. Potrzebujemy ich pomocy.

– Czarownic, mamo? Zawarliśmy sojusz z wiedźmami? – Powoli zaczęło do mnie docierać znaczenie tego, co zrobiła mama. Wolałem nie myśleć, jak zareaguje stracharz.

– Wiem, że po tym, czego nauczył cię mistrz, trudno ci pogodzić się z nieuniknionym. – Mama położyła mi dłoń na ramieniu. – Ale bez nich nie uda nam się zwyciężyć. To takie proste. A musimy zwyciężyć, naprawdę musimy. Musimy pokonać Ordynę. Nie możemy sobie pozwolić na porażkę. Bo jeśli przegramy, nie tylko losy Hrabstwa staną pod znakiem zapytania, ale i przyszłość całego świata. Idź, sprowadź do mnie mistrza. A potem trzymaj się z daleka, ja tymczasem spróbuję go przekonać.

***

Zrobiłem, jak kazała – poszedłem na Wzgórze Wisielców, poinformowałem stracharza, że mama chce z nim mówić. Nie zdradziłem się z niczym więcej, możliwe jednak, że mistrz odczytał coś w mojej twarzy, bo maszerując w stronę farmy nie sprawiał wrażenia uszczęśliwionego.

Pozostawiwszy go w kuchni z mamą, ruszyłem na niewielki pagórek, z którego mogłem przyjrzeć się ogniskom wiedźm na południowym pastwisku. Lekki wiatr przywiewał ku mnie zapachy jedzenia – potrawki z królika. W Hrabstwie brakowało żywności, więc mężczyźni tak bardzo przetrzebili króliki, że trudno je było znaleźć. Bez wątpienia jednak nasi goście z Pendle mieli własne, mroczne sposoby.

Przypomniałem sobie wcześniejsze spotkania z czarownicami. Zadrżałem ze zgrozy. Pamiętałem, jak siedziałem uwięziony w jamie, podczas gdy Koścista Lizzie ostrzyła noże, szykując się do wycięcia kości z mojego ciała. A także ową straszną chwilę, gdy Mab Mouldheel przyłożyła nóż do gardła maleńkiej Mary, gotowa ją zabić, gdybym nie oddał kluczy do skrzyni mamy.

Bezecne wiedźmy to bezlitosne stwory mroku, zabijające niewinnych i posługujące się ich krwią i kośćmi w rytuałach magicznych. Zatem Ordyna musi być naprawdę straszliwa, skoro mama zdecydowała się zawrzeć przymierze z takimi potworami. Ale czy mogłem ją winić? Ja także musiałem zgodzić się na kompromis i walczyć u boku Grimalkin, by pokonać Morwenę oraz bandę wodnych wiedźm.

Z zamyślenia wyrwał mnie głośny trzask tylnych drzwi. Po chwili ujrzałem stracharza: z twarzą niczym gradowa chmura maszerował przez podwórze. Pobiegłem ku niemu, on jednak skrzywił się i skręcił na północ, nim do niego dotarłem.

– Chodź ze mną, chłopcze: musimy porozmawiać! – warknął przez ramię, kierując się w stronę Wzgórza Wisielców.

Przeciąwszy północne pastwisko na granicy farmy Jacka, przystanął i odwrócił się ku mnie.

– Co się stało? – spytałem, dogłębnie zaniepokojony. – Coś nie tak?

Byłem pewien, że jego rozmowa z mamą źle się potoczyła.

– Coś nie tak, chłopcze? Wszystko nie tak. Wszystko! Wiesz, co myślę o konszachtach z Mrokiem. Nie wolno na nie pozwolić. Nie wolno zawierać sojuszy z czarownicami oraz im podobnymi, nie wolno liczyć, że samemu uniknie się splamienia, że uda się uniknąć wciągnięcia w Mrok. A szczególnie ty, chłopcze, nie możesz ryzykować. Tego właśnie pragnie Zły, często ci powtarzałem. Czeka cię zatem ważna decyzja. Dobrze się zastanów.

– Nad czym?

– Nad tym, co proponuje twoja mama. Rozważ sens wyprawy do Grecji, rozważ sens połączenia sił z czarownicami i... cóż... pozwolę, by sama powiedziała ci resztę. Ja nie mogę: słowa uwięzłyby mi w gardle. Wracam prosto do Chipenden. Jeśli w ciągu trzech dni się nie zjawisz, będę wiedział, że zdecydowałeś się wysłuchać próśb mamy. W takim przypadku twój termin u mnie dobiegnie końca!

– Proszę! – zawołałem, podążając za nim przez granicę. – Niech pan nie odchodzi. Nie możemy się nad tym wspólnie zastanowić?

– Zastanowić? Nad czym tu się zastanawiać? Twoja mama związała się z czarownicami z Pendle. Wszystko jest jasne jak słońce, chłopcze. Pomyśl zatem dobrze, zanim dokonasz wyboru. Ja już zrobiłem, co trzeba!

To rzekłszy, odwrócił się i wdrapał na ogrodzenie. Nie oglądając się za siebie, ruszył ku szczytowi wzgórza. Patrzyłem, jak znika między drzewami. Nie mogłem uwierzyć w to, co usłyszałem. Odmawiał mi dalszej nauki? Jak mógł to zrobić po wszystkim, co razem przeszliśmy? Byłem wstrząśnięty, wściekły i urażony. Nie zasłużyłem.

Wróciłem na dół, skierowałem się wprost do kuchni. Musiałem pomówić z mamą i spróbować wszystko wyprostować.

# Rozdział 4
# Decyzje

Twój mistrz bardzo źle to przyjął – oznajmiła mama na mój widok. – Gorzej nawet, niż przypuszczałam.

– Wrócił do Chipenden, mamo. Mówi, że jeśli nie zjawię się w ciągu trzech dni, nastąpi koniec mojego terminu.

Mama westchnęła.

– Tego się obawiałam. Ale myślę, że całkiem nieźle dogadujesz się z Billem Arkwrightem.

– Kto ci o tym powiedział, mamo?

– Ludzie stale mówią mi różne rzeczy, synu. A czasami dowiaduję się sama. Przyjmijmy po prostu, że wiem, co się stało. Z początku źle zaczęliście, ale potem wszystko się poukładało i dobrze cię wyszkolił. Jeśli John Gregory nie zechce nadal pozostawać twoim mistrzem – podjęła mama – będziesz musiał zadowolić się Billem Arkwrightem. Billa również wzywam. Już po niego posłałam. Mam nadzieję, że zgodzi się dołączyć do nas i popłynąć do Grecji. Powinien zjawić się jutro, by ustalić szczegóły.

– Po co ci on w Grecji, mamo?

– To dobry stracharz, lecz nade wszystko ważne, że służył kiedyś w wojsku. Czeka nas olbrzymia bitwa. Będę potrzebowała siły, odwagi i zdolności taktycznych Arkwrigtha. Poinformowałam go, iż jego obecność ma kluczowe znaczenie: będzie mógł zadać mrokowi potężniejszy cios niż wszystko, czego dokonałby przez sześćdziesiąt lat w służbie Hrabstwu.

Dobrze będzie znów pracować z Arkwrightem, pomyślałem. W czasie miesięcy spędzonych u niego, na północ od Caster, zdecydowanie zmężniałem. Może będę mógł kontynuować szkolenie fizyczne? Gdyby nie to, czego mnie nauczył, menada zapewne by mnie zabiła. Z drugiej strony będzie mi brakowało pracy z Johnem Gregorym. Był moim prawdziwym mistrzem, a także przyjacielem. Świadomość, że nigdy już nie uzna mnie za swego ucznia, bardzo mnie zasmuciła. Dom w Chipenden stał się także moim domem. Bill Arkwright, mimo swych rozlicznych zalet, nie zdoła zastąpić mojego mistrza.

– Opowiesz mi coś więcej o twojej nieprzyjaciółce Ordynie, mamo? Co sprawia, że jest tak niebezpieczna, czemu musisz pokonać ją w bitwie? Na czym polega zagrożenie, które wymaga pomocy ze strony tylu ludzi?

Mama na moment pochyliła głowę, jakby nie miała ochoty mówić. Potem jednak spojrzała mi w oczy. Wyraźnie podjęła decyzję.

– Ordyna stale łaknie krwi, synu. A kiedy odwiedza nasz świat przez portal w wielkiej cytadeli Ordzie, towarzyszą jej inne istoty – demony, żywiołaki ognia i wengiry – równie spragnione ludzkiej krwi. Giną wtedy tysiące niewinnych – mężczyzn, kobiet, nawet dzieci. A Ordyna rośnie w siłę. Każda kolejna wizyta w naszym świecie przynosi więcej i więcej ofiar.

– To się przedstawia gorzej, niż sprawa ze Złym.

– Nie, synu, Zły jest znacznie potężniejszy, ale nie popisuje się siłą. On powoli powiększa wpływy, stopniowo podsyca zło. Czyni świat mroczniejszym i niebezpieczniejszym miejscem, gdy zaciska na nim swe szpony. Planuje długofalowo, z wyprzedzeniem, dążąc do zdobycia całkowitej władzy.

Ordyna natomiast nie robi żadnych dalekosiężnych planów, chce tylko do syta napić się krwi i wzbudzać grozę w każdym, z kim się zetknie. Wiele ofiar umiera na miejscu ze strachu, stając się łatwym łupem menad, rojących się wokół niej. To potężna służka mroku – nic w porównaniu ze Złym, ale jemu nie możemy jeszcze stawić czoła. Na razie musimy skupić się na najbliższym niebezpieczeństwie. Trzeba zniszczyć Ordynę, nim zdoła poszerzyć zasięg swojego portalu.

– Co masz na myśli, mamo?

– Ordyna od tysięcy lat odwiedza Grecję; materializuje się wyłącznie na równinach przed Meteorami, gdzie osiadły tysiące mnichów. Pojawia się co siedem lat, a każda kolejna wizyta okazuje się gorsza niż poprzednie. Mnisi modłami bronią swych klasztorów, próbują nie wypuścić Ordyny poza równinę. Lecz ona stopniowo wzrasta w siłę, a ich skuteczność maleje. Teraz zaś, kiedy Zły krąży po świecie, może liczyć na jego wsparcie. Mrok stał się potężniejszy. Na polecenie Złego dołącza do niej coraz więcej latających lamii: tym razem Ordyna bez wątpienia użyje ich, by zabić bezbronnych mnichów mieszkających w klasztorach wysoko na skałach. Wówczas ustaną modły, które dotąd trzymały ją w szachu. Będzie mogła wyruszyć do innych krain.

– Zdołali ją zatrzymać wyłącznie z pomocą modlitw? A zatem modlitwy naprawdę działają?

– O tak, jeśli osoba modląca się czyni to w szlachetnej intencji i z czystym sercem. Wtedy jej modły wzmacniają Światło. Choć osłabieni potężniejącym wciąż mrokiem, mnisi z Meteorów nadal stanowią mocarną armię dobra. Dlatego musimy uderzyć teraz, nim zostaną zniszczeni. Same modlitwy nie wystarczą już przeciw połączonym mocom Ordyny i Złego.

– Czyli tam właśnie się wybieramy, do mnisich cytadeli w pobliżu Meteorów?

– Tak. Ord, jej forteca, zawsze materializuje się poprzez ognisty portal na południe od Meteorów, nieopodal niewielkiego, otoczonego murami miasta Kalambaka. Zdarza się to co siedem lat – z dokładnością do tygodnia. Tym razem musimy powstrzymać ją na zawsze. Jeśli nam się nie uda, następnym razem przybędzie tak potężna, że na świecie nie pozostanie żadne bezpieczne schronienie. Największe niebezpieczeństwo grozi jednak Hrabstwu. Jestem starą nieprzyjaciółką Ordyny. Jeżeli nie uda mi się jej zniszczyć, w odwecie unicestwi Hrabstwo. Zły powie jej, że siedmiu moich synów – wszystko, co kocham – mieszka tutaj, a ona zetrze was z powierzchni ziemi. Jej krwiożerczy wyznawcy odnajdą i wymordują wszystkich. Dlatego właśnie za wszelką cenę musimy ją pokonać.

***

Podczas kolacji mama zasiadła u szczytu stołu. Z apetytem zajadaliśmy przepyszny gulasz barani, a ona wydawała się radośniejsza, mniej niespokojna, mimo wszystkiego, co czekało nas w Grecji. Pamiętam to dobrze, bo wówczas po raz ostatni zasiadaliśmy wspólnie przy stole: mama, Jack, James, Ellie, mała Mary i ja.

Wcześniej rozmawiałem chwilę z Ellie i Jamesem. Mój brat sprawiał wrażenie uspokojonego, lecz Ellie zachowywała się z lekką rezerwą, bez wątpienia z powodu czarownic obozujących na południowym pastwisku. Teraz, w trakcie kolacji, wyczuwałem w powietrzu napięcie – zdawało się promieniować głównie od Jacka.

Przed posiłkiem odmówił modlitwę; wszyscy oprócz mamy odpowiedzieliśmy amen. Ona jedynie zaczekała cierpliwie, wbijając wzrok w obrus.

– Cudownie jest znów być z wami – rzekła, kiedy skończyliśmy. – Żałuję tylko, że nie ma tutaj waszego biednego taty. Ale powinniśmy wspominać szczęśliwsze chwile.

Tato zmarł zimą, podczas pierwszego roku mojego terminu. Płuca odmówiły mu posłuszeństwa i nawet uzdrowicielskie zdolności mamy nie zdołały go ocalić. Odejście męża zniosła bardzo ciężko.

– Chciałabym, by mogli nas odwiedzić moi pozostali synowie – ciągnęła ze smutkiem. – Ale każdy ma teraz własne życie i własne kłopoty. Stale jednak o nich myślimy i nie wątpię, że oni także…

Choć przy stole brakowało nas tak wielu, mama gawędziła pogodnie. Lecz napięcie stopniowo narastało. Widziałem, że Jack i Ellie się niepokoją. W pewnym momencie przez otwarte okno usłyszeliśmy coś jakby śpiewy, dobiegające od strony południowej łąki. Wiedźmy z Pendle. Mama ciągnęła, nie zwracając uwagi na zawodzenia, lecz biedna Ellie drżała, bliska łez. Jack położył dłoń na ramieniu żony i stanął przy oknie.

James próbował rozluźnić atmosferę, opowiadając o planach budowy browaru: zamierzał zająć się tym w przyszłym roku. Mimo wszystko jednak przy stole cały czas panowało nieprzyjemne napięcie. Po skończonym posiłku poszliśmy się położyć.

Dziwnie się czułem, przebywając w mym dawnym pokoju. Usiadłem w wiklinowym fotelu, wyglądając przez okno na podwórze, na łąki za północnym pastwiskiem i widoczne w dali Wzgórze Wisielców. Księżyc świecił jasno, powlekając wszystko srebrem. Próbowałem udawać, że cofnąłem się w czasie do dni, kiedy nie byłem jeszcze uczniem stracharza. Przywołałem wszystkie wspomnienia, wysiliłem wyobraźnię. Na moment zdołałem wmówić sobie, że tato nadal żyje, a mama nigdy nie wyjechała do Grecji; że wciąż pomaga na farmie i pracuje jako miejscowa uzdrowicielka i położna.

Nie mogłem jednak wyprzeć prawdy. Co się stało, to się nie odstanie, nic już nie będzie takie samo. Z silnym poczuciem straty i smutku w końcu położyłem się. Żal ściskał mi gardło. Minęło dużo czasu, nim zdołałem zasnąć.

Bill Arkwright zjawił się następnego dnia późnym rankiem. Jego wielka czarna suka, Szpon, popędziła ku mnie przez podwórze, tuż za nią dreptały na wpół wyrośnięte szczeniaki, Krew oraz Gnat.

Pogłaskałem Szpon, zaś podniecone szczenięta uganiały się wokół. Arkwright trzymał w dłoni swą wielką laskę, zakończoną ostrą klingą. Maszerował rozkołysanym krokiem, jego ogolona czaszka lśniła w promieniach słońca. Robił o wiele bardziej przyjazne wrażenie, niż kiedy spotkałem go po raz pierwszy. Twarz Billa rozjaśniał ciepły uśmiech.

– No, no, mości Wardzie, dobrze jest znów cię widzieć – rzekł, lecz wyraz mojej twarzy sprawił, że uśmiech zniknął mu z warg. – Po twojej minie widzę, że stało się coś złego – dodał, kręcąc głową. – Mam rację?

– Tak, panie Arkwright. Mama sprzymierzyła się z częścią czarownic z Pendle. Musiała to zrobić, bo potrzebuje ich pomocy do walki z Mrokiem w swojej ojczyźnie. Chce, żebyśmy razem z panem i panem Gregorym wrócili z nią do Grecji i walczyli z Ordyną. Kiedy mój mistrz dowiedział się o przymierzu, wpadł w szał i wrócił do Chipenden. Powiedział, że jeśli nie pójdę za nim, przerywa mój termin. Czuję się rozdarty.

– Nie dziwię się, mości Wardzie. Ale rozumiem reakcję pana Gregory'ego. To, o co prosi twoja mama, sprzeciwia się wszystkiemu, w co mistrz wierzy.

– Musiałem wybierać między tym, czego chce mama, a tym, czego chce pan Gregory – poinformowałem. – Nie było łatwo, ale przede wszystkim muszę pozostać wierny mamie. Dała mi życie, jestem jej siódmym synem. To ona decyduje, co dla mnie najlepsze.

– Dokonałeś bardzo trudnego wyboru, lecz myślę, że słusznie postępujesz. Wygląda na to, że także muszę podjąć decyzję. Wysłucham bez uprzedzeń, co ma do powiedzenia twoja mama. Przyznaję, uszykowała dla mnie wyzwanie. Wyprawa do odległej krainy byłaby czymś ekscytującym. Na razie zatem nie powiem nie i nie powiem tak. Zaczekam, aż dowiem się więcej. Przymierze ze sługami Mroku? Cóż, czasami musimy pójść na kompromis po to, by przeżyć. Gdyby nie wiedźma zabójczyni Grimalkin, żadnego z nas dziś by tu nie było.

I rzeczywiście. Grimalkin walczyła u mego boku na mokradłach, razem pokonaliśmy Morwenę i bandę wodnych wiedźm. Bez niej z pewnością bym zginął. Choć zatem była służką Mroku, przymierze z Grimalkin sowicie się nam opłaciło. Widziałem jak na dłoni, że Bill Arkwright nie podziela skrupułów mojego mistrza.

***

Znaleźliśmy mamę, rozmawiała za stodołą z Jamesem. Na nasz widok przeprosiła brata i podeszła powitać gościa.

– Przybył Bill Arkwright, mamo – przedstawiłem. – Przychodzi wysłuchać, co masz mu do powiedzenia.

– Miło mi panią poznać, pani Ward. Zaintrygowały mnie słowa pani syna, pragnąłbym dowiedzieć się więcej.

Mama odwróciła się do mnie z ciepłym uśmiechem.

– Chciałabym przez chwilę pomówić z panem Arkwrightem na osobności, synu. Może zatem przejdziesz się na południową łąkę, do ognisk? Czeka tam ktoś, kto pragnie się z tobą przywitać.

– Kto? Jedna z czarownic? – spytałem zdumiony.

– Może po prostu pójdziesz i sam się przekonasz?

Zastanawiałem się, czemu nie może omówić sprawy z Arkwrightem w mojej obecności, ale skinąłem głową. Zostawiłem ich samych.

Ogniska płonęły na całym wielkim polu, obok ziemi naszego sąsiada, pana Wilkinsona – w sumie pół tuzina. Przy każdym siedziały dwie lub trzy czarownice. Która z nich chciała ze mną rozmawiać? Widziałem, jak krzątają się przy ogniu, szykując posiłki. Moje nozdrza ponownie wypełniła kusząca woń duszonego królika.

Usłyszałem za sobą kroki, odwróciłem się szybko i ze zdumienia opadła mi szczęka. Ujrzałem bowiem dziewczynę mniej więcej mojego wzrostu. Na nogach miała szpiczaste trzewiki, czarną zaś sukienkę przewiązała w pasie kawałkiem sznurka.

Alice.

## ROZDZIAŁ 5
# ALICE DEANE

Tęskniłam za tobą, Tomie Wardzie – oznajmiła Alice; widziałem, że jest bliska łez. – Bez ciebie nie było już tak samo.

Podeszła do mnie, uścisnęliśmy się mocno. Usłyszałem, jak szlocha. Gdy się odsunęliśmy, nagle przepełniło mnie poczucie winy. Choć teraz niezmiernie się ucieszyłem na jej widok, przez długie tygodnie, posłuszny stracharzowi, odwracałem się za każdym razem, gdy próbowała nawiązać ze mną kontakt.

– Dziękuję, że użyłaś lustra, by mnie ostrzec przed menadą, Alice. Gdyby nie ty, zabiłaby mnie.

– Bałam się, że nie posłuchasz. Już wcześniej próbowałam z tobą porozmawiać, ale zawsze się odwracałeś.

– Robiłem tylko to, co mi rozkazał stracharz.

– Ale nie mogłeś użyć lustra raz czy drugi po tym, jak cię ostrzegłam? Żeby mi przekazać, że nic ci nie jest? Umierałam z niepokoju, o tak. Twoja mama uprzedziła mnie, że się tu z tobą spotkam, gdy nawiązała ze mną kontakt przez lustro i poprosiła, bym do niej dołączyła. Musiałam więc założyć, że nic ci się nie stało.

– Nie mogę używać lustra, Alice – tłumaczyłem lekko zawstydzony. – Przyrzekłem stracharzowi, że nigdy tego nie zrobię.

– Ale przecież teraz wszystko się zmieniło? Nie musisz się już dłużej przejmować się starym Gregorym, prawda? Jadę do Grecji, z tobą i twoją mamą. W końcu znów będziemy razem. I cieszę się, że Gregory postanowił nam nie towarzyszyć. Nie będzie stale patrzył nam przez ramię, co?

– Nie mów tak o stracharzu! – warknąłem gniewnie. – On się o mnie martwi. Martwi się, że Mrok mnie skazi i pociągnie ku sobie. Że Zły przeciągnie mnie na swoją stronę. Dlatego właśnie nie pozwala mi się z tobą kontaktować, Alice. Próbuje mnie chronić. A zresztą – dodałem – skąd wiesz, że do nas nie dołączy? Szpiegowałaś?

– Och, Tom, kiedy w końcu zrozumiesz, że nie ma zbyt wielu rzeczy, których bym nie wiedziała?

– Czyli szpiegowałaś.

– Prawdę mówiąc, nie. Nie musiałam. Nietrudno było odgadnąć, co się święci, gdy zobaczyłam, jak maszeruje w stronę Chipenden.

Przez moment, mimo zapalczywych słów, przyszło mi do głowy, że jeśli stracharz zostanie w domu w Chipenden, nic już nie zdoła mnie powstrzymać od kontaktów z Alice. Ale natychmiast z poczuciem winy odrzuciłem tę myśl.

– Posłuchaj, Tom, dobrze nam będzie w podróży. Twoja mama myśli inaczej niż stary Gregory. Nie przeszkadza jej, że jesteśmy razem i nadal wierzy w to, co mówiła zeszłego roku. Że wspólnie możemy pokonać Złego...

– Twojego własnego ojca, Alice! – przerwałem jej. – Odkryłem mroczną tajemnicę. Zły to twój ojciec, prawda?

Alice sapnęła, jej oczy rozszerzyły się ze zdumienia.

– Skąd wiesz?

– Sam mi powiedział.

Patrzyła na mnie wstrząśnięta.

– Cóż, nie ma sensu zaprzeczać. Ale ja nic przed tobą nie kryłam, Tom. Sama nie wiedziałam, póki nie zjawił się w noc przed porankiem, gdy stary Gregory mnie odprawiał. Byłam przerażona, widząc naprzeciw siebie Starego Nicka. A gdy oznajmił, że jestem jego córką, poczułam się jeszcze gorzej! Wyobrażasz sobie, jakie to uczucie? Sądziłam, że do niego należę. Że trafię wprost do piekła. Będę tam płonąć całą wieczność. W jego obecności czułam się taka słaba, że musiałam robić wszystko, cokolwiek kazał. Lecz gdy tylko wróciłam do Pendle, twoja mama nawiązała ze mną kontakt przez lustro. Oznajmiła, że jestem znacznie silniejsza, niż się zdaje. Dzięki niej nabrałam otuchy. Pogodziłam się z tym, Tom. I zamierzam z nim walczyć. Muszę spróbować. Cóż innego mi pozostało?

W mojej głowie kłębiły się myśli i emocje. Mama i Alice w przeszłości już wcześniej porozumiewały się przez lustra. Najwyraźniej trwało to nadal. I wcale mi się nie podobało.

– Wciąż nie mogę uwierzyć, że mama zawarła przymierze z czarownicami. – Machnąłem ręką w stronę otaczających nas ognisk.

– Ale wszystkie te wiedźmy to zaprzysiężone przeciwniczki Złego! Będzie nam towarzyszyło ich chyba ze dwadzieścia. Wiedzą, że sprowadzenie Starego Nicka przez portal okazało się ogromnym błędem, bo teraz próbuje zmusić je, by wypełniały jego rozkazy. Postanowiły zatem walczyć. Jeśli zniszczą Ordynę, zadadzą Złemu potężny cios. Popłyną z nami członkinie wszystkich głównych klanów. Twoja mama to zorganizowała. Dokładnie tego chce. A ja cieszę się, że tu jestem, Tom, z daleka od Pendle.

Zaledwie rok wcześniej Malkinowie porwali Jacka i jego rodzinę, krew z krwi, kość z kości mamy. A jednak teraz sama dowodziła czarownicami ze wszystkich rodów z Pendle, tworząc sojusz po to, by zapewnić sobie zwycięstwo. Trudno przełknąć fakty. I jeszcze Alice – co właściwie robiła w Pendle? Czy znów zbliżyła się do mroku?

– Jak tam było? – spytałem. – Gdzie zamieszkałaś?

– Głównie u Agnes Sowerbutts. Starałam się trzymać z dala od innych, ale nie poszło mi łatwo.

Agnes, jej ciotka, jedna z Deane'ów, mieszkała na skraju klanowej wioski. Nie zadawała się z resztą. Z pomocą lustra sprawdzała, co dzieje się na świecie, poza tym jednak trudniła się uzdrawianiem. Bez wątpienia należała do grona bezecnych wiedźm. Ze wszystkich możliwych miejsc w Pendle Alice wybrała najlepsze. Lecz co miała na myśli, mówiąc „inni"?

– Z kim jeszcze się widziałaś?

– Z Mab Mouldheel i jej dwiema siostrami.

– A one czego chciały?

Mab, choć liczyła sobie najwyżej piętnaście lat, była przywódczynią klanu Mouldheelów, a także jedną z najpotężniejszych wieszczek w całym okręgu Pendle. Posługując się lustrem, potrafiła przywołać wyraźne wizje przyszłości. Zaliczała się do bezecnych. Często używała ludzkiej krwi.

– Wiedziały o podróży do Grecji i o tym, co planujemy, bo Mab to wyśledziła. Chciały płynąć z nami.

– Ale przecież Mab odegrała ważną rolę w sprowadzeniu Złego przez portal, Alice. Czemu miałaby zechcieć niszczyć jego sługi?

– Rozumieją już, że źle postąpiły. Pragną wszystko naprawić. Mab wahała się, nim dołączyła do pozostałych dwóch klanów. Nie pamiętasz? Durzyła się w tobie. Wybrała, jak wybrała, wyłącznie dlatego, że ją zdradziłeś i przepędziłeś z Wieży Malkinów.

Rzeczywiście. Podstępem przekonałem ją do uwolnienia ze skrzyni dwóch sióstr mamy, dzikich lamii. W akcie zemsty poleciła swemu klanowi dołączyć do Deane'ów i Malkinów oraz wspólnie przywołać Złego.

– Zatem, Alice? Są tutaj? Ruszają z nami?

– Twoja mama kazała mi znów skontaktować się z Mab i poprosić, by do nas dołączyła. Jeszcze się nie zjawiły, ale wkrótce przybędą.

– Czy oprócz mamy, którakolwiek z wiedźm wie, kim jest twój ojciec?

Alice pokręciła głową. Rozejrzała się nerwowo.

– Nikomu nie powiedziałam – wyszeptała. – One myślą, iż moim ojcem był Arthur Deane. Wolę, by tak zostało. Gdyby dowiedziały się, kim jestem naprawdę, żadna z nich by mi nie zaufała. Powiedz, Tom, nie jesteś głodny? – znów zwracała się do mnie pełnym głosem. – Przygotowałam pieczyste z królika. Dokładnie takie, jak lubisz.

– Nie, Alice, dziękuję – odparłem.

Choć bardzo chciałem z nią pobyć, potrzebowałem czasu, by pozbierać myśli. Miałem wiele do przetrawienia.

Na twarzy Alice pojawił się grymas zawodu i jakby bólu.

– Twoja mama kazała nam trzymać się z dala od domu, żebyśmy nie niepokoiły Jacka i Ellie. Nie chcą, by czarownice zbliżały się do nich, o nie. Toteż możemy się spotkać tylko, jeśli tu do mnie przyjdziesz.

– Nie martw się, Alice. Tak zrobię. Zjawię się jutro wieczorem.

– Obiecujesz? – spytała z powątpiewaniem.

– Tak, obiecuję.

– Zatem będę czekać. Zjesz jutro ze mną kolację?

– Oczywiście. Do zobaczenia.

– I jeszcze jedno, nim wrócisz na farmę, Tom. Jest tu Grimalkin. Ona też płynie z nami do Grecji. Chce z tobą porozmawiać. Czeka tam – Alice wskazała dąb tuż za łąką. – Lepiej, żebyś do niej poszedł.

Uściskaliśmy się przed rozstaniem – dobrze było znów ją przytulić. Teraz musiałem stawić czoło Grimalkin. Zerknąłem w stronę drzewa, serce zabiło mi mocniej. Grimalkin była czarownicą zabójczynią z klanu Malkinów. Kiedyś polowała też na mnie, gotowa zabić. Ale podczas naszego ostatniego spotkania walczyliśmy ramię w ramię.

Lepiej mieć to już z głowy, pomyślałem. Pożegnawszy Alice uśmiechem oraz skinieniem głowy, ruszyłem, ścinając narożnik łąki. Przecisnąłem się przez dziurę w głogowym żywopłocie i ujrzałem wiedźmę zabójczynię, opartą plecami o stary dębowy pień.

Ręce Grimalkin zwisały swobodnie, lecz smukłe ciało jak zwykle opasywały niezliczone rzemienie i pochwy z tkwiącą w nich śmiercionośną bronią: klingami, hakami, a także straszliwymi nożyczkami, za pomocą których odcinała wrogom ciało od kości.

Pokryte czarną farbą wargi uśmiechnęły się, ukazując ostre, spiłowane szpiczasto zęby. Mimo wszystko jednak promieniowała z niej złowieszcza uroda, wdzięk i aura urodzonego drapieżcy.

– Cóż, dziecko, znów się spotykamy – rzekła. – Kiedy gawędziliśmy ostatnio, przyrzekłam ci prezent na dzień pełnoletności.

Jak wyjaśniła wtedy, w Pendle, kiedy nastawał sabat w noc Walpurgi, dziecko płci męskiej, należące do klanu czarownic, po czternastych urodzinach staje się mężczyzną. Skończyłem czternaście lat trzeciego sierpnia zeszłego roku, noc Walpurgii już dawno minęła. Grimalkin obiecała mi coś wyjątkowego na tę okazję i prosiła, bym przybył po prezent do Pendle. Raczej nie miałem szans. Stracharz nigdy by się nie zgodził, żebym przyjął prezent od czarownicy!

– Gotów jesteś do przyjęcia mojego daru teraz, dziecko? – spytała Grimalkin.

– Zależy, co przygotowałaś – odparłem, starając się przemawiać możliwie najgrzeczniejszym, najbardziej układnym tonem, mimo dręczących mnie wątpliwości.

Wiedźma przytaknęła, odsunęła się od drzewa i postąpiła krok ku mnie. Cały czas spoglądała mi prosto w oczy. Nagle poczułem się bardzo mały i bezbronny.

Uśmiechnęła się.

– Może ci pomoże, jeśli powiem, że twoja matka zgadza się, że powinieneś to dostać. Jeżeli mi nie wierzysz, spytaj ją sam.

Grimalkin nie kłamała – w życiu kierowała się surowym kodeksem honorowym. Czyżby moja mama pozostawała w kontakcie ze wszystkimi czarownicami z Pendle? Powoli, krok za krokiem, odkrywałem, że wszystko, w co wierzyłem, wszystko, czego nauczył mnie mistrz, zaczyna się sypać. To, czego chciała ode mnie mama, sprzeciwiało się wszystkim życzeniom stracharza. Musiałem podjąć kolejną decyzję. Cokolwiek zrobię, zawiodę jedno z nich. Ponownie jednak uznałem, że mama ma w tych kwestiach pierwszeństwo przed moim mistrzem. Toteż skinąłem ku Grimalkin głową. Zgodziłem się przyjąć dar.

– Proszę, dziecko. Oto klinga... – podała mi skórzaną pochwę. – Weź ją.

Na jej oczach odwinąłem pakunek. Ujrzałem krótki sztylet. Przekonałem się też, że opakowanie kryje pochwę oraz pas.

– Nosisz ją ukośnie na ramionach i plecach – wyjaśniła. – Pochwa powinna tkwić przy karku, tak byś mógł sięgnąć po broń ponad prawym ramieniem. To potężne ostrze, zdoła zadać bolesne rany nawet najsilniejszym sługom Mroku!

– A potrafi zniszczyć Złego? – spytałem.

Wiedźma pokręciła głową.

– Nie, dziecko. Bardzo bym chciała: wówczas użyłabym go sama, dawno temu. Ale mam też dla ciebie drugi dar. Podejdź bliżej: nie ugryzę!

Nerwowo postąpiłem krok naprzód. Grimalkin splunęła w prawą dłoń, szybko zanurzyła lewy palec wskazujący w ślinie. Następnie pochyliła się, nakreśliła mi na czole mokry krąg i wymamrotała coś pod nosem. Przez moment poczułem w głowie przejmujący chłód, a potem mrowienie, które przebiegło mi po plecach.

– To wszystko, dziecko. Teraz jest twój.

– Ale co? – spytałem.

– Mój drugi dar, mroczne życzenie. Mistrz nigdy nie opowiadał ci o podobnych rzeczach?

Pokręciłem głową pewien, że gdyby stracharz dowiedział się, iż dostałem coś takiego od czarownicy, wpadłby we wściekłość.

– Co to?

– Nazywamy je mrocznym, bo nikt, nawet najzręczniejsza wieszczka nie potrafi przewidzieć, kiedy i jak zostanie użyte i co z tego wyniknie. Stworzenie mrocznego życzenia wiele mnie kosztowało: całe lata gromadzonej mocy, którą teraz zdołasz uwolnić ledwie kilkoma słowami. Użyj zatem życzenia jedynie w prawdziwej potrzebie, gdy wszystko inne zawiedzie. Rozpocznij od słów „życzę sobie", następnie dokładnie wyraź, czego pragniesz. Potem po raz drugi powtórz życzenie. I wtedy się spełni.

Myśl o podobnej mrocznej mocy budziła we mnie szczery niepokój.

Grimalkin odwróciła się.

– Pamiętaj, rozważnie wykorzystaj dar. Nie zmarnuj go. Nie użyj na próżno.

To rzekłszy, przecisnęła się przez żywopłot i bez oglądania się ruszyła w stronę najbliższego ogniska. Ja wróciłem na farmę. Arkwright uwiązywał właśnie swoje trzy psy na łańcuchu w stodole.

– Nie lubię tego, mości Wardzie, ale tak będzie najlepiej. Szpon czujnie strzeże swego terytorium. Gdybym puścił ją wolno, wasze psy z farmy niedługo by pożyły.

– Zdecydował się pan już? Pojedzie pan z nami do Grecji? – spytałem.

– Tak. Martwię się tylko, że nikt nie będzie miał na oku północnej części Hrabstwa. Bez wątpienia po powrocie będę musiał się rozprawić z wieloma wodnymi wiedźmami. Ale twoja mama mnie namówiła. Jest bardzo przekonująca. Hrabstwo musi sobie tymczasem jakoś radzić: chwilowo najważniejsze zadanie czeka za morzem.

– Czy mama wspominała, kiedy wyruszymy? – Nagle dotarło do mnie, jak niewiele mi powiedziała.

– Najpóźniej za dwa dni, mości Wardzie. Udamy się do Sunderland Point, stamtąd pożeglujemy. Nie martw się o swojego dawnego mistrza, pana Gregory'ego. Niezłomnie przestrzega zasad, ale czasami trzeba uciec się do innych metod, by osiągnąć cel. Jeśli nie zmieni zdania, zawsze możesz dokończyć terminu u mnie. Chętnie znów cię przyjmę.

Podziękowałem za uprzejmą propozycję, lecz w głębi ducha wciąż czułem zawód. Choć bardzo lubiłem Arkwrighta, nie był on Johnem Gregorym. Myśl o tym, że nie dokończę terminu u mojego mistrza, sprawiała mi ból.

***

Skręciłem w stronę domu. Dojrzałem Jacka. Prowadził krowy na dojenie.

– Kto z tobą rozmawiał? – spytał. – Sądząc z wyglądu, kolejny stracharz.

– Owszem – przytaknąłem. – To Bill Arkwright z północnej części Hrabstwa. Mama go wezwała.

– Och – mruknął nieszczęśliwym tonem. – Najwyraźniej teraz już jako ostatni dowiaduję się, kto mi składa wizyty.

W tym momencie usłyszałem niesiony z wiatrem dziwny dźwięk, coś pomiędzy nuceniem a śpiewem. Czarownice. Zapewne odprawiały jakiś rytuał.

– Mama mówi, że te wiedźmy są po naszej stronie – podjął Jack z ponurą miną, skinieniem głowy wskazując południową łąkę. – Ale co z pozostałymi mieszkankami Pendle? Czy po waszym wyjeździe nie odwiedzą znów farmy, kiedy zostanę tu sam, tylko z Jamesem i moją rodziną? Tego właśnie obawia się Ellie. Przez ostatnie dwa lata żyła w ciągłym napięciu, więc boję się, że może się załamać.

Dobrze go rozumiałem. Ellie zawsze się obawiała, że fakt, iż zostałem uczniem stracharza, narazi bliskich na niebezpieczeństwo ze strony mroku. Obawy okazały się uzasadnione. Przed rokiem straciła nienarodzone dziecko, gdy uwięzili ją Malkinowie. W żaden sposób nie zdołałbym pocieszyć Jacka, toteż trzymałem gębę na kłódkę.

ROZDZIAŁ 6

# ZŁOWRÓŻBNA WIZJA

Tego wieczoru do kolacji zasiedliśmy jedynie we trójkę: mama, James oraz ja. Małą Mary bolał brzuszek, toteż Jack i Ellie położyli ją wcześniej. Podejrzewałem jednak, że najstarszy brat nie jest zachwycony tym, co się dzieje, więc woli trzymać się z boku.

Mama z pogodną miną gawędziła z nami, lecz tylko James odpowiadał. Wreszcie poszedł spać, zostawiając nas samych.

– Co cię dręczy, synu? – spytała.

– Czuję się zagubiony, mamo.

– Zagubiony?

– Tak. Weźmy na przykład wiedźmy… Czy naprawdę ich potrzebujemy? Wyraźnie niepokoją Jacka i Ellie, no i bez nich stracharz zapewne popłynąłby z nami do Grecji.

– Przykro mi, synu, ale owszem, potrzebujemy ich. Po pierwsze, wspaniałe z nich wojowniczki, zwłaszcza Grimalkin, a w czekającej nas bitwie należy korzystać z wszelkiej możliwej pomocy. Ord to straszne miejsce, a czarownice z Pendle są jedynymi znanymi mi stworzeniami, które nie przestraszą się wtargnięcia do cytadeli. Każda z nich ma do odegrania swoją rolę.

– A prezenty Grimalkin: mroczne życzenie i klinga? Twierdzi, że zgodziłaś się, by mi je ofiarowała. Jak mógłbym posługiwać się czymś pochodzącym z Mroku? To niewłaściwe i niebezpieczne. Posłałaś mnie na naukę do pana Gregory'ego, teraz zaś każesz odrzucać wszystko, co mi wpoił.

W oczach mamy ujrzałem smutek.

– Tylko ty zdecydujesz, czy skorzystać z darów, czy nie, synu. Ja także posuwam się do działań, których wolałabym uniknąć. Po to, by odnieść wielkie zwycięstwo. Możliwe, że w pewnym momencie też będziesz musiał tak postąpić. Nic więcej nie mogę rzec. Nosisz tę klingę?

– Nie, mamo, schowałem ją do torby.

– W takim razie załóż ją, synu. Proszę, dla mnie. Zrobisz to?

– Tak, mamo. Jeśli tego sobie życzysz, muszę.

Mama ujęła moją twarz w dłonie. Spojrzała z napięciem, jakby chciała, bym dostrzegł prawdę w jej słowach.

– Jeśli nam się nie uda, Hrabstwo czeka straszliwa katastrofa. A po nim resztę świata. Ordyna wyrwie się na swobodę, wspierana mocą Złego. Sięgamy po wszystko, by do katastrofy nie dopuścić. Nie ma czasu zastanawiać się, skąd przychodzi pomoc. Musimy chwytać się jej dla osiągnięcia większego dobra. Żałuję tylko, że nie zdołałam przekonać twojego mistrza, by tak na to spojrzał. Musimy udać się do Grecji, synu, zabierając ze sobą czarownice z Pendle. Nie mamy wyboru.

Od owej chwili, na życzenie mamy, zacząłem nosić sztylet na karku pod koszulą. Jak mogłem odmówić? Miałem jednak wrażenie, że moje życie wkracza w nowy etap, znacznie mroczniejszy niż ten spędzony u Johna Gregory'ego.

***

Następnego dnia, parę godzin przed zachodem słońca, ruszyłem na południową łąkę, by dotrzymać obietnicy złożonej Alice.

Kiedy się zjawiłem, pochylała się właśnie nad ogniskiem nieopodal głogowego żywopłotu, w pewnej odległości od pozostałych. Najwyraźniej wolała trzymać się na uboczu i nie zadawać z innymi wiedźmami. Na tę myśl poczułem się lepiej. Nie chciałem, by znalazła się pod ich wpływem.

Króliki obracały się na rożnie, tłuszcz skapywał w płomienie.

– Głodny, Tom?

– Umieram z głodu, Alice. Cudownie pachną!

W milczeniu, uśmiechając się do siebie nawzajem, pałaszowaliśmy króliki. Kiedy skończyliśmy, podziękowałem Alice i pogratulowałem przepysznego posiłku. Jakiś czas nie odpowiadała. Stopniowo zaczynałem czuć się coraz niezręczniej. W przeszłości zawsze mieliśmy sobie wiele do powiedzenia. A obecnie? Wczoraj wymieniliśmy się nowinami. Na tym jakbyśmy wyczerpali porozumienie. Pojawił się nieprzyjemny dystans.

– Zapomniałeś języka w gębie? – spytała w końcu Alice.

– Nawet jeśli, to nie ja jeden! – odpaliłem.

Uśmiechnęła się smutno.

– Nic już nie jest takie samo, prawda, Tom?

Wzruszyłem ramionami. Niestety, miała rację. Bo jakże mogłoby pozostać takie samo?

– Wiele się wydarzyło, Alice. Mam wrażenie, że wszystko się zmienia.

– Zmienia?

– Mój termin u pana Gregory'ego dobiegł już końca, mama zawarła sojusz z częścią czarownic z Pendle, a ty, moja najlepsza przyjaciółka, okazałaś się córką wroga.

– Nie – rzuciła. – Nie mów tak.

– Przepraszam.

– Posłuchaj, jeśli pojedziemy do Grecji i wygramy, wszystko się ułoży? Dowiodę tobie oraz panu Gregory'emu, że nie jestem taka, jak mój ojciec. A może, kiedy stary Gregory zrozumie w końcu, że twoja mama porozumiała się z wiedźmami dla dobra Hrabstwa, przyjmie cię z powrotem i dokończysz naukę.

– No, może – mruknąłem. – Ale martwię się. Czuję się niezręcznie. Wciąż nie mogę się oswoić z tym wszystkim.

– Obojgu nam ciężko, Tom. Ale przetrwamy, prawda? W przeszłości zawsze nam się udawało.

– Oczywiście, że tak – odparłem ciepło.

Rozstaliśmy się w przyjaźni, choć dziwnie się czułem, zostawiając Alice na polu wśród czarownic. Zupełnie jakbyśmy należeli teraz do dwóch różnych światów. Miałem ochotę rozprostować nogi, toteż ruszyłem na spacer wokół farmy, od północnej strony. Słońce zapadało właśnie za horyzont. Gdy dotarłem do Wzgórza Wisielców, ujrzałem trzy postaci, czekające w cieniu tuż za płotem. Kiedy podszedłem bliżej, poznałem je. Dostrzegłem Mab oraz jej siostry, trzy czarownice z klanu Mouldheelów.

Mab, oparta o drzewo, patrzyła wprost na mnie. Zapamiętałem ją jako ładną dziewczynę, ale teraz ujrzałem prawdziwą piękność o oszałamiającym uśmiechu, roziskrzonych zielonych oczach i złotych włosach.

W ostatniej chwili przypomniałem sobie dwa mroczne zaklęcia – urok oraz fascynację. Pierwsze sprawiało, że wiedźma wydawała się znacznie atrakcyjniejsza, niż była w istocie, drugie pozwalało jej zapanować nad mężczyzną. Zyskiwała władzę gronostaja hipnotyzującego królika, manipulowała swą ofiarą, wmawiała wszystko, co chciała. Bez wątpienia używała teraz magii przeciw mnie, toteż stawiłem opór. Odetchnąłem głęboko, skupiłem się na mniej atrakcyjnych elementach jej wyglądu – wystrzępionej brązowej sukience i brudnych bosych stopach.

Kiedy znów uniosłem wzrok, jej włosy jakby wyblakły, a uśmiech przygasł. Siostry bliźniaczki, Beth i Jennet, siedziały u jej stóp ze skrzyżowanymi nogami. Bez względu na magiczne sztuczki nie dorównywały urodą starszej siostrze. Haczykowate nosy, wychudzone twarze, twarde wrogie oczy.

– Nie powinno cię tu być, Mab – oznajmiłem marszcząc brwi. – Mama chce, abyście do wyjazdu trzymały się południowej łąki.

– Niezbyt to miłe przyjęcie, Tom – nadąsała się Mab. – Przyszłyśmy tylko się przywitać. Ostatecznie walczymy teraz po tej samej stronie, czyż nie? I nie podziękujesz mi za ocalenie życia?

Spojrzałem na nią zdumiony. Co miała na myśli?

– Gdyby nie ja, ta menada by cię zabiła. Postrzegłam ją i kazałam Alice cię ostrzec. Wiedziałam, że jeśli ja pojawię się w lustrze, nie spojrzysz. Mam tylko nadzieję, że znów zostaniemy przyjaciółmi, nic więcej.

Tak naprawdę nigdy nie byliśmy przyjaciółmi. Dobrze pamiętałem, jak Mab potrafi być okrutna i niebezpieczna. W Pendle nie tylko groziła małej Mary, ale też zamierzała zamordować Alice. To właśnie najbardziej odstręczało mnie od współpracy z bezecnymi czarownicami. Większość posługiwała się magią krwi bądź kości. Mogły zadowalać się zwierzęcymi, ale wolały używać ludzkich.

– Powiedz Tomowi, co jeszcze postrzegłaś, Mab! – wtrąciła Beth, podnosząc się z ziemi i stając obok starszej siostry.

– O tak, powiedz mu. Chcę zobaczyć jego minę, kiedy się dowie – dodała jej bliźniaczka, Jennet, również zrywając się na nogi.

– Sama nie wiem, czy powinnam – mruknęła Mab. – To tylko unieszczęśliwi biedaka. Ale może nie aż tak bardzo jak kiedyś, w przeszłości. Ostatecznie nie jest już bardzo blisko z Alice. Teraz nie są już tak wielkimi przyjaciółmi, prawda? Ale ja mogłabym zostać twoją przyjaciółką, Tom. Bliższą ci niż ktokolwiek inny. Byłabym...

– Co takiego zobaczyłaś? – przerwałem.

Mab dowiodła już, że z pomocą lustra umie wejrzeć w przyszłość. Jej słowa mnie zaniepokoiły. Co zobaczyła w związku z Alice?

– Widziałam śmierć Alice Deane. – Oczy Mab rozbłysły radośnie. – Dzika lamia trzymała ją w pysku. Zawlokła Alice do swej ciemnej jamy, a potem wyssała z niej krew tak, że stanęło serce.

– Kłamiesz! – warknąłem. Lodowata pięść zacisnęła się wokół mego serca i na gardle. Proroctwa Mab spełniały się już wcześniej. Nie mogłem znieść myśli, że coś takiego mogłoby spotkać Alice.

– Nie muszę kłamać, Tom. To prawda: wkrótce sam się przekonasz. Postrzegłam śmierć Alice dwa tygodnie temu. Użyłam świeżej krwi – w dodatku młodej. W takich razach rzadko się mylę. To się stanie w Grecji, w drodze do Ordy. Powiedz jej, jeśli chcesz. Nie robi mi to żadnej różnicy.

– Nie pojedziecie z nami do Grecji! – rzuciłem gniewnie. – Porozmawiam z mamą. Nie chcę, żebyś kręciła się w pobliżu mnie bądź gdzieś obok Alice!

– Możesz mamie gadać, co zechcesz, ale ona mnie nie odprawi. Twoja mama mnie potrzebuje. Jej moc przepowiedni słabnie, moja nadal pozostaje wielka. Potrzebuje mnie, by dowiedzieć się, co planują menady. Nie, nie pozbędziesz się mnie tak łatwo!

Odwróciłem się na pięcie. Zostawiając za sobą Mab i jej siostry, pomaszerowałem w stronę farmy. Wrzała we mnie złość.

Mab zawołała ze złośliwą irytacją:

– Czeka cię ciężkie lato, Tomie Wardzie! Zdarzy się wiele paskudnych rzeczy. Poczujesz się tak nieszczęśliwy, jak jeszcze nigdy w życiu!

## ROZDZIAŁ 7
# POCZĄTEK PODRÓŻY

W końcu nadszedł czas, by wyruszyć do Sunderland Point i rozpocząć długą morską podróż ku Grecji. Mama wynajęła pięć wozów, by przewiozły nas wraz z bagażami na wybrzeże – jeden z nich osłaniało ciemne płótno, chroniące ją przed słońcem.

Czarownice z Pendle wyruszyły poprzedniego dnia pieszo. Mab i jej dwie siostry stanowiły część grupy siedmiu kobiet z klanu Mouldheelów. Towarzyszyło im dziewięć wiedźm z Deane'ów oraz jedenaście Malkinek, w tym Grimalkin. Alice szła razem z nimi. Nie zdążyliśmy nawet powiedzieć sobie do widzenia.

Nasze pożegnanie z Jackiem, Ellie i Jamesem było krótkie i bardzo smutne. Jack mocno uścisnął mamę, a gdy ją puścił, w jego oczach lśniły łzy. Kiedy wdrapała się na wóz, dostrzegłem, że ona także ma mokre policzki. Bardzo starałem się przegnać ten widok z pamięci, ale odnosiłem wrażenie, że odbywa się coś ostatecznego: jakby już nigdy więcej nie mieli się zobaczyć.

Pomyślałem także o ostatnim spotkaniu ze stracharzem. Teraz wyruszałem do dziwnej, obcej krainy, w której stawię czoła wielkim niebezpieczeństwom. Możliwe, że już więcej nie zobaczę mistrza. Żałowałem, że nie zdołałem pożegnać się jak należy i podziękować za wszystkie rady i nauki.

Podróż upływała bez żadnych przygód, a gdy dotarliśmy do Sunderland Point, przygotowania trwały w najlepsze. Niewielka głębokość kanału nie pozwalała dużym statkom dobijać do brzegu, lecz u ujścia rzeki rzucił kotwicę spory trzymasztowy żaglowiec, „Celeste", który miał nas przewieźć morzem do Grecji. Zdecydowano się na jednostkę bardzo szybką, jeden z najszybszych podobno statków handlowych odwiedzających porty Hrabstwa.

– Teraz widzisz, po co mi były pieniądze? – spytała mama. – Wynajęcie tak okazałego statku nie jest tanie. Sporo kosztowało również znalezienie załogi, gotowej przyjąć na pokład czarownice.

Między statkiem i nabrzeżem krążyła mniejsza łódź, przewożąca zapasy. Na niebie świeciło wieczorne słońce, wiał jednak silny wietrzyk. Zerkałem nerwowo na rosnące fale.

Usłyszałem powitalne szczeknięcie. Szpon pomknęła ku mnie wraz z dwoma szczeniakami. Tuż za nimi maszerował Bill Arkwright.

– Dzień całkiem niezły – zauważył – chociaż trochę wieje. Cóż, na morzu będzie gorzej. Ale kiedy otrzaskasz się z morzem, kołysanie przestanie ci przeszkadzać.

Nie odpowiedziałem. Zerknąłem na Alice, stojącą obok grupy wiedźm. Wyraźnie niepokoiła się, tak samo jak ja. Dostrzegła jednak moje spojrzenie. Pomachała nieznacznie. Odmachałem jej, obserwując wiedźmy, wbijające wzrok we wzburzone wody.

Morze nie stanowi dla czarownic bariery takiej jak bieżąca woda w rzece, lecz sól nadal pozostaje poważnym zagrożeniem. Zanurzone w morzu, umarłyby. Nawet unoszona wiatrem piana mogła im zaszkodzić, założyły zatem rękawice i portki, a zwykle bose Mouldheelówny przywdziały wełniane skarpety. Głowy okryły skórzanymi kapturami, przylegającymi ciasno do skóry i wyposażonymi w niewielkie otwory w miejscu oczu, nosa i ust. Lecz mimo dodatkowych strojów nie wątpiłem, iż całą podróż spędzą ukryte w ładowni „Celeste". Mama wspomniała, że ostrzegła załogę przed pasażerkami; tu, na brzegu, ludzie zerkali na nie czujnie, zachowując bezpieczny dystans.

Na pokład przewieziono nas sześcioosobowymi grupami w dwóch dużych, wiosłowych szalupach. Mama popłynęła pierwsza, w towarzystwie kapitana „Celeste". Następnie marynarze przetransportowali wiedźmy – ich wrzaski i jęki, gdy słony wodny pył opryskiwał skórę, powoli cichły w dali. Alice wszelako nie dołączyła do nich. Podeszła i stanęła przy mnie.

– Pozwolisz, że przeprawię się razem z tobą, Tom? – spytała niemal nieśmiało.

– Oczywiście – odparłem.

Wsiedliśmy zatem do ostatniej łodzi, wraz z Arkwrightem oraz trzema psami. Zwierzęta okazywały podenerwowanie, nie chciały się uspokoić i dopiero kilka surowych słów pana przekonało Szpon, by się położyła. Szalupa niepokojąco podskakiwała na falach. Szczęśliwie, przeprawa nie trwała długo. Z łatwością wspięliśmy się po sznurowej drabince na pokład, a członkowie załogi spuścili kosz i wciągnęli w nim psy.

Mama wraz z kapitanem – rosłym mężczyzną o czerwonej twarzy i bujnych bokobrodach – stali przy głównym maszcie. Wezwała mnie gestem.

– To kapitan Baines – rzekła z uśmiechem. – Najlepszy żeglarz w całym Hrabstwie.

– Cóż, z całą pewnością urodziłem się i wychowałem w Hrabstwie, chłopcze, a kiedy zacząłem pływać, liczyłem sobie mniej lat niż ty teraz – odparł. – Lecz co do nazwania mnie najlepszym, bez wątpienia są tacy, którzy mają w tej materii inne zdanie. W naszej części świata żyje wielu dobrych żeglarzy!

– Wykazuje pan zbytnią skromność – zaprotestowała mama. – Poza tym to niegrzecznie sprzeciwiać się damie.

– W takim razie jestem pani winien przeprosiny. – Kapitan skłonił się. – Zwłaszcza że naprawdę wiele zawdzięczam twojej matce – dodał, zwracając się ku mnie. – Mam dwóch synów, bliźniaków. W zeszłym tygodniu skończyli pięć lat. Gdyby nie ona, nie żyliby. I moja żona zapewne także. Twoja mama to najlepsza akuszerka w całym Hrabstwie.

Rzeczywiście, przed powrotem do Grecji mama pomagała wielu kobietom w Hrabstwie przy trudnych porodach i ocaliła sporo z nich.

– Z całą pewnością naruszyłbym zasady dobrego wychowania, gdybym nie oprowadził was obojga po statku – podjął. – Przez kilka następnych tygodni stanie się on także waszym domem, powinniście zatem zorientować się, dokąd trafiliście!

Pokazał nam różne części ładowni, łącznie z kubrykiem oraz magazynem kwatermistrza i wkrótce zrozumiałem, co miał na myśli. Choć z brzegu „Celeste" wydawała się wielka, w istocie, jak na tak dużą liczbę pasażerów, okazała się mała. Kajuty załogi, mieszczące się na dziobie statku, sprawiały wrażenie ciasnych. Lecz kapitan przypomniał nam, że nie wszyscy śpią w tym samym czasie: pełnią wachtę na trzy zmiany, toteż w każdej chwili jedna trzecia załogi pozostaje na służbie. Czarownice miały trafić na rufę. Znajdowało się tam też osobne pomieszczenie, które miałem dzielić z Billem Arkwrightem. I jeszcze dwie kabiny: pierwsza należała do kapitana, drugą zarezerwował dla mamy.

Jej kabina okazała się mała, ale doskonale urządzona. Oprócz łóżka stał w niej fotel i stół z dwoma drewnianymi krzesłami o prostych oparciach. Wszystkie meble przyśrubowano do podłogi, by nie przesuwały się podczas sztormów. Przez bulaj nie wpadało zbyt wiele światła, toteż kapitan zapalił latarnię.

– Mam nadzieję, że nie zabraknie tu pani wygód, pani Ward – powiedział. – A teraz muszę wracać do swych zajęć. Wypływamy za godzinę.

– Z pewnością będzie mi doskonale, kapitanie – podziękowała z uśmiechem mama.

Poszedłem w ślad za kapitanem Bainesem na pokład i przekonałem się, że przypływ już się zaczął: woda przybierała szybko, wiatr wiał coraz mocniej, w powietrzu czułem silną woń soli oraz smoły. Wkrótce marynarze rozwinęli wielkie żagle, podnieśli kotwice i „Celeste" z jękiem, z łopotem płótna zaczęła oddalać się od Sunderland Point. Z początku nie kołysała się zbyt mocno.

Wieczór był pogodny, słońce wisiało tuż nad horyzontem, toteż widziałem wszystko doskonale. Arkwright wskazał leżące na północy Cartmel oraz Starca z Coniston, górę, którą odwiedziliśmy rok wcześniej.

– Przeżyliśmy tam sporo strasznych chwil! – wykrzyknęła Alice.

Obaj przytaknęliśmy. Arkwright o mało nie stracił życia, a towarzysz Szpon, Kieł, zginął z ręki wodnej wiedźmy, Morweny.

Żegluga okazała się nie tak straszna, jak się obawiałem. Ale na razie przeprawialiśmy się zaledwie przez zatokę Morecambe, osłoniętą przed silniejszymi wiatrami. Przed nami leżało otwarte morze. Gdy mijaliśmy ujście rzeki Wyre, dostrzegłem wzburzone białe grzywacze. Po wpłynięciu na mocniejsze fale statek zaczął niepokojąco wznosić się i opadać. Wkrótce żołądek podszedł mi do gardła, a po dziesięciu minutach opróżniłem jego zawartość za burtę.

– Ile czasu trzeba, żeby otrzaskać się z morzem? – spytałem wyszczerzonego w uśmiechu Arkwrighta.

– Czasem trwa to godziny, czasem kilka dni – odparł, patrząc, jak chwytam powietrze. – Niektórzy nieszczęśnicy nie przywykają nigdy. Miejmy nadzieję, że okażesz się jednym ze szczęśliwców, mości Wardzie.

– Schodzę pod pokład, Tomie – poinformowała Alice. – Marynarze nie lubią, kiedy kobiety kręcą się po pokładzie. Uważają, że przynoszą pecha. Lepiej zejdę im z oczu.

– Nie, Alice, zostań. Mama wynajęła ten statek: będą musieli pogodzić się z twoją obecnością!

Alice jednak nalegała. Próbowałem zejść na dół razem z nią, lecz czarownice niezbyt dobrze znosiły kołysanie. Zalegający w ładowni półmrok i silny smród wymiocin sprawiły, że szybko umknąłem na świeże powietrze. Tej nocy, za radą Arkwrighta położyłem się w hamaku pod gwiazdami. Statek płynął wzdłuż wybrzeża, na południe. Do świtu, choć nie do końca przywykłem do kołysania, czułem się znacznie lepiej i mogłem spokojnie obserwować członków załogi, śmiało wspinających się na olinowanie, poprawiających żagle. Nie mieli dla nas czasu – zupełnie jakbyśmy nie istnieli – ale wcale mi to nie przeszkadzało: byli stale zajęci, a kiedy statek kołysał się mocno, ludziom siedzącym wysoko na masztach groziło prawdziwe niebezpieczeństwo.

Kiedy Arkwright służył w wojsku, odbył parę rejsów wzdłuż wybrzeża, toteż sporo wiedział o żegludze. Wyjaśnił, co oznaczają nazwy różnych części statku: że lewa burta nazywa się bakburtą, a prawa sterburtą, że z przodu jest dziób, a z tyłu rufa. Mój tato był marynarzem, zatem większość z tego już wiedziałem, ale że wpoił mi dobre maniery, słuchałem uprzejmie wszystkiego, co miał mi do powiedzenia Arkwright.

– Statki z Hrabstwa zawsze nazywa się imionami kobiet – wyjaśniał. – Weź choćby ten tutaj, „Celeste": jak powinieneś wiedzieć z lekcji łaciny, mości Wardzie, „celeste" znaczy „niebiańska". Bez wątpienia, niektóre żeńskie istoty faktycznie zasługują na owo miano. Lecz w czasie sztormu statek, jeśli nie traktuje się go z szacunkiem i nie kieruje pewną ręką, bywa naprawdę bezlitosny. Niektóre fale dorównują wysokością katedrom: mogą wywrócić podobny żaglowiec i połknąć go w całości. Zdarza się, że statki giną na morzu wraz z całą załogą. Wciąż się o tym słyszy. Życie żeglarza nie jest łatwe. Rzekłbym, że bywa równie ciężkie jak los stracharzy.

Wpłynęliśmy w ujście wielkiej rzeki, zwanej Mersey. Tam rzuciliśmy kotwicę, czekając na przypływ. Wyglądało, że jeszcze nie opuściliśmy granic Hrabstwa. Mieliśmy na krótko zatrzymać się w Liverpoolu, żeby zabrać dodatkowe zapasy.

W odróżnieniu od Sunderland Point port w Liverpoolu wyposażono w duże drewniane nabrzeże, pozwalające „Celeste" przybić do brzegu. Większość z nas skorzystała ze sposobności, by rozprostować nogi. Natomiast czarownice pozostały w ładowni. Kiedy postawiłem stopę na ziemi, poczułem coś dziwnego: choć stałem na twardym lądzie, nadal miałem wrażenie, że podłoże porusza mi się pod stopami.

Kręciliśmy się w pobliżu, a tymczasem robotnicy portowi pospiesznie wnosili na pokład ładunek, tak byśmy mogli odpłynąć jeszcze z tym przypływem. W przeciwnym razie musielibyśmy czekać prawie do zmierzchu. Później, już na pokładzie, stanąłem obok mamy. Gapiliśmy się, jak marynarze oddają cumy. Mama skryła się w cieniu głównego masztu. Osłaniała oczy przed słońcem, patrząc w dal, jakby na coś czekała. Podążyłem za jej spojrzeniem. I kątem oka ujrzałem, jak jej twarz rozjaśnia nagły promienny uśmiech.

Ktoś biegł ku nam. Ku własnemu zdumieniu stwierdziłem, że to mój mistrz! W rękach ściskał torbę oraz laskę, okrywający go płaszcz wydymał się. Jednak „Celeste" odbiła już od brzegu, odległość rosła z każdą sekundą. Stracharz rzucił nam torbę i kij. Wylądowały na pokładzie, zabrałem je szybko, podczas gdy on niepewnie przyglądał się statkowi. Wtedy właśnie mama wystąpiła naprzód, przyzywając go gestem.

Natychmiast odwrócił się, odbiegł kawałek, za chwilę popędził wprost ku brzegowi. Serce podeszło mi do gardła. Wydawało się niemożliwe, by zdołał skoczyć tak daleko. Mimo wszystko udało mu się. Tyle że choć buty wylądowały na skraju pokładu, zachwiał się i zaczął lecieć w tył.

Mama skoczyła ku niemu, chwyciła za przegub, przytrzymała, wciągnęła w bezpieczne miejsce. Wyglądało, jakby padał jej w ramiona, lecz wrażenie powstało wyłącznie ze względu na ruch statku. Stracharz cofnął się o krok i skłonił lekko, a potem ruszył ku mnie. Sądziłem, że chce mi coś powiedzieć, on jednak bez słowa zabrał torbę oraz laskę i skierował się schodami prosto do ładowni – nie oglądając się za siebie.

– Cieszę się, że płynie pan z nami! – zawołałem za nim.

Nawet nie drgnął.

– Czy on jest na mnie zły, mamo? – spytałem.

– Raczej na samego siebie – odparła. – Daj mu czas. Na razie wątpię, by zechciał być twoim mistrzem.

– Na razie? Chcesz powiedzieć, że któregoś dnia znów zostanę jego uczniem?

– To możliwe, ale bynajmniej nie pewne.

Zamilkliśmy oboje. Słuchaliśmy krzyków załogi przeprowadzającej „Celeste" przez ujście portu i dalej, rzeką, na otwarte morze. Znów zaczynało kołysać, za nami szybowały stada rozkrzyczanych mew.

– Jak myślisz, mamo, czemu zmienił zdanie?

– John Gregory to dzielny człowiek, który zawsze przedkładał obowiązki ponad osobiste potrzeby i życzenia. I teraz też tak postąpił. Zrozumiał, co musi uczynić, więc postawił obowiązek nad własne przekonania. Musiał wszakże poświęcić część swych zasad, a dla kogoś takiego jak on to bardzo ciężkie przeżycie.

Mimo słów mamy miałem spore wątpliwości, że chodzi wyłącznie o rezygnację z zasad. Stracharz zawsze twierdził, że nie można sprzymierzać się ze sługami Mroku. Coś innego musiało sprawić, że zmienił zdanie – byłem tego pewien.

# ROZDZIAŁ 8
# MŁODE DAMY

Mijały dni, a mu płynęliśmy na południe, cały czas w pobliżu brzegu. Raz, kiedy zbierało się na sztorm, schroniliśmy się w porcie. Lecz zwykle pogoda nam sprzyjała, podobnie jak wiatr. Potem, gdy oddaliliśmy się od klifów ojczyzny, szykując się do przeprawy przez Kanał, usłyszałem w dali coś jakby grzmoty.

– Kolejny sztorm? – spytałem.

Bill Arkwright pokręcił głową. Zmarszczył brwi.

– Nie, mości Wardzie, to dudnią działa. Jeśli się nie mylę, osiemnastofuntowe. Niedaleko wybrzeża toczy się bitwa. Może jej rezultat będzie po naszej myśli.

Moją ojczyznę najechał sojusz państw leżących na wschód i południowy wschód od naszej wyspy. Dziwnie się czułem tak blisko pola bitwy, żeglując po otwartym morzu.

Po przeprawie przez Kanał wpłynęliśmy wprost w serce wielkiego sztormu na Zatoce Biskajskiej. Nad głowami pioruny rozdzierały niebo, grzmoty do złudzenia przypominały wcześniejsze strzały z dział. Rozgniewane, pokryte płatami piany, morze rzucało statkiem na wszystkie strony. Nie tylko ja obawiałem się, że utoniemy, lecz załoga przyjmowała wszystko mężnie. Wkrótce osiągnęliśmy spokojniejsze wody. Z każdym dniem robiło się coraz cieplej.

W końcu, pokonawszy cieśninę, którą mama nazwała Słupami Heraklesa, wpłynęliśmy na Morze Śródziemne, ze wszystkich stron okolone lądem.

– Kim był Herakles? – spytałem mamę. – Grekiem?

– Tak, synu. Herakles był herosem, człowiekiem o niezwykłej sile – odparła. – Był najsilniejszym człowiekiem na świecie. Widzisz tę wielką skałę na północy? Nazywa się Gibraltar, to jeden z dwóch słupów. Herakles podniósł ją i cisnął w morze.

Roześmiałem się. Niewiarygodne! Jaki musiałby być wielki, by dokonać czegoś takiego.

– Możesz się śmiać, synu – upomniała mnie mama – lecz Grecja to kraj, w którym opowiada się wiele niezwykłych historii. I prawdziwych jest więcej, niż mógłbyś przypuszczać.

– Ale z pewnością nie rzucanie skałą!

Mama nie odpowiedziała, jedynie uśmiechnęła się tajemniczo i odwróciła. Nim jednak zdążyła postąpić kilka kroków, skinęła na mnie, toteż podążyłem za nią do kabiny. Wcześniej nie zapraszała mnie do środka, więc zastanawiałem się, czego chce. Wyraźnie pragnęła wyjawić mi coś na osobności.

Poprowadziła mnie w półmrok kabiny, zapaliła lampę i postawiła na środku stołu, po czym poleciła gestem, bym usiadł naprzeciw niej.

– Myślę, że nadeszła pora, byś dowiedział nieco więcej o sprawach, które czekają nas w Grecji – zaczęła.

– Dziękuję – odparłem. – Martwiłem się, że nic mi nie mówisz.

– Wiem, synu. Obawiam się jednak, że wiele spraw pozostaje także przede mną zakrytych. Martwię się, że Ordyna może przejść przez portal przed naszym przybyciem. Jak mówiłam, odwiedza nasz świat co siedem lat, ale nie zawsze tego samego dnia.

– Nie orientujemy się zatem, kiedy się zjawi?

– Nie, ale tuż przedtem ujrzymy nieomylne znaki. Najpierw ptaki i zwierzęta umkną z całej okolicy. Potem niebo zżółknie, a z miejsca, w którym otworzy się portal, wylecą trąby powietrzne. Zawsze tak było. W trzy dni i trzy godziny później będziemy martwi albo Ordyna zostanie zniszczona.

– Istnieje w ogóle jakaś szansa, mamo? – spytałem. Wszystko, co mówiła, brzmiało zaiste straszliwie. Tak wiele zależało od dalszego rozwoju wypadków.

– Owszem, synu, istnieje. Ale nie będzie łatwo. Kiedy Ordyna pojawi się na równinie na południe od Kalambaki, spróbuje splądrować miasto, zabić wszystkich mieszkańców i pochłonąć ich krew. Ci, którzy umkną jej sługom, zginą z rąk menad, następnie zaś zostaną przez nie pożarci. Nikt nie ujdzie z życiem.

– A co z mieszkańcami miasta, mamo? Czemu wciąż tam żyją, skoro to się powtarza co siedem lat?

– Zbudowali tam domy, synu. Poza tym są biedni. Na całym świecie ludzie mieszkają niedaleko czynnych wulkanów, na terenach nękanych przez trzęsienia ziemi bądź powodzie. Nie mają wyboru. W Kalambace wiedzą przynajmniej, kiedy nadejdzie niebezpieczeństwo, więc mogą umknąć wcześniej. Na drogach zaroi się od uchodźców. Oczywiście, niektórzy zbyt długo zwlekają z ucieczką, inni, starzy, schorowani, nie dadzą rady podróżować. Tym razem, ponieważ dzięki Złemu moc Ordyny znacznie wzrosła, nawet klasztory nie będą bezpieczne. Atak nastąpi jednocześnie z ziemi i z powietrza. Latające lamie, wengiry, bez trudu dotrą na szczyty Meteorów. Zły wysyła ich coraz więcej do pomocy Ordynie, jednak przynajmniej moje siostry nie znajdą się wśród napastników. On jest także ich wrogiem.

– A co się stanie, kiedy otworzy się portal? – spytałem, dręczony ciekawością. – Oglądałaś to kiedyś?

– Tylko raz, synu. Jeden jedyny raz, wiele lat temu, nim jeszcze poznałam twojego tatę. Ale nigdy tego nie zapomnę. Najpierw z ziemi ku mrocznym burzowym chmurom wystrzeli kolumna ognia. Po jakimś czasie zgaśnie, ukazując zamkniętą w środku Ord. Potem z nieba lunie ulewny deszcz, który ochłodzi kamienie cytadeli. Wtedy musimy się do niej dostać. Wszystkie istoty przechodzące z Mroku przez portal potrzebują nieco czasu, by przywyknąć do naszego świata, by zebrać siły – tłumaczyła mama. – Jak pamiętasz, dotyczyło to nawet Złego. Dzięki temu zeszłego lata zdołałeś umknąć z Pendle i schronić się w moim pokoju na farmie. Teraz będziemy musieli wykorzystać równie krótki czas. Zanim Ordyna oraz wyznawcy tej niszczycielki odzyskają pełnię mocy, musimy wedrzeć się do Ordy i unicestwić ją oraz jej sojuszników. To nasza jedyna nadzieja.

***

W miarę upływu czasu obojętność, z jaką załoga początkowo traktowała niezwykłe pasażerki, zaczęła przechodzić w otwartą wrogość. Kapitan wyjaśnił, że marynarzy ogarnął lęk przed czarownicami z Pendle, bo im nie ufają. Jeden z członków załogi zaginął, pełniąc nocną wachtę podczas sztormu. Zapewne fale zmyły go z pokładu, lecz jego towarzysze podejrzewali, że czarownice zabiły nieszczęśnika, by zaspokoić własną żądzę krwi. Na statku robiło się zatem coraz mniej przyjemnie. Wszyscy pragnęliśmy już, by podróż dobiegła końca.

Wierny danemu słowu, stracharz zaniechał dalszych lekcji. Prawie się do mnie nie odzywał. Widoku Alice wręcz nie potrafił ścierpieć. Raz, gdy rozmawialiśmy na pokładzie, uniósł wzrok, syknął i wrócił do ładowni.

Arkwright zatem wziął na siebie moje szkolenie. Podobnie jak we młynie, skupiał się na razie na ćwiczeniach fizycznych. Walka na kije na pokładzie, podskakującym i kołyszącym się pod stopami, okazała się zupełnie nowym doświadczeniem.

Kiedy zbliżyliśmy się do Grecji, temperatura wzrosła. Stracharz przeniósł się na pokład, z dala od panującego w ładowni zaduchu i upału. Wreszcie zaczął się do mnie odzywać. Najpierw pozdrawiał mnie skinieniem głowy i półuśmiechem, wkrótce jednak znów udzielał mi lekcji, mogłem więc teraz korzystać z mądrości dwóch stracharzy.

– Wyjmij notatnik, chłopcze – polecił, kiedy pod bezchmurnym, wieczornym niebem z lekkim, sprzyjającym wiatrem żeglowaliśmy przez Cieśniny Otranto, z każdą chwilą zbliżając się do Grecji. – Jeszcze w Hrabstwie wspominałem ci o żywiołakach ognia i mówiłem, że pewnego dnia opowiem o nich więcej – podjął. – W naszych stronach ich nie ma, pewnie dlatego, że miałyby u nas za mokro. Nawet latem rzadko zdarza się tydzień bez ulewnego deszczu! Lecz Grecja jest sucha i gorąca. W tych warunkach żywiołaki ognia świetnie sobie radzą. Jak mówiłem, są bardzo niebezpieczne. Czasami przyjmują postać świetlnych kul, przejrzystych bądź nie. Dobrze zapamiętaj, co zaraz ci powiem, bo z pewnością natkniemy się na nie w Grecji: przybędą przez portal wraz z Ordyną.

Zanurzyłem pióro w kałamarzu i zacząłem pisać, najszybciej, jak umiałem. Wiedziałem, że nowo nabyta wiedza okaże się wkrótce bardzo ważna.

– Nieprzejrzyste z zasady są gorętsze i bardziej niebezpieczne – ciągnął stracharz. – W pomieszczeniach zamkniętych często unoszą się pod sufitem, ale potrafią też poruszać się bardzo szybko i niemal nie da się przed nimi uskoczyć. Zetknięcie skutkuje ciężkimi oparzeniami – i często prowadzi do bolesnej śmierci. W przypadkach ekstremalnych żywiołaki niemal natychmiast potrafią zamienić swe ofiary w garstkę popiołu.

A to nie wszystko. Inne, zwane asteri, z kształtu przypominają rozgwiazdy o pięciu ognistych ramionach. Te żywiołaki uczepiają się sufitów i ścian. Stamtąd spadają na głowy niczego niespodziewających się ofiar. A kiedy cię dopadną, możesz żegnać się z życiem. Ale mam też dobre wieści. Przed żywiołakami ognia bardzo ciężko się obronić, lecz metalowe ostrze z właściwego stopu srebra sprawia, że wybuchają. Użyteczne są zwłaszcza kije stracharzy. Kiedy zaś nie masz broni, możesz poważnie osłabić żywiołaka ognia zwykłą wodą: wówczas zapada w sen, dopóki nie wyschnie. W razie ataku to właśnie woda stanowi doskonałe schronienie.

Stracharz zawiesił głos, dając mi czas, bym wszystko zapisał w notatniku. Kiedy skończyłem, ciekawość we mnie zwyciężyła.

Dlaczego mistrz poświęcił swe zasady dołączając do naszej wyprawy do Grecji? Wiedziałem, że nie będzie chciał o tym rozmawiać, ale i tak musiałem spytać.

– Panie Gregory, dlaczego w końcu popłynął pan z nami? Co sprawiło, że zmienił pan zdanie?

Spojrzał na mnie z twarzą pociemniałą od gniewu. Potem jednak jej wyraz się zmienił mistrz stał smutny, zrezygnowany.

– Twoja mama napisała do mnie i zdradziła coś, czego wolałbym nie wiedzieć. Coś, w co nie chciałem uwierzyć. Po tym, jak jej list dotarł do Chipenden, długi czas zmagałem się z własnym sumieniem. O mało się nie spóźniłem.

Chciałem dowiedzieć się więcej, nim jednak zdążyłem cokolwiek powiedzieć, z bocianiego gniazda nad naszymi głowami dobiegł nagły krzyk. Wstaliśmy, spoglądając w prawo ponad dziobem. Ponieważ Grecja leżała już niedaleko, sądziłem, że marynarz uprzedza o pojawieniu się lądu.

Myliłem się jednak. Załoga zaczęła wspinać się na olinowanie, rozwijając wszelkie dostępne żagle. Na zachodzie wypatrzyli wielki statek, wypływający jakby prosto ze słonecznej tarczy. Miał czarne żagle, zbliżał się chyżo. A choć „Celeste" była szybka, spostrzegłem, że obcy statek rozwija jeszcze większą prędkość. Zaniepokojona załoga pracowała gorączkowo, lecz statek zbliżał się z każdą chwilą.

Kapitan jakiś czas obserwował ich przez lunetę.

– To pirat. Nie mamy szansy umknąć mu przed zmierzchem – oznajmił, drapiąc się po bokobrodach. – I nie mamy większych szans, jeśli dojdzie do walki. Dysponują ogromną przewagą ognia.

Statek piracki był dosłownie najeżony działami, podczas gdy my mieliśmy zaledwie cztery, po dwa na każdej burcie. W chwili, gdy kapitan umilkł, usłyszeliśmy strzał. Kula armatnia wylądowała w wodzie niedaleko dziobu, posyłając w górę potężny pióropusz piany. Piraci pokazywali, że bez trudu mogliby nas zatopić.

Bill Arkwright pokręcił tylko głową. Uśmiechnął się ponuro.

– Nie jest tak źle, jak się zdaje, kapitanie. Po prostu nie odpowiadajcie ogniem. W walce na działa i w wymianie kul nie wygramy. Ale do salw nie dojdzie. Zatopienie nas to ostatnia rzecz, jakiej by chcieli. Zamierzają zdobyć pańską jednostkę. Bez wątpienia chcą nam poderżnąć gardła i rzucić trupy na żer rybom. Ale, gdy dokonają abordażu, czeka ich niemiła niespodzianka.

Odwrócił się do mnie.

– Zejdź do ładowni, mości Wardzie. Powiadom o sytuacji zamknięte tam młode damy.

Nie tracąc czasu, zbiegłem na dół, by dać znać czarownicom z Pendle, co się dzieje. Grimalkin siedziała na stopniach, ostrząc jeden ze swych noży.

– Szykujemy się, dziecko – oznajmiła. – Mab przewidziała zagrożenie parę godzin temu. Prawdę mówiąc, nie możemy się już doczekać walki. Zbyt wiele czasu spędziłyśmy w zamknięciu. Moje siostry łakną krwi.

Niżej dostrzegłem kilka wiedźm; ich oczy lśniły okrutnym blaskiem. Oblizywały łakomie wargi na myśl o świeżej posoce. Paznokcie miały równie ostre, jak trzymane w dłoniach klingi, gotowe siekać, rozdzierać ludzkie ciała.

Na pokładzie stracharz stał obok Billa Arkwrighta; obaj przygotowywali się do walki. Arkwright zawsze sprawiał wrażenie gotowego rozwalić komuś łeb. Na myśl o czekającym nas starciu uśmiechał się szeroko. Wysunąłem ostrze ze swej laski. Ruszyłem naprzód, by do nich dołączyć. Stracharz pozdrowił mnie skinieniem głowy, Arkwright poklepał mnie zachęcająco po plecach.

Kapitan oraz większość załogi ustawili się między masztami. W rękach trzymali pałki, ale nie wyglądali na spragnionych boju. Pomyślałem, że rzeczywiście przyda się nam pomoc czarownic z Pendle. W ustach zaschło mi z podniecenia i strachu, ale byłem zdecydowany walczyć do upadłego. Lecz nagle poczułem na ramieniu silną dłoń – należała do mamy.

– Nie, synu. – Odciągnęła mnie na bok. – Nie wtrącaj się do bitwy. Nie możemy ryzykować, że ktoś cię zrani. W Grecji czeka cię ważniejsze zadanie.

Próbowałem jeszcze protestować, ale mama nie dała się przekonać. Irytował mnie fakt, że inni mogli się narażać, a ja nie. Nie znosiłem takiego niańczenia, musiałem jednak słuchać mamy. Stanąłem zatem u jej boku, wściekły, że nie wezmę udziału w nadciągającym starciu.

Nie musieliśmy długo czekać na atak. Statek piracki podpłynął bliżej, a potem jego załoga zaczęła ciskać ku nam haki do abordażu. Przyciągali ku sobie oba okręty. Ich bakburta ze zgrzytem zderzyła się z naszą sterburtą. Część piratów, przechadzając się aroganckim krokiem, krążyła po własnym pokładzie. Uzbrojeni w noże, miecze i ciężkie pałki naszpikowane gwoździami, sprawiali wrażenie nieustraszonych oraz bezlitosnych. Inni czyhali na olinowaniu, śledząc nas z góry niczym sępy, widzące wyłącznie padlinę.

Nim jednak pierwsi napastnicy zdążyli przeskoczyć na pokład, z ładowni wybiegły czarownice, prowadzone przez Grimalkin. Wyglądały naprawdę imponująco, odziane w kaptury, uzbrojone po zęby. Niektóre śliniły się, a ślina ściekała im z ust, skapując spod skórzanych kapturów. Wyraźnie nie mogły się już doczekać krwawej uczty. Inne ujadały niczym myśliwskie psy, a ich ciała dygotały z podniecenia. Wyglądały śmiertelnie groźnie, zwłaszcza Grimalkin, która z klingami w obu dłoniach powiodła wiedźmy tuż pod reling, tworząc pierwszą linię obrony. Alice też tam stała, równie zdecydowana i stanowcza jak pozostałe.

Kapitan piratów, rosły osobnik zbrojny w szablę, jako pierwszy wskoczył na pokład „Celeste". Toteż jako pierwszy zginął. Grimalkin wyrwała nóż z pochwy na ramieniu, miotnęła nim prosto w gardło rabusia. Na jego twarzy ledwie zdążyło odbić się zdumienie, a już za moment szabla wypadała napastnikowi z dłoni. Pozbawione życia ciało z głuchym łomotem runęło na deski.

Reszta piratów błyskawicznie wtargnęła na nasz statek. Rozgorzała bitwa. Stracharz oraz Arkwright nie odgrywali w niej zbyt doniosłej roli: czekali z tyłu, unosząc broń w gotowości. Kapitan i jego ludzie także okazali się niepotrzebni. Ów fakt bez wątpienia bardzo ich ucieszył.

Tylko niewielka część zmagań toczyła się na naszym pokładzie. Po pierwszym starciu z czarownicami pozostali przy życiu piraci szybko wycofali się na własny statek. Widząc, z czym mają do czynienia, pomni śmierci kapitana, woleliby wycofać się na bezpieczną odległość i rozwalić nas na kawałki salwami armatnimi, lecz haki do abordażu działały teraz na naszą korzyść. Nim zdążyli je odczepić, by rozłączyć oba statki, czarownice przeszły do ofensywy. Wrzeszcząc, wyjąc z żądzy krwi, wdarły się na statek piracki. Tam rozpoczęła się rzeź. A Alice pobiegła wraz z nimi.

Ścigały piratów wśród olinowania, po pokładzie i w ładowniach. Ci, którzy zostali, zdecydowani walczyć, przeżyli zaledwie parę sekund. Potem ich krew spływała na deski. Wytężałem wzrok, chcąc sprawdzić, jaką rolę odgrywa w tym wszystkim Alice – na myśl o grożącym jej niebezpieczeństwie żołądek ściskał mi się boleśnie. Słońce zdążyło już zajść, z każdą chwilą robiło się coraz ciemniej, w rezultacie niczego nie widziałem.

Szczęśliwie, ciemność oszczędziła nam obrazów najgorszej rzezi. Nadal jednak słyszeliśmy krzyki konających piratów i ich bezskuteczne błagania o litość.

Razem z mamą podeszliśmy do stojących obok masztu stracharzy.

– Trudno mi stać z boku, pozwalając na podobne rzeczy, chłopcze – poskarżył się mój mistrz. Obdarzył mnie twardym spojrzeniem. Podejrzewałem, że jego słowa są także przeznaczone dla uszu mamy, która zawarła przymierze z czarownicami. Mama jednak nie odpowiedziała.

– Przyznaję, paskudna to sprawa – odrzekł Arkwright. – Ale jak wielu nieszczęsnych żeglarzy straciło życie z rąk tych piratów? Ile statków posłali na dno?

Nikt nie mógł temu przeczyć, więc stracharz zamilkł. W końcu krzyki zaczęły cichnąć, wreszcie zupełnie ustały. Wiedziałem, że ukryte w mroku czarownice gromadzą teraz krew oraz kości nieboszczyków do swych rytuałów. Dobrze znałem Alice i wiedziałem, że ona sama nie uczyni niczego podobnego.

Aż do świtu staliśmy na kotwicy. Wówczas zbryzgane krwią czarownice powróciły na „Celeste". Znów wycofały się do swojej kryjówki w ładowni. Zauważyłem, jak bardzo różnią się od siebie Mab i Alice. Pierwsza promieniowała zadowoleniem, wyraźnie napawając się tym, co zaszło. Alice stała z boku ze splecionymi rękami i nieszczęśliwą, pełną obrzydzenia miną.

## ROZDZIAŁ 9

# CZYM JESTEM

Żeglowaliśmy na północ, halsując pod wiatr. Z prawej strony widzieliśmy już ląd. Od razu zauważyłem, że bardzo różni się od tego, do którego przywykłem. Owszem, dostrzegałem nieco zieleni: kępy sosen i dębów, a także nieliczne strzeliste cyprysy. Nie przypominała jednak soczystej zieleni Hrabstwa, zasilanej częstymi deszczami i wilgotnymi, zachodnimi wiatrami. Ten kraj był gorący, suchy, dziki. Słońce paliło nam głowy i karki. Brązowe wzgórza piekły się w jego promieniach.

Od portu w Igoumenitsie dzieliła nas niecała godzina drogi. Lecz morze i jego mieszkańcy jeszcze z nami nie skończyli. Pierwszym sygnałem, jaki uprzedził mnie o niebezpieczeństwie, stał się odległy dźwięk, wysoki i przenikliwy. Niósł się ponad hukiem fal, rozbijających się o skaliste wybrzeże. Stracharz z Arkwrightem spojrzeli po sobie, oczy im się rozszerzyły. W tym momencie „Celeste" szarpnęła mocno, rzucając nami o pokład. Statek zaczął gwałtownie ostrzyć w prawo. Niezgrabnie powstaliśmy z desek, spostrzegając, że skręcamy. Po chwili nasz dziób celował już prosto w ścianę zębatych skał.

– Syreny! – zawołał Arkwright.

Czytałem o nich w bestiariuszu stracharza. Wzywały nas morskie stwory, dziwożony, które niezwykle melodyjnym nawoływaniem wabiły żeglarzy na skały, a potem niszczyły ich statki. Następnie zaciągały tonących w głębiny, tam zaś bez pośpiechu pożerały ciała. Siódmy syn siódmego syna dysponował pewną odpornością na syrenie zawodzenia, lecz zwykły marynarz natychmiast poddawał się urokowi hipnotycznych głosów.

Podążyłem za oboma stracharzami w stronę steru. Krzyki syren brzmiały już znacznie głośniej, dźwięczały nagląco, tak przenikliwie, że rozbolały mnie od nich zęby. Miałem ochotę odpowiedzieć na wezwanie, walczyłem z tym jednak. Stopniowo uczucie przyciągania zniknęło. Większość załogi zebrała się na dziobie, zapatrzona w źródło owego potężnego syreniego śpiewu. Kapitan, stojący za sterem, wybałuszył oczy, mięśnie jego odsłoniętych ramion napięły się niebezpiecznie, gdy kierował statek wprost na czarne skały, przypominające olbrzymie kły żarłocznej bestii. Dłonie zaciskał na kole sterowym niczym ręce szaleńca. Ani na moment nie odrywał wzroku od wybrzeża.

Teraz dostrzegałem już syreny. Leżały na skałach: piękne kobiety o jasnych oczach, złotych włosach i skórze. Promieniował od nich nieprzeparty czar. Kiedy jednak się skupiłem, spróbowałem spowolnić oddech, wygląd tych stworów zaczął się zmieniać. Wreszcie oglądałem ich prawdziwe oblicza. Nadal miały ciała kobiet, lecz długie, zielone kłaki niczym splątane wodorosty spadały na potworne pyski z długimi kłami, sterczącymi spomiędzy groteskowo napuchniętych warg. Zdawałem sobie jednak sprawę, że kapitan oraz załoga zbyt długo pozostawali w rozłące ze swymi żonami. W dodatku nie mieli odporności właściwej stracharzom. Przed nimi odsłaniała się wyłącznie iluzja.

Arkwright chwycił kapitana za ramiona, próbując go odciągnąć. Kiedy odbywałem szkolenie, mocowałem się z nim i walczyliśmy na kije. Aż za dobrze zatem wiedziałem, że jest niezwykle silny – nawet on jednak nie zdołał oderwać tamtego od steru. Kiedy stracharz przyszedł mu z pomocą, kilku członków załogi zeszło z dziobu. Ruszyli ku nam, wymachując pałkami. Nietrudno było odgadnąć ich zamiary. Rozpaczliwie pragnęli odpowiedzieć na syreni śpiew, a wiedzieli, że próbujemy temu zapobiec.

– Cofnąć się! – zawołał stracharz, występując naprzód i wymachując laską. Tamci jednak nie przestawali, w ich oczach lśnił obłęd. Znajdowali się pod wpływem syreniego czaru, gotowi zrobić wszystko, by podążyć za wezwaniem. Stracharz uderzył najbliższego w przegub. Wytrącił mu pałkę. Marynarz zawył z bólu, cofnął się o krok.

Ruszyłem, by dołączyć do Johna Gregory'ego. Uniosłem skośnie laskę w obronnym geście. Ani mój mistrz, ani ja nie wysunęliśmy ukrytych ostrzy. W końcu mieliśmy do czynienia jedynie z załogą „Celeste", nie chcieliśmy nikogo trwale uszkodzić. Z tego samego powodu Arkwright nadal zmagał się ze sternikiem, zamiast roztrzaskać mu czaszkę i powalić na ziemię.

Nagle obok niego zjawiła się mama; gdy się obejrzałem, ugniatała coś w dłoni. Prędko wepchnęła owo coś w lewe ucho kapitana Bainesa. Arkwright przekręcił głowę sternika i mama zrobiła to samo z jego prawym uchem.

– Może go pan puścić! – zawołała, przekrzykując ryk fal na niebezpiecznie bliskich skałach.

Cokolwiek mama zrobiła, w kapitanie zaszła gwałtowna, dramatyczna przemiana. Wrzasnął ze strachu, jego oczy wypełniła groza i obrzydzenie, bo nagle ujrzał siedzące na skałach syreny w ich prawdziwych postaciach. Natychmiast zaczął obracać sterem. Statek zareagował, powoli oddalając się od brzegu. Marynarze runęli na nas, lecz obaj ze stracharzem powstrzymaliśmy ich kijami. Dwóch majtków wylądowało na pokładzie. A potem obok nas zmaterializował się Arkwright. Także uniósł kij, gotów użyć go w razie konieczności. Tymczasem śpiewy syren zaczynały cichnąć, w miarę jak się od nich oddalaliśmy. Przychylny wiatr unosił „Celeste" szybko po falach.

Obserwowałem twarze załogi. Czar syren słabł, mężczyźni dostrzegali teraz prawdziwą postać dziwożon. Paskudne stwory syczały gniewnie, wyszczerzając kły. Pospiesznie zsuwały się z zębatych skał do morza.

– Zatkałam kapitanowi uszy woskiem – wyjaśniła mama. – Jeśli nie słyszy się pieśni syreny, nie ma ona nad nami władzy. To prosta, lecz skuteczna metoda, mój lud korzystał z niej wielokrotnie. Syreny od zawsze czyhają na wybrzeżu, sądziłam jednak, że ta jego część pozostaje bezpieczna. Potęga Mroku wyraźnie rośnie.

Po paru minutach nie słyszeliśmy już głosów syren. Kiedy kapitan wyciągnął z uszu wosk, mama wyjaśniła oszołomionej załodze „Celeste", co zaszło. Statek wrócił na dawny kurs, podjęliśmy podróż na północ, tym razem utrzymując bezpieczną odległość od groźnego brzegu. Jeszcze nie wylądowaliśmy w Grecji, a piraci i syreny już zagrozili naszemu życiu.

***

Późnym rankiem przybiliśmy do brzegu w porcie Igoumenitsa.

W trakcie wyładunku zapasów pozostaliśmy na pokładzie, jakby nikt nie miał ochoty opuszczać bezpiecznego statku. Czekała na nas obca kraina. W gorącym, przesyconym aromatem korzeni powietrzu wisiała zapowiedź nieznanego zagrożenia.

Po południu, na drodze wiodącej w stronę portu ujrzałem chmurę kurzu, z której wkrótce wyłoniło się kilkunastu groźnie wyglądających mężczyzn na koniach. Galopowali w stronę przystani. Wszyscy mieli na sobie brązowe szaty i miecze u pasów. Wszyscy byli brodaci, ich twarze pokrywały blizny. Za nimi jechał wóz, osłonięty czarną plandeką.

Zatrzymali się w rzędzie naprzeciw statku. Czekali w milczeniu. Mama, osłonięta kapturem, zawoalowana wyłoniła się ze swej kabiny. Stanęła na pokładzie, spoglądała na konnych. Wreszcie zwróciła się do mnie:

– To moi przyjaciele, synu. Znajdujemy się w niebezpiecznym kraju, wrogowie w każdej chwili mogą próbować nam przeszkodzić. Jeśli menady zaatakują, będziemy potrzebowali tych ludzi. Chodź, poznasz ich.

To rzekłszy, poprowadziła mnie trapem w stronę czekających jeźdźców. Gdy się zbliżyliśmy, zeskoczyli z wierzchowców i pobiegli w naszym kierunku. Szeroko uśmiechnięci, utworzyli krąg wokół niej.

Mama odwróciła się plecami do słońca, odsunęła woal, po czym przemówiła szybko przyjaznym głosem. Próbowałem zrozumieć, co mówi. Brzmiało to podobnie do greki, ale wyłapywałem tylko pojedyncze słowa. Potem położyła mi na prawym ramieniu lewą dłoń i rzekła „o yios", co oznacza syn. A chwilę później wymówiła słowo „exi", powtarzając je dwa razy. Odniosłem wrażenie, że poinformowała ich, iż jestem siódmym synem siódmego syna i że należę do niej.

Cokolwiek rzekła, wszystkie oczy zwróciły się ku mnie, a obce twarze ponownie rozjaśniły uśmiechy.

– To Seilenos. – Mama wskazała wysokiego, czarnowłosego mężczyznę pośrodku grupki. – Dobry druh, bardzo dzielny człowiek. Jego odwaga walczy o lepsze jedynie z umiłowaniem jadła oraz zacnego trunku! Jest w moim kraju kimś, kogo w przybliżeniu określiłabym tutejszym odpowiednikiem stracharza. Świetnie zna się na lamiach i żywiołakach ognia, co może się okazać bardzo użyteczne, jeśli zdołamy wedrzeć się do Ordy.

Zaczęła mówić coś szybko. Znów niczego nie zrozumiałem, lecz Seilenos pozdrowił mnie skinieniem głowy.

– Zapewniłam go, że twoje życie jest równie ważne jak moje i poprosiłam, by zrobił wszystko, aby uchronić cię przed wszelkim niebezpieczeństwem – wyjaśniła mama.

– Co to za język, mamo? – spytałem. – Brzmi jak greka, ale nic z niego nie pojmuję. Mówią tak szybko!

– Większość napotkanych ludzi zrozumiesz bez trudu, ale ci pochodzą z pogranicza. Posługują się dialektem, który na południu nazywają mową barbarzyńskiej północy.

– Jeśli można – Seilenos wystąpił naprzód i uśmiechnął się promiennie – znam trochę waszych słów, tak? Twoja dobra matka mówi mi, że jesteś uczniem wroga Mroku. Ja też cię czegoś nauczę. Znam ten kraj, znam jego niebezpieczeństwa.

– Dziękuję – odparłem z uśmiechem. – Będę wdzięczny za wszelką pomoc.

– W każdym razie, synu – podjęła mama – podróż na wschód rozpoczynamy dopiero jutro. Dzisiejszą noc spędzimy jeszcze na „Celeste", tak będzie bezpieczniej. Lepiej, abyśmy dobrze się przygotowali do trudów drogi. Tymczasem jednak chcę ci coś pokazać. Mam także kilka spraw do wyjaśnienia. Wybierzemy się więc na wycieczkę, powinniśmy wrócić na statek przed zmrokiem. Pojedziemy tym...

Poprowadziła mnie do wozu osłoniętego czarnym płótnem. Uśmiechnięty woźnica zeskoczył z kozła i otworzył przed nią drzwi. Zdumiał mnie panujący w środku chłód. Chętnie wyjrzałbym przez okno, ale musiałem powstrzymać ciekawość, by nie narażać mamy na palące promienie słońca.

W towarzystwie jej przyjaciół wojowników jakąś godzinę jechaliśmy na południe. Po pewnym czasie zwolniliśmy, droga zaczęła piąć się w górę. Podróżowaliśmy w milczeniu, nie odzywając się do siebie. Chciałem jej zadać tak wiele pytań, ale coś w zachowaniu mamy nakazywało zachować dystans. Wyczułem, że woli, bym zaczekał, póki nie dotrzemy do celu.

Kiedy się zatrzymaliśmy, wysiadłem w ślad za nią, mrugając gwałtownie w oślepiającym słońcu.

Znajdowaliśmy się na skalistym wzgórzu. Rozmigotane błękitne morze połyskiwało w dali. Przed nami stał duży biały dom z okolonym murem ogrodem. Ze ścian obłaziła farba, okiennicom także przydałoby się odmalowanie. Jeźdźcy nie zsiedli z koni, czekali cierpliwie, podczas gdy mama poprowadziła mnie do frontowego wejścia.

Wsunęła w zamek klucz, przekręciła, otworzyła drzwi. Poruszyły się z jękiem. Skrzypiały tak, jakby od lat nikt nie odwiedzał tego miejsca. Podążyłem śladem mamy, zanurzając się w półmrok. W środku uniosła woal, ruszyła w głąb domu. Idąc za nią, kątem oka dostrzegłem jakiś ruch po lewej. Z początku sądziłem, że to szczur, okazało się jednak, że to mała zielona jaszczurka, która wbiegła po ścianie na sufit. Mama ponownie posłużyła się kluczem, otwierając tylne drzwi. Znów opuściwszy welon, wyszła do ogrodu.

Znalazłem się w zdumiewającej oazie zieleni. Choć zarośnięty i zaniedbany, ogród nadal radował oko. Z ozdobnej kamiennej fontanny pośrodku, bulgocząc, wypływała woda, zasilająca gąszcz traw, krzewów oraz niewielkich drzewek.

– Widzisz, Tom? – Mama wskazała ręką małe poskręcane drzewko, rosnące tuż przy fontannie. – Drzewo oliwne. Żyje bardzo długo, a z oliwek tłoczy się pożywny olej. To tutaj ma dobrze ponad dwieście lat.

Przytaknąłem z uśmiechem, choć nagle zalała mnie fala tęsknoty za domem. Drzewo mamy było bardzo małe – karzełek w porównaniu z wielkimi dębami, jesionami, wiązami Hrabstwa.

– Usiądźmy w cieniu – zaproponowała mama, kierując się w stronę osłoniętej od słońca ławeczki pod murem. Zająłem miejsce. Znów uniosła welon. – Tato opowiadał ci o tym domu i o ogrodzie, prawda?

Przez chwilę spoglądałem na nią zaskoczony, potem przypomniałem sobie. Uśmiechnąłem się szeroko.

– To ten dom, mamo? Ten, w którym zamieszkaliście razem, kiedy tato uratował cię ze skały?

Niedługo przed śmiercią opowiedział mi, jak poznał mamę. Kiedyś, jako marynarz, podczas pobytu w Grecji znalazł ją nagą, przywiązaną do skały srebrnym łańcuchem. Osłonił nieszczęśnicę przed słońcem – w przeciwnym razie by zginęła. Potem uwolnił ją. Zamieszkali razem w tym domu, by w końcu wrócić do Hrabstwa i wziąć ślub. Srebrnego łańcucha, który więził mamę, używam teraz do krępowania czarownic.

Przytaknęła.

– Tak, to mój dom. Chciałam ci go pokazać, ale w gruncie rzeczy przyprowadziłam cię tutaj, by nikt nam nie przeszkodził. Bo widzisz, trzeba ci wiedzieć coś jeszcze, synu – podjęła. – Możliwe, że nie trafi się więcej okazja do rozmowy na osobności. To dla mnie bardzo trudne... ale muszę ci wyznać, czym jestem.

– Czym jesteś, mamo? – powtórzyłem. Serce tłukło mi się w piersi.

Tak długo czekałem, by się dowiedzieć, lecz teraz, gdy w końcu miałem poznać prawdę, bałem się.

Mama odetchnęła głęboko. Minęło dużo czasu, nim w końcu przemówiła.

– Nie jestem człowiekiem, Tomie. Nigdy nie byłam.

– To nie ma znaczenia, mamo. Wiem, czym jesteś. Domyśliłem się lata temu. Jesteś lamią, tak jak twoje siostry. Jedną z wengir, tych, które latają. Ale od bardzo dawna byłaś „udomowiona” i jesteś zacna...

– Cóż, spodziewałam się, że dodasz dwa do dwóch i dojdziesz do tego wniosku. Niestety jednak, jesteś w błędzie. Jakże chciałabym, żebyś miał rację...

– W takim razie musisz być hybrydą – przerwałem jej.

– Nie, Tomie, nie jestem hybrydą. Prawda brzmi znacznie gorzej niż wszystko, co zdołałbyś sobie wyobrazić... – Mama umilkła. Odwróciła się ku mnie, w jej oczach lśniły łzy. Serce zabiło mi jeszcze szybciej. Nie miałem pojęcia, co wyzna, ale musiało to być coś strasznego. – Bo widzisz, synu – podjęła. – Ja jestem Lamią. Pierwszą z nich...

Zachłysnąłem się, zakręciło mi się w głowie. Usłyszałem jej słowa, ale nie pojmowałem sensu.

– Co ty mówisz, mamo? Wiem, że jesteś lamią. Udomowioną, zacną...

– Słuchaj uważnie tego, co mówię, synu. Jestem Lamią. Pierwszą. Matką ich wszystkich.

W miarę, jak docierało do mnie znaczenie jej słów, poczułem ból w sercu.

– Nie, mamo! Nie! To nie może być prawda! – wykrzyknąłem, wspominając, co zapisano o niej w bestiariuszu stracharza. Że pierwsze dzieci Lamii zginęły z rąk bogini Hery, a ich matka wywarła straszliwą zemstę. Zabijała dzieci. Potem młodych mężczyzn. Niezliczone mrowie ludzi.

– Po twojej minie widzę, że wiesz, co zrobiłam. Znasz moje zbrodnie, prawda? Mogę tłumaczyć się tylko tym, że utrata moich własnych dzieci doprowadziła mnie do szaleństwa. Zabijałam niewinnych i nigdy sobie tego nie wybaczę. Ale w końcu zwróciłam się ku Światłu, przez całe długie życie próbowałam w jakiś sposób odpokutować to, co uczyniłam.

– Ale ty nie możesz być Lamią, mamo! W bestiariuszu stracharza piszą, że zabiły ją jej trzy córki, pierwsze lamie. Rozszarpały rodzicielkę na strzępy, nakarmiły jej ciałem oraz sercem stado dzików. Więc nie możesz być nią. Ona nie żyje.

– Nie wierz we wszystko, co przeczytasz w książkach, synu – rzekła mama. – Historię często przekazuje się w opowieściach, a także zapisuje po wielu latach, gdy prawda jest już zniekształcona i ubarwiona. Istotnie, urodziłam trojaczki, pierwsze prawdziwe lamie. W rzeczy samej, pokłóciłyśmy się. Ale nigdy nie walczyłyśmy ze sobą. Choć ich słowa zraniły mnie do głębi, żadna nie podniosła na mnie ręki. I mimo iż przyjęłam to z bólem, nasza rodzina musiała się rozstać. Teraz już nie żyją, lecz ich dzikie dzieci zasiedliły całą Grecję, przez co tutejsze przełęcze oraz góry stały się niebezpieczniejsze niż gdziekolwiek indziej na ziemi. Tak przedstawia się prawda.

Nagle przyszło mi coś do głowy.

– Ale masz przecież siostry, dzikie lamie, mamo. A Lamia nie miała sióstr. Była pierwsza. Najpierwsza. Jak mówiłaś, matka ich wszystkich…

– Nazywam je siostrami, Tomie. Bo dla mnie są siostrami, od wielu lat towarzysząc mi w walce z Ordyną i Złym. Dołączyły do mnie na wiele lat przed wyjazdem do Hrabstwa z twoim ojcem. Choć tak naprawdę to moje potomkinie, dzieci moich dzieci, po wielu pokoleniach. Duchowo jednak stałyśmy się siostrami. Tak je postrzegam.

Nie mogłem myśleć jasno; nie wiedziałem, co powiedzieć. Nagle po policzkach popłynęły mi łzy. Zawstydzony, próbowałem je otrzeć. Mama pochyliła się, objęła mnie ramieniem.

– Wszystko działo się bardzo dawno, synu. Każdy, kto żyje tak długo, nie jest już taki sam, jak kiedyś. Zmieniamy się, przekształcamy. Stajemy się kimś innym. Warto to wiedzieć, bo właśnie coś takiego mnie spotkało. Niewiele mam wspólnego z Lamią unicestwiającą całe tłumy. Od nieprzeliczonych lat służę Światłu. Poślubiłam twojego ojca, by móc urodzić mu siedmiu synów. Zrodziłam cię jako mój dar dla Hrabstwa. I więcej – dla całego świata. Bo nosisz w sobie siłę potrzebną do zniszczenia Złego. Niezbędną, by zapoczątkować nową erę Światła. Kiedy wykonasz zadanie, moja pokuta dobiegnie końca. Spłacę dług za straszliwe zbrodnie.

Wiem, że trudno ci pogodzić się z tym wszystkim, ale spróbuj być dzielny. Pamiętaj, że jesteś kimś więcej niż tylko bronią w walce z Mrokiem. Jesteś moim synem. Kocham cię, Tom. Cokolwiek się zdarzy, uwierz.

Nie wiedziałem, co odpowiedzieć. W milczeniu wróciliśmy do domu. Mama zamknęła drzwi na klucz, razem ruszyliśmy w stronę wozu. Po drodze przystanęła na moment. Obejrzała się.

– Już tu więcej nie wrócę – rzekła ze smutkiem. – Wspomnienia o twym ojcu są tu tak silne, że czuję, jakbym po raz wtóry owdowiała.

W czasie jazdy z powrotem na statek próbowałem przetrawić słowa mamy. Zdradziła mi straszliwą prawdę. Niemal niemożliwą do zniesienia.

ROZDZIAŁ 10

# TRZYNASTU DELEGATÓW

O świcie, zeskoczywszy z hamaka, dostrzegłem kolejne wozy czekające na brzegu. Przybyło ich pięć. Alice już tam stała obok grupy czarownic z Pendle – tych z klanu Deane'ów. Sprawiała wrażenie zagubionej, nawet zgorzkniałej. Wszelako kiedy zszedłem po trapie, jej twarz pojaśniała. Pospieszyła ku mnie.

– Co się dzieje? Gdzie pojechałeś wczoraj z mamą? Jakieś złe wieści? Nie wyglądasz na uszczęśliwionego.

– Przyganiał kocioł garnkowi – odparłem.

Bez zbędnych uwag zaczęliśmy oddalać się od statku, tak by reszta nas nie słyszała. Alice zatrzymała się wyczekująco, ja jednak nie umiałem się zmusić, by zdradzić jej, kim jest mama. Fakt, że sam o tym wiedziałem, dostatecznie mi ciążył. Świadomość, czym kiedyś była, boleśnie zawstydzała.

– Mama zabrała mnie do domu, w którym kiedyś mieszkali z tatą – poinformowałem Alice. – I tyle.

– Ale co ci powiedziała, Tom? Musiała coś powiedzieć, skoro wyglądasz na strasznie przybitego.

– Nostalgia, nic więcej. Tam znów poczuła się tak, jakby niedawno straciła tatę. Pragnęła, żebym zobaczył to miejsce.

Alice nie do końca uwierzyła w moją odpowiedź, a kiedy ruszyliśmy z powrotem w stronę „Celeste" dostrzegłem, że Mab Mouldheel nas obserwuje. Od razu zauważyła nasze przygnębienie. Jej twarz natychmiast wykrzywiła się w szerokim, złośliwym uśmiechu.

***

Wyładunek bagaży zabrał nam godzinę. Przez tę godzinę słońce wspięło się wysoko na nieboskłon. W końcu czarownice zeszły na ląd; kilka znalazło sobie miejsce na wozach, lecz większość szła pieszo. Ruszyliśmy na wschód. Wóz mamy, otoczony ze wszystkich stron eskortą, toczył się na przedzie. Za nim podążały wozy z zapasami, a potem wiedźmy prowadzone przez Grimalkin, u której boku maszerowała Alice.

Ja szedłem z tyłu, z Billem Arkwrightem i moim mistrzem. Zostawiłem swą torbę na wozie mamy, John

Gregory, mimo upału, nadal dźwigał swoją. Zastanowiłem się ponownie, co takiego napisała mu mama, że dołączył do nas niezwykle późno, w ostatniej chwili wskakując na statek. Co sprawiło, że zmienił zdanie? Czy znał prawdę? Nie, byłem pewien, że gdyby dowiedział się, kim jest moja matka, nie chciałby mieć ze mną nic wspólnego. Przegnałby mnie na zawsze, tak jak Alice.

Podróżowaliśmy cały dzień w palących promieniach słońca, podążając doliną rzeki Kalamus w stronę miasta Yannena. Mój nastrój nie poprawił się ani trochę. Wciąż rozmyślałem o prawdziwym obliczu mamy. Moi towarzysze także milczeli. Słońce prażyło ziemię. Musieliśmy natężyć wszystkie siły, żeby dotrzymać kroku wozom.

Przechodziliśmy przez wioski pełne białych kamiennych domów i zagajników oliwnych; miejscowi łypali na nas ciekawie. Zastanawiałem się, czy są wśród nich szpiedzy, donoszący o naszych postępach menadom. Przybywaliśmy, by walczyć z Ordyną, a zatem byliśmy dla menad wrogami. W pewnym momencie niechybnie zaatakują. Ponieważ zarówno nasza grupa, jak i menady kierowały się w stronę Ordy, wydawało się nieuniknione, że wcześniej czy później nasze drogi się skrzyżują.

W Hrabstwie przywykłem do leniwego letniego brzęczenia owadów. Tu jednak roiło się od nich wszędzie.

Całe chmary skrzydlatych stworzeń dostawały mi się pod kaptur i kąsały wściekle.

– Czy miejscowi w ogóle znają deszcz? – spytałem, zerkając w błękitne, rozsłonecznione niebo.

– O ile mi wiadomo, pada zimą, nawet sporo – odparł Arkwright. – Bywa także dosyć zimno. Twoja mama twierdzi, że wiosną okolica prezentuje się całkiem inaczej, pełno wokół traw oraz kobierców z dzikich kwiatów.

– Chciałbym to kiedyś zobaczyć – mruknąłem. – Kto wie? Gdy zakończymy sprawę, może kiedyś znów tu wrócimy? Chętnie poznałbym lepiej ojczyznę mamy. Co tak nieustannie świergota? – Cały czas słyszałem ów dźwięk, zaczynał mnie już drażnić.

– Cykady, rodzaj świerszczy – wyjaśnił Arkwright. – Hałaśliwe robale, prawda? Jednak wystrzegać się musimy większych stworzeń, mości Wardzie – na przykład dzików. Są smaczne, owszem, ale potrafią nieźle poranić, jeśli wpadnie im się pod szable! Oprócz dzików żyją tu też wilki, a nawet niedźwiedzie.

– W rzeczy samej, to zupełnie inny kraj od naszego – dodał stracharz. – Grecja jest znacznie bardziej dzika i niebezpieczna. Nawet bez działania potęgi Mroku. Oprócz menad w górach żyją lamie – całe mnóstwo – i oczywiście sama Ordyna, a także roje żywiołaków ognia, które przybędą wraz z nią przez portal.

Po jego słowach ucichliśmy, pogrążeni w zadumie. Czekało nas wielkie niebezpieczeństwo, musieliśmy się z nim rozprawić przed powrotem do Hrabstwa. Zastanawiałem się, czy jeszcze kiedykolwiek ujrzymy zielone ojczyste brzegi.

Przystanęliśmy na popas parę godzin przed zmierzchem, zostawiwszy za sobą wioskę Kreatopolio. Słowo to oznacza po grecku rzeźnika. Istotnie, w wiosce mieściło się wiele kramów rzeźniczych z wiszącymi na wolnym powietrzu baranimi półtuszami. Skorzystaliśmy więc ze sposobności, żeby nabyć świeże mięso. Przyjaciele mamy rozbili trzy namioty – największy dla niej. Przed tym namiotem przez całą noc trzymali straż. Część czarownic skorzystała z pozostałych dwóch, większość jednak spała pod gołym niebem. Byłem zmęczony. Zasnąłem, nim na dobre zamknąłem oczy.

Choć zależało nam, by jak najszybciej dotrzeć do celu, mama uznała, że odpoczniemy tu dzień przed dalszą drogą. Obawiała się menad. Postanowiła zatem wysłać rano zwiadowców. Niech sprawdzą, czy nie kręcą się one gdzieś w pobliżu.

***

Wstaliśmy wcześnie, posilając się tuż przed wschodem słońca. Przygotowano bardzo proste śniadanie – biały kozi ser, zwany fetą, kilka kromek chleba bez masła.

– Zabiłbym za porcję jajek na boczku! – oznajmiłem Arkwrightowi.

– Ja także, mości Wardzie – odparł. – Ale zdaje mi się, że część zbrojnych, którzy nie ruszyli na zwiady, wybiera się polować na dziki. Niewykluczone zatem, iż później czeka nas lepszy posiłek. Jeśli nie, zawsze pozostaje kupiony wczoraj baran.

Po śniadaniu wraz ze stracharzem i Arkwrightem odeszliśmy kawałek od obozu. Napotkaliśmy skąpy zagajnik drzew oliwnych, dających osłonę przed palącym porannym słońcem. Stracharz jednak sprawiał wrażenie podenerwowanego, nie mógł usiedzieć na miejscu. Wkrótce zerwał się z ziemi.

– Nie mówią nam wszystkiego! – oznajmił. – Idę porozmawiać z twoją mamą, chłopcze.

Nie było go godzinę. Kiedy wrócił, minę miał ponurą.

– I co? – spytał Bill Arkwright. – Coś się wyjaśniło?

Stracharz odłożył laskę, przykucnął między nami w cieniu drzewa oliwnego. Długą chwilę milczał.

– Wygląda na to, że gdy Ordyna przybywa przez portal, do cytadeli Ord wkracza delegacja lokalnych mieszkańców – rzekł w końcu. – To rytuał, który nigdy się nie zmienia. Delegacja za każdym razem ma nadzieję ją ugłaskać, aby złagodzić skutki odwiedzin. Po prawdzie jednak nic więcej nie robią, zatem ich błagania nie odnoszą najmniejszego rezultatu.

– Po co zatem wciąż próbują? – spytałem. – Jaki to ma sens, skoro nic nie daje?

– Bo są ludźmi, chłopcze. A ludzie nigdy nie tracą nadziei. Nieważne, w jak rozpaczliwym położeniu znajdą się mieszkańcy, zawsze wmawiają sobie, że mogą coś wybłagać, że tym razem zdołają ją przekonać.

Ordyna potrzebuje ludzkiej krwi, by obudzić się z głębokiego snu po drugiej stronie portalu. Tylko nieliczni delegaci wracają do domów, a i tych zwykle dotyka obłęd. Groza tego, co przeżyli, na zawsze niszczy im umysły. Kalambaka zamierza posłać trzynaście osób – jak zwykle – lecz twoja mama ma inny pomysł. Zamiast nich uda się tam trzynaścioro z nas.

Arkwright zagwizdał przez zęby.

– Mówiła, kto dokładnie?

Stracharz przyglądał mi się bacznie.

– Jak dotąd wymieniła tylko jedną osobę, chłopcze. Ciebie. Wejdziesz w skład delegacji.

Przeraził mnie. Miałem nadzieję, że stracharz, Arkwright bądź mama będą mi towarzyszyli. Wówczas przynajmniej nie byłbym sam.

– Bez wątpienia nie zawadzi użyć fortelu. Może w taki sposób dostaniemy się do środka i zaskoczymy wroga? – podsunął Arkwright.

– Istotnie, o to właśnie chodzi. Nie przemyślała jeszcze do końca całego planu, ale ma nadzieję odwrócić uwagę strażników. Główny atak nastąpi, gdy delegaci będą udawać, że robią to, co zwykle. Zamierza wynająć najemników, całe mnóstwo. Dzikich wojowników z północy.

Arkwright wkrótce odszedł z psami. Zostałem z mistrzem sam. Wciąż sprawiał wrażenie niespokojnego, mamrotał coś pod nosem, potrząsał głową.

– Co się stało? Coś nie tak? – spytałem wreszcie.

– Coś? Aż nazbyt wiele jest nie tak. Jeszcze nigdy nie znajdowałem się z własnej woli w podobnej matni, chłopcze. Nawet przeżywszy nieunikniony atak menad, będziemy musieli przeprawić się przez góry Pindhos, w których zapewne roi się od dzikich lamii. A wszystko zanim jeszcze w ogóle ujrzymy Ordynę...

Wzmianka o lamiach przywiodła mi na myśl Meg, miłość życia stracharza. Oraz jej siostrę, dziką Marcię. W zeszłym roku obie pożeglowały do Grecji. Może nasza podróż zaprowadzi nas w pobliże miejsca, gdzie się zatrzymały? Zastanawiałem się, czy mistrz wciąż tęskni za Meg.

– Skoro znaleźliśmy się tutaj, pewnie złoży pan wizytę Meg? – spytałem.

Stracharz pochylił głowę. Przez moment sądziłem, że nie odpowie – albo oznajmi kategorycznie, bym pilnował własnego nosa. Potem jednak powoli uniósł wzrok. Ujrzałem w jego oczach smutek. Nim jeszcze się odezwał, już wiedziałem, że rozważał możliwość spotkania.

– Myślałem o tym, chłopcze, ale zdecydowałem się poniechać wizyty. Widzisz, Meg wyznała mi, dokąd się wybiera. Mieszka teraz na samotnej farmie, daleko na południu. Ponieważ trzyma się z dala od ludzi, zapewne przybrała już z powrotem dziką postać. Pewnie nawet bym jej nie poznał. Jeszcze rok, a nie będzie się różnić od swej siostry Marcii. Straciłem ją na zawsze. Równie dobrze mogłaby nie żyć. Kobieta, którą znałem i kochałem, odeszła. Wolę zatem zachować po niej jak najlepsze wspomnienia...

Ze smutkiem pokręcił głową. Nie wiedziałem, jakimi słowami go pocieszyć. Ku memu zdumieniu za moment podniósł się, uśmiechnięty.

– Wiesz, chłopcze, moje stare kości nigdy nie czuły się lepiej! To pewnie dzięki upałowi i suchemu powietrzu. Po powrocie do Hrabstwa znów zaczną mi doskwierać. Mimo wszystko ucieszę się, kiedy wrócę do domu.

***

Późnym popołudniem Seilenos oraz trzej jego ludzie wrócili z polowania ze zdobyczą. Pozostali żołnierze bezustannie krążyli po okolicy bądź pilnowali obozu.

Tej nocy zjedliśmy kolację pod gwiazdami; składały się na nią pieczona dziczyzna oraz baranina.

– Na razie wszystko dobrze – oznajmiła mama. – W pobliżu żyje mnóstwo dzikich zwierząt, a moi ludzie donoszą, że nie dostrzegli żadnych śladów wroga. Jutro ruszamy w stronę Meteorów.

Seilenos zerknął z ukosa na stracharza, który bez przekonania dziubał jedzenie.

– Proszę jeść, panie Gregory! – rzekł z uśmiechem. – Wkrótce staniemy do walki z Mrokiem. Należy gromadzić siłę!

Stracharz spojrzał na niego z przyganą. W jego wzroku dostrzegłem dezaprobatę.

– W Hrabstwie my, stracharze, niewiele jadamy w obliczu zagrożenia Mrokiem – odparł chłodnym tonem. – A kiedy robi się naprawdę źle, pościmy, odmawiając sobie strawy, by lepiej przygotować umysł i ducha do starcia z nieprzyjacielem.

Grecki stracharz pokręcił głową.

– Zupełnie tego nie rozumiem! – zawołał, wyrzucając w powietrze ręce. – Takim niemądrym zachowaniem tylko się osłabiacie! Jedzenie, wino dają siłę, czyż nie? Trzeba krzepy, by stawić czoło salamandrom!

– Co to są salamandry? – wtrąciłem.

– Salamandra stanowi najwyższą, najpotężniejszą odmianę żywiołaka ognia. Potężniejszą nawet od asteri. To wielki jaszczur, grzejący się w sercu ognia. Zresztą pluje ogniem, a z nozdrzy wydmuchuje parzącą parę. Trzeba dobrze sobie podjeść, by walczyć z takim potworem. Jedz, młody stracharzu! Wkrótce będziesz potrzebował wszelkich sił. Czy w domu wasze żony źle was karmią? – Seilenos obrzucił spojrzeniem Arkwrighta oraz stracharza.

– Ja nie mam żony – warknął Arkwright.

– My, stracharze z Hrabstwa, pozostajemy w bezżenności – wyjaśnił John Gregory. – Żona i dzieci odciągałyby uwagę od naszego powołania, czyli walki z Mrokiem.

– Istotnie, ładna żona potrafi odciągnąć uwagę – zgodził się Seilenos. – Na szczęście moja żona jest brzydka i ma ostry język – dodał, mrugając do mnie porozumiewawczo. – Mam też piątkę maluchów do wykarmienia. Dlatego właśnie z wami podróżuję. By uciec przed żoną i zarobić pieniądze u twojej dobrej matki!

Byłem głodny, więc najadłem się do syta. Lecz i tak, w porównaniu z Seilenosem, skubnąłem niewiele. On napychał się tak bardzo, iż miałem wrażenie, że pęknie mu brzuch. Ludzie Seilenosa wiwatowali, zachwycając się niepohamowanym apetytem dowódcy. Kiedy się kładłem, on wciąż jadł – i popijał obficie winem.

Myślałem o tym, co powiedział wcześniej stracharz. Mama przy kolacji nie wspominała o swoich planach, zapewne zatem wciąż je szlifowała. Dlaczego wybrała syna na członka delegacji? Pomysł przerażał mnie, ale musiałem zaufać osądowi mamy.

***

Wkrótce po świcie znów ruszyliśmy na wschód. Podróżowaliśmy trzy dni, każdy etap podróży okazywał się trudniejszy od poprzedniego. Było sucho, w powietrzu unosił się pył, słońce piekło bezlitośnie. Po trzecim dniu minęliśmy bokiem miasto Yannena.

W końcu na horyzoncie ujrzeliśmy górskie pasmo. Musieliśmy się przez nie przeprawić, by dotrzeć do Meteorów. Dwie noce później, gdy rozbijaliśmy obóz na piargach, góry Pindhos wznosiły się tuż nad nami. Jutro przed południem rozpoczniemy wspinaczkę. Za górami czekała równina Kalambaki, na którą z ognistego portalu zstąpi Ordyna. Z każdą milą znajdowaliśmy się coraz bliżej niebezpieczeństwa.

# ROZDZIAŁ 11
# NOCNY ATAK

Leżałem w pobliżu ogniska, opatulony w płaszcz. Miniony dzień był co prawda upalny, lecz powoli schodził nocny chłód. Gwiazdy świeciły jasno. Zasypiałem, gdy nagle obudził mnie donośny hałas.

Brzmiał niczym szaleńczy śmiech, ale przechodzący w przenikliwy wrzask. Spojrzałem w ciemność za ogniem. Dźwięk natychmiast powtórzył się, choć dobiegał teraz z innej strony. Zerwałem się, chwytając laskę.

Byłem pewien, że to wrzask menad. Gotowały się do ataku. Wokół szykowali się inni. W świetle dogasającego ogniska ujrzałem łysą głowę Billa Arkwrighta – kopniakiem zasypał żar, skrywając nas w półmroku.

Ogniska gasły jedno po drugim, toteż wkrótce wrogowi pozostało tylko słabe światło księżyca. Dostrzegłem Arkwrighta, który przykucał, by w miarę możności nie wystawiać się na cel. Poszedłem w jego ślady.

Okrzyki i wrzaski rozległy się znowu. Dobiegały zza naszych pleców, znacznie bliżej. Byliśmy otoczeni: menady zaciskały krąg, sprężone do ataku. Ciemna postać śmignęła wprost ku Arkwrightowi, który rąbnął ją laską. Menada z głuchym sapnięciem runęła mu do stóp. Lecz wtedy ze wszystkich stron rzuciły się na nas jej towarzyszki. Słyszałem tupot stóp uderzających o wyschniętą ziemię. Zakręciłem się gwałtownie, odpierając napastniczkę nadciągającą z lewej. Machnąłem kijem. Trafiłem w głowę. Straciła równowagę, upadła. Nacisnąłem zagłębienie laski. Z jej zakończenia, ze szczękiem, wyskoczyło ostrze. Zaczęła się walka na śmierć i życie. Menady wyrastały wszędzie. Jedne dźgały długimi, okrutnymi klingami, inne atakowały gołymi rękami. Niektóre wcześniej zdążyły dopaść ofiar: z ust którejś ściekała krew, między jej zębami tkwiły skrawki skóry i mięsa. Okręcałem się wokół własnej osi, próbując nie dopuścić do siebie napastniczek. Było ich tak wiele, że nie mogłem liczyć na niczyją pomoc. Wszyscy znajdowaliśmy się w podobnej sytuacji. Menady dysponowały ogromną przewagą liczebną.

Pozostało mi tylko wyrwać się z kręgu. Zaatakowałem więc, skacząc naprzód i uderzając laską w sylwetkę tuż przed sobą. Menada runęła na plecy. Przeskoczyłem nad jej ciałem, wydostałem się na otwartą przestrzeń. Za plecami wciąż słyszałem wrzaski. Musiałem dołączyć do pozostałych – Billa Arkwrighta oraz stracharza, może nawet do czarownic z Pendle – i walczyć wspólnie z nimi.

Po prawej ujrzałem cień. Nim zdążyłem wymierzyć obronny cios, czyjaś dłoń złapała mnie mocno za przegub, odciągając w ciemność.

– Chodź za mną, Tom! – wołał znajomy głos.

Alice!

– Dokąd? – spytałem.

– Szkoda czasu na gadanie, najpierw trzeba uciec...

Podążałem tuż za nią. Odbiegliśmy od obozu, kierując się mniej więcej na wschód. Wkrótce odgłosy walki ucichły. Alice nie zdradzała najmniejszej ochoty, żeby zwolnić, zatem dogoniłem ją i złapałem za rękę.

– Dalej nie idę, Alice.

Odwróciła się ku mnie. Ciemność skrywała jej oblicze, lecz oczy lśniły w blasku gwiazd.

– Musimy wracać. Oni potrzebują pomocy. Nie wolno ich tak zostawić! Nie możemy ich porzucić, myśląc wyłącznie o sobie.

– Twoja mama nakazała, bym w przypadku choćby najmniejszego niebezpieczeństwa od razu wyprowadziła cię z zagrożonego terenu. Zwłaszcza jeśli zaatakują menady. Zabierz Toma w bezpieczne miejsce, rzekła. Jeśli spotka go cokolwiek złego, nasze wysiłki spełzną na niczym. Kazała mi dać słowo, o tak.

– Czemu miałyby spełznąć na niczym? Nie rozumiem.

– Nie wiem, jaki plan pokonania Ordyny obmyśliła twoja mama, ale stanowisz jego ważną część, Tom. Musimy cię ochronić. Ruszamy dalej na wschód. Przed świtem dotrzemy w góry. Tam nas nie znajdą.

Alice czasami ukrywała przede mną pewne sprawy, ale nigdy mnie nie okłamała. Wiedziałem, że postępuje zgodnie z poleceniem mamy, toteż niechętnie ruszyłem dalej. Wciąż zamartwiałem się atakiem na nasz obóz. Zjawiło się niesłychanie wiele menad, lecz wiedziałem, że obrońcy nie poddadzą się bez walki. Nocowali tam nie tylko wojownicy mamy, ale też czarownice z Pendle, stracharz i Bill Arkwright. Każde z nich bez wątpienia rozbije tej nocy wiele łbów.

– Czemu ani ty, ani wiedźmy nie przewidziałyście ataku? – spytałem oskarżycielsko. – Przecież mama bądź Mab z pewnością zwęszyły, co się święci. Powinny były nas zawiadomić. Co poszło nie tak, Alice?

Alice wzruszyła ramionami.

– Nie znam odpowiedzi, Tom.

Choć dręczył mnie niepokój, nie odzywałem się więcej, zachowując swe troski dla siebie. Mama wspominała już, że traci moc jasnowidzenia. Byłem pewien, że Zły starał się nas osłabić, by jeszcze bardziej utrudnić zadanie.

– No dalej, Tom, ruszajmy! – zawołała Alice z napięciem w głosie. – Najpewniej wciąż nas ścigają…

Pobiegliśmy więc znowu kawałek, a potem nieco zwolniliśmy kroku.

Gdy dotarliśmy do podnóża gór, księżyc wyłonił się zza masywu mrocznych skał, wyrastających przed nami. Bez wątpienia gdzieś tam krył się górski szlak, ale nie byliśmy w Hrabstwie i nie znaliśmy terenu, nie mieliśmy też żadnej mapy. Wiedziałem tylko, że Meteory leżą gdzieś na wschodzie, za górskim łańcuchem. Zaczęliśmy zatem wdrapywać się jak najszybciej z nadzieją, że w jakiś sposób odnajdziemy drogę.

Od dziesięciu minut maszerowaliśmy przez sosnowy las. Skórę zrosił mi zimny pot – gdy Alice zatrzymała się gwałtownie, szeroko otwierając oczy. Trzy razy wciągnęła w nozdrza powietrze. Węszyła.

– Rzeczywiście ścigają nas menady. Bez cienia wątpliwości. Muszą mieć tropicielkę.

– Ile ich jest, Alice?

– Trzy albo cztery. Całkiem niedaleko.

Obejrzałem się. Lecz nawet w promieniach księżyca zalewających zbocze nie dostrzegłem pośród drzew ani śladu prześladowczyń. Jednak, gdy przychodziło do węszenia zagrożeń, Alice rzadko się myliła.

– Im wyżej dotrzemy, tym większą będziemy mieć szansę znalezienia kryjówki i zgubienia pogoni – rzekła.

Odwróciliśmy się zatem, pospieszyliśmy naprzód. Wkrótce drzewa zostały za nami, a grunt pod stopami zrobił się bardziej stromy i kamienisty. Kiedy następnym razem obejrzałem się przez ramię, dostrzegłem cztery ciemne postacie maszerujące szybko naszym śladem. Zbliżały się z każdym krokiem.

Podążaliśmy właśnie wąską ścieżką między dwiema wysokimi skałami, kiedy ujrzeliśmy przed sobą jaskinię. Ciemna paszcza wiodła w dół. Ścieżka prowadziła wprost do niej. Nigdzie indziej nie mogliśmy pójść.

– Może w ciemności zdołamy je zgubić. Łatwo nas tam nie wytropią – podsunęła Alice. Szybko powęszyła u wejścia do jaskini. – Wydaje się bezpieczna. Nie wyczuwam niczego groźnego.

– Ale co, jeśli to ślepy zaułek, Alice? Jeżeli droga prowadzi donikąd, zostaniemy uwięzieni w ciemności jak w pułapce.

– Nie mamy wyboru, Tom. Albo tam wejdziemy, albo zawrócimy i zmierzymy się z nimi na ścieżce!

Racja. Nie mieliśmy wyboru. Skinąłem głową. Zapaliwszy świecę, którą zawsze noszę przy sobie, wszedłem do jaskini. Ziemia opadała łagodnie, powietrze zaś wewnątrz okazało się znacznie chłodniejsze niż na dworze. Co jakiś czas przystawaliśmy na sekundę, lecz od strony wejścia nie dobiegały żadne odgłosy pościgu. Wiedzieliśmy jednak, że wkrótce menady nas dogonią. I co się stanie, jeśli dotrzemy do ślepej ściany? Wolałem nie myśleć.

Tyle że ścieżka wiodąca do jaskini była całkiem mocno wydeptana, co sugerowało istnienie jakiegoś przejścia. Tunel opadał coraz bardziej stromo, każdy krok wiódł nas głębiej pod ziemię. Nagle, gdzieś w ścianie po prawej, usłyszeliśmy słabe rytmiczne stukanie. Niemal natychmiast odpowiedziało mu podobne z lewej strony.

– Co to jest, Alice?

– Nie wiem – odparła, patrząc na mnie okrągłymi oczami. – Z pewnością nie menady. One zostały z tyłu. Chyba że w tunelu było ich więcej.

Stopniowo stukot stawał się coraz szybszy i narastał, niczym rytm wybijany na werblach przez szalonego wielorękiego bębniarza. Czasami dźwięki dobiegały z góry, lecz głównie z boku, jakby ktoś bądź coś dotrzymywało nam kroku wzdłuż tunelu. Tyle że niczego nie widzieliśmy. Albo istoty wydające owe głosy były niewidzialne, albo też ukrywały się gdzieś w skale. Zastanawiałem się, czy to może jakiś żywiołak.

W końcu stukanie ucichło. Natychmiast poczułem się znacznie lepiej. Teraz tunel zwęził się, spadając naprawdę stromo. Nierówny grunt pod naszymi stopami zaścielały skalne odłamki. Po paru minutach dotarliśmy do szerszego przejścia, skręcającego w prawo. Do tej pory jaskinia była sucha, teraz jednak na przeciwległej ścianie ujrzeliśmy spływającą wodę, która ściekała też ze sklepienia. Na ziemi tworzyły się kałuże. Podążyliśmy w dół.

Wkrótce woda pod naszymi stopami zamieniła się w płytki, rwący strumień. Maszerowaliśmy z jego prądem, przyspieszając kroku. Stopniowo traciliśmy pewność siebie, miny nam rzedły. Woda stawała się coraz głębsza, w końcu sięgnęła ponad kolana. Nurt rwał tak szybko, że z trudem utrzymywałem równowagę. Znowu słyszeliśmy za sobą głosy nawołujących menad; były coraz bliżej.

Brodząc po uda w wodzie, dotarliśmy do, jak z początku sądziliśmy, ślepego zaułka. Lecz poziom wody przestał wzrastać – jeśli nie istniała stąd żadna droga ucieczki, z pewnością sięgnąłby sklepienia jaskini. Dopiero gdy się zbliżyliśmy, zauważyłem gwałtowne poruszenie wodnej tafli. Uderzała o kamienną ścianę, a potem cofała się, tworząc wielki wir.

Gdzieś z dołu dobiegał ogłuszający ryk pędzącej kaskady. Musiała przelewać się przez otwór wiodący do głębszej jaskini. Potem usłyszeliśmy gniewne wrzaski zza pleców. Menady zbliżały się, a my tkwiliśmy w pułapce pod kamienną ścianą.

W rozpaczy uniosłem świecę, przyglądając się otaczającym nas skałom. Ponad wodą wznosiło się strome skalne rumowisko. Ku swej uldze stwierdziłem, że prowadzi w górę, do niewielkiego tunelu. Wskazałem je ręką. Alice natychmiast zaczęła gramolić się po kamieniach. Podążyłem tuż za nią, lecz nasze prześladowczynie znajdowały się bardzo blisko. Słyszałem ich kroki na kamieniach, a potem tupot w tunelu. Za chwilę nas dościgną, pomyślałem. Czy nie lepiej odwrócić się i stawić im czoło? Tunel był bardzo wąski, naraz mieścił tylko jednego piechura. To nieco wyrównywało szanse. Uznałem, że przyszła najlepsza pora, by zatrzymać się i walczyć.

Podałem Alice świecę, a potem, unosząc laskę przed sobą pod kątem czterdziestu pięciu stopni, wypuściłem z niej ostrze. Przypomniałem sobie wszystko, czego uczył mnie Arkwright. Oddychaj powoli, głęboko. Równomiernie rozłóż ciężar ciała. Zaczekaj, aż wróg podejdzie blisko i wykona pierwszy ruch. Bądź gotów do kontruderzenia...

Menady, spięte do skoku, wprowadzały się w morderczy szał, zasypując nas gradem greckich słów. Nie rozumiałem wszystkich, ale dotarło do mnie ich ogólne znaczenie. Zapewniały, co ze mną uczynią:

– Wyrwiemy ci serce! Wypijemy krew! Pożremy ciało! Zmiażdżymy kości!

Pierwsza z menad popędziła wprost ku mnie, niczym nożem wymachując zabójczym morderczym drewnianym szpikulcem. Jej twarz wykrzywiało coś straszniejszego niż gniew. Skoczyła naprzód. Cofnąłem się o krok i powaliłem ją potężnym ciosem w skroń. Druga ruszyła nieco ostrożniej. Miała co prawa szalone oczy, lecz w twarzy chytrość. Ta czekała, aż wykonam pierwszy ruch. Wyciągnęła ku mnie nieuzbrojone dłonie. Gdybym dał się ucapić, natychmiast zaczęłaby rozszarpywać mnie na kawałki. Pozostałe pospieszyłyby z pomocą. Wtedy nastąpiłby mój koniec.

Rozchyliła napuchnięte wargi, odsłaniając ostre kły. Moją twarz zalała chmura mdlącego smrodu – znacznie gorszego niż oddech wiedźmy, posługującej się magią krwi bądź kości. Menady żywiły się nie tylko świeżym mięsem, ale też i padliną; między jej zębami tkwiły skrawki gnijącego mięsa.

Nagle gdzieś w górze usłyszałem głośny stukot, niemający nic wspólnego z menadami. Niemal natychmiast odpowiedział mu kolejny, jeszcze głośniejszy i bliższy. Dźwięki zaczęły narastać w ogłuszającym *crescendo*. Po paru sekundach otaczały nas ze wszystkich stron. W skale trwała kakofonia rytmicznego stukotu. Stuk potężniał i potężniał, niczym zwielokrotnione grzmoty. Menada straciła cierpliwość, puściła się biegiem ku mnie. Posłużyłem się laską niczym włócznią, raniąc ją w ramię. Wrzasnęła, odskoczyła. Wtedy, być może poruszone ogłuszającym hałasem, wokół nas zaczęły sypać się kamienie, a znad głowy dobiegł złowieszczy łoskot.

Coś uderzyło mnie potężnie w ciemię, upadłem do tyłu, na wpół ogłuszony. Dźwignąłem się na kolana, dostrzegłem w przelocie przerażoną twarz Alice – a potem tunel zawalił się z ogłuszającym hukiem i zgrzytem. Ogarnął mnie mrok.

***

Kiedy otworzyłem oczy, ujrzałem pochyloną nade mną Alice. Świeca niemal się już wypaliła, pozostał zaledwie ogarek. W ustach czułem gorzki smak. Pod językiem miałem kawałek liścia – któreś lecznicze zioło ze skórzanej sakiewki mojej towarzyszki.

– Zaczynałam już naprawdę się martwić – zauważyła. – Całe wieki byłeś nieprzytomny.

Pomogła mi wstać. Bolała mnie głowa, na czubku wyczułem guz wielkości jajka. Rozejrzałem się dookoła i nie dostrzegłem ani śladu napastniczek.

– Menady leżą pogrzebane pod stosem kamieni, Tom. Na razie jesteśmy bezpieczni.

– Miejmy nadzieję, Alice: są bardzo silne i jeśli któraś przeżyła, z pewnością się wykopie, byle tylko nas dopaść.

Alice przytaknęła. Zerknęła na rumowisko.

– Zastanawiam się, co to były za dźwięki...

– Wolę o tym nie myśleć. Ale cokolwiek je spowodowało, zapewne zawaliło tunel.

– Musimy szybko znaleźć drogę do wyjścia, Tom. Tej świecy nie starczy na długo.

Oczywiście, pod warunkiem, że istniała jakaś droga. Jeśli nie, koniec z nami. Nigdy nie zdołamy przekopać się z powrotem. Sporo głazów było zbyt dużych, byśmy, nawet razem, zdołali je podnieść.

Możliwie najszybszym krokiem maszerowaliśmy w głąb tunelu, świeca zaczynała już migotać. Wkrótce otoczy nas ciemność; może już nigdy nie ujrzymy światła dnia.

I wtedy zrozumiałem, że ogarek nie migocze jedynie dlatego, że zaczął się kulić. Gdzieś z przodu napływało świeże powietrze. Ale jak wielka okaże się szczelina w skale? Czy zdołamy się przez nią wydostać? Wspinaliśmy się dalej, wiatr stopniowo stawał się coraz silniejszy. Poczułem w duchu nadzieję. I rzeczywiście – po paru chwilach ujrzałem przed nami światło. Zatem wyjście istniało! Po kilku minutach, z radością porzucając nasz niedoszły grób, wyłoniliśmy się na górską ścieżkę. Teren wokół oświetlały promienie księżyca, słabnące, bo zbliżał się już świt. Odebrałem Alice ogarek, zdmuchnąłem go, wsadziłem do kieszeni portek, na wypadek gdyby okazał się jeszcze potrzebny. A potem bez słowa ruszyliśmy na wschód, ścieżką prowadzącą w głąb górskiego pasma.

Musieliśmy iść dalej i znaleźć przejście wiodące na równinę po drugiej stronie. Miałem tylko nadzieję, że mama oraz pozostali przeżyli atak menad. Jeśli tak, ruszą w stronę Meteorów. Tam ich znajdziemy.

# Rozdział 12
# Lamie

W końcu dotarliśmy do rozwidlenia ścieżki. Obie odnogi wiodły mniej więcej na wschód, w stronę równiny. Ale którą powinniśmy wybrać?

– W którą stronę, Alice? – spytałem.

Powęszyła kolejno.

– Niewielki wybór – rzekła, marszcząc brwi. – Żadna nie jest bezpieczna. To groźne miejsce.

– O jakim niebezpieczeństwie mówisz?

– O lamiach. Całym mnóstwie lamii.

Lamie czaiły się na górskich przełęczach, wypatrując wędrowców. Sama myśl o nich sprawiła, że ogarnął mnie niepokój. Przypomniałem sobie, co widziała Mab: Alice, zabitą przez dziką lamię podczas podróży do Ordy. Czułem się rozdarty: zastanawiałem się, czy jej o tym mówić, czy nie. Ale po co martwić Alice, spytałem sam siebie. I tak przecież, bez jakiegokolwiek ostrzeżenia, zważała na lamie. Świadomość zagrożenia mogłaby tylko podsycić jej strach.

Nadal jednak bałem się, że Mab miała rację.

– Może powinniśmy zatrzymać się tu na jakiś czas, Alice – zaproponowałem, zerkając w niebo, które zaczynało już jaśnieć. – Wkrótce wzejdzie słońce. Do świtu zostało najwyżej pół godziny.

Lamie nie mogły znieść promieni słonecznych, więc za dnia bylibyśmy bezpieczni. Lecz Alice pokręciła głową.

– Przypuszczam, że już nas wywęszyły. Wiedzą, że tu jesteśmy, Tom. Jeśli zostaniemy w jednym miejscu, dopadną nas, uderzą ze wszystkich stron. Zdążą się zjawić, nim słońce wzejdzie. Lepiej ruszajmy dalej.

Słowa Alice brzmiały sensownie, toteż, kierując się impulsem, wybrałem lewe odgałęzienie ścieżki. Jakiś czas droga wznosiła się stromo, potem zaczęła opadać ku niewielkiej dolinie, otoczonej z obu stron pionowymi skalnymi ścianami. Nawet po wschodzie słońca to miejsce nadal spowijał cień. Kiedy zaczęliśmy schodzić, blada tarcza księżyca zniknęła nam z oczu. Znów ogarnął mnie niepokój. Po naszej prawej ziała czarna jama niewielkiej jaskini. I wtedy zacząłem dostrzegać rozrzucone wokół pióra.

Już wcześniej, w Hrabstwie, widziałem coś podobnego. Niechybny znak, że w pobliżu czają się dzikie lamie. Kiedy brakowało ludzkich ofiar, zadowalały się mniejszymi stworzeniami, takimi jak myszy i ptaki: hipnotyzując czarną magią, rozszarpywały je na strzępy i wypijały krew.

Wkrótce, ku naszej zgrozie, dojrzeliśmy kolejne oznaki niebezpieczeństwa: drugą jaskinię, szczątki martwych ptaków – skrzydła, dzioby, głowy i nóżki – rozrzucone na zakrwawionych kamieniach. Zauważyłem jednak, że wszystkie szczątki są stare, nie świeże.

– Wybraliśmy złą drogę, Alice! Musimy zawrócić!

– Lub iść dalej, znacznie szybciej! – nalegała. Było już jednak za późno...

Uszy wypełnił nam mrożący krew w żyłach syk; gdy się odwróciliśmy, zobaczyliśmy coś wielkiego. To coś biegło ku nam skalistą ścieżką. Dzika lamia. Ciało miała co najmniej półtora raza dłuższe od mojego, poruszała się na czterech chudych kończynach o wielkich, rozcapierzonych dłoniach, z długich palców wyrastały ostre, śmiercionośne szpony. Skołtunione tłuste włosy okrywały porośnięte łuskami plecy i częściowo twarz. Jednak wystarczył rzut oka na odsłonięte fragmenty tej twarzy, bym natychmiast zrozumiał, że trudno znaleźć się w gorszym położeniu. Nie mieliśmy przed sobą lamii o napuchniętym i obrzmiałym obliczu, która niedawno się posiliła, ociężałej i mniej agresywnej. Nie, z wychudzonej twarzy spoglądały szeroko otwarte ślepia, w których czaił się morderczy głód.

Odwróciłem się, stanąłem przed Alice, uniosłem laskę – lamie nie lubią drzewa jarzębiny. Zamachnąłem się, wymierzyłem lamii mocny cios w głowę. Z głuchym łoskotem kij trafił w czaszkę. Bestia cofnęła się, sycząc wściekle. Ruszyłem na nią, atakując raz po raz. I wtedy usłyszałem kolejny gniewny syk, dobiegający z tyłu: odwróciwszy się, ujrzałem drugą lamię, zbliżającą się ku Alice. Niemal natychmiast na wielki głaz po prawej wygramoliła się trzecia.

Teraz drzewo jarzębinowe już nie wystarczyło, nacisnąłem zatem zagłębienie na lasce. Z ostrym szczękiem wyskoczyła klinga.

– Trzymaj się blisko mnie! – zawołałem do przyjaciółki.

Gdybym zdołał odrzucić lamię aż do miejsca, gdzie ścieżka się rozszerzała, moglibyśmy ją wyminąć i uciec.

Nie tracąc czasu, wymierzyłem kijem mocny cios. Sięgnął celu, ostrze przebiło prawe ramię, z którego trysnęła czarna krew. Lamia wrzasnęła, odskoczyła. Ruszyłem za nią, dźgając raz po raz. Tym sposobem nie dopuszczałem stwory do siebie. Równocześnie uważałem bardzo, aby się nie zdekoncentrować. Lamie są niewiarygodnie szybkie, ów powolny odwrót w każdej chwili mógł się zamienić w szaleńczy atak. Lamia potrafiłaby dopaść mnie w ciągu sekundy, przyszpilając szponami do ziemi i wgryzając się w moje ciało. Musiałem się zatem skupić, wypatrując okazji do przebicia klingą serca. Napierałem krok za krokiem. Skoncentruj się! – powtarzałem w duchu. Obserwuj! Skup się! Bądź gotów na pierwszą oznakę ataku!

Nagle z tyłu dobiegł mnie krzyk. Alice! Zaryzykowałem szybkie zerknięcie przez ramię. Nie widziałem jej! Odwróciwszy się od rannej lamii, pognałem ścieżką w stronę, z której dochodził jej głos. Nie dostrzegłem ani śladu Alice, więc zatrzymałem się bezradnie. Czyżbym pobiegł za daleko?

W rozpaczy, z sercem walącym ze strachu, cofnąłem się natychmiast. Dotarłem do szczeliny w skale. Na ziemi przed nią walały się pióra i szczątki ptaków. Czyżby lamia zawlokła Alice do środka? Dobiegający z wewnątrz krzyk potwierdził moje podejrzenia, lecz głos Alice wydawał się odległy, nieco stłumiony. Przecisnąłem się przez szczelinę, ruszyłem naprzód w gęstniejący mrok. Dotarłem do kolejnej jaskini, która okazała się znacznie mniejsza od pozostałych. Ot, zwykła czarna dziura, opadająca stromo w głąb ziemi.

Nagle spostrzegłem Alice. Patrzyła na mnie, a w jej oczach był strach, ból i rozpacz. Szczęki lamii wczepiły się w prawe ramię dziewczyny, na jej gardle dostrzegłem krew. Lamia ciągnęła Alice w dół, głową naprzód, do skrytej w głębi nory. Ostatnim, co widziałem, była lewa stopa Alice i szpiczasty trzewik znikający mi z oczu. Wszystko zdarzyło się bardzo szybko: nim zdążyłem zareagować, moja przyjaciółka zniknęła.

Popędziłem do otworu, odrzuciłem laskę, upadłem na kolana i wepchnąłem do środka lewą rękę, w desperackiej próbie złapania Alice za kostkę. Lamia jednak zawlokła ją zbyt głęboko. Sięgnąłem do kieszeni w poszukiwaniu ogarka świecy oraz hubki: wiedziałem, że będę potrzebował światła, by poruszać się w ciemności. Gardło ściskało mi się boleśnie. Zęby lamii wbiły się głęboko, możliwe, że zaczęła już wysysać krew. Działo się dokładnie tak, jak przewidziała Mab. Twierdziła, że Alice zginie tam, w ciemności. Stwora wyssie jej tyle krwi, że serce dziewczyny stanie.

Usłyszałem dobiegający z dołu chrobot. Zapewne na wszystko już za późno. Zdjęty szaleńczym strachem, nagle przypomniałem sobie mroczne życzenie, otrzymane od Grimalkin. Wiedziałem, że nie powinienem z niego korzystać, bo tym samym wezwę mrok. Ale czy miałem wybór? Miałem stać bezczynnie i pozwolić Alice umrzeć, skoro dysponowałem mocą zapobieżenia tragedii? Napłynęły mi łzy, gardło dławiła rozpacz. Nie potrafiłem sobie wyobrazić życia bez Alice. Musiałem to zrobić. Ale czy życzenie ocali Alice? Czy okaże się aż tak silne?

– Życzę sobie, by Alice była cała, zdrowa i bezpieczna! – zawołałem, a potem powtórzyłem szybko życzenie, tak jak poleciła Grimalkin. – Życzę sobie, by Alice była cała, zdrowa i bezpieczna!

Nie wiem, czego właściwie oczekiwałem. Z pewnością nie tego, że Alice nagle pojawi się nietknięta u mego boku. Miałem nadzieję, iż ujrzę, jak wyczołguje się z nory lamii. Jednak dobiegał mnie tylko odległy skowyt wiatru. Grimalkin wyjaśniła, że w życzeniu zawarła lata gromadzonej mocy. Coś więc z pewnością się wydarzy!

Ale nie działo się nic – zupełnie nic – i serce zaciążyło mi w piersi. Życzenie nie zadziałało. Pewnie zrobiłem coś nie tak. Spojrzałem w mroczną gardziel jamy lamii, poczułem wzbierający żal. Czemu traciłem czas na wypowiedzenie życzenia? Dlaczego okazałem się tak głupi? Powinienem był zapalić świecę i od razu poczołgać się za nią.

Otworzyłem pudełko z hubką. Właśnie wtedy wyczułem coś za sobą. Nagle przypomniałem sobie trzecią lamię. W pośpiechu, próbując ocalić Alice, na śmierć o niej zapomniałem! Odwróciłem się... Nie spoglądała na mnie lamia. Zobaczyłem coś znacznie gorszego. Za moimi plecami stał Zły we własnej osobie.

Wciąż miał postać Matthew Gilberta, zamordowanego flisaka. Matthew był serdecznym, rosłym mężczyzną o wielkich dłoniach i ciepłym uśmiechu. Spod rozpiętych dwóch górnych guzików koszuli wystawały ciemne włosy na szerokiej piersi. Wyglądał dokładnie jak ów miły jegomość, który niegdyś przewoził ludzi i towary od Caster do Kendal i z powrotem. Lecz Zły nawiedzał mnie już pod tą postacią, wiedziałem zatem dokładnie, z kim mam do czynienia.

– No, no, Tomie, cóż za wspaniały dzień. Bardzo długo na niego czekałem. W końcu użyłeś Mroku!

Cofnąłem się, wystraszony jego słowami. Pokręciłem przecząco głową – choć wiedziałem, że sam siebie okłamuję. Jak mogłem zaprzeczać? Stracharz ostrzegał, że Zły spróbuje przeciągnąć mnie na swoją stronę, krok za krokiem kalając mi duszę, aż w końcu stracę ją i stanę się jego własnością. Sugerował też, że najpewniej posłuży się Alice. Tak właśnie się stało. Użyłem Mroku, by ją ocalić.

– Nie próbuj udawać! Ostatecznie skorzystałeś właśnie z mrocznego życzenia. Myślisz, że o tym nie wiem? Wyczułem czarną magię, zrozumiałem, co się święci, toteż natychmiast przybyłem. Życzenie uratowało Alice. Wkrótce tu się zjawi, gdy tylko odejdę i pozwolę czasowi normalnie płynąć. Ty możesz poruszać się swobodnie, ale nic poza tobą. Rozejrzyj się: może wtedy mi uwierzysz…

Zły potrafił zakłócać bieg czasu, a nawet wstrzymywać go całkowicie.

Spojrzałem w górę przez skalną szczelinę. Wysoko na niebie zobaczyłem ptaka, odmianę sokoła. Nie poruszał się, wisiał obok skał, zastygły, nieruchomy na tle jasnego błękitu.

– Miałeś szczęście, że uciekłeś i dotarłeś w te góry – podjął Zły. – Atak całkiem was zaskoczył. Czarownice z Pendle, które występują przeciw mnie, nie wykryły zagrożenia. Nawet ta mała przebiegła Mouldheelka. Moc twojej matki na nic się zdała, bo zamąciłem jej zmysł jasnowidzenia. Robię to zresztą od wielu miesięcy. Po cóż liczyć na zwycięstwo z wrogiem, którego ja wspieram? Wyjaśnij mi!

Nie odpowiedziałem. Sama walka z kimś tak potężnym i straszliwym jak Ordyna była już dostatecznie okropna. Lecz za jej plecami, gotów użyczyć jeszcze większej mocy, stał Zły. Mama nie mogła liczyć, że go pokona. Cała nasza misja była skazana na porażkę.

– Milczysz, Tomie. Wiesz, że mam rację. Zatem powiem ci więcej. Wyjaśnię, jak źle wyglądają sprawy. Wkrótce są twoje urodziny: skończysz piętnaście lat, prawda?

Nie odpowiedziałem, ale miał rację. Trzeciego sierpnia, za tydzień z okładem, kończyłem piętnaście lat.

– Twoja matka potrzebuje cię, by wypełnić skazany na porażkę plan – podjął. – Chcesz wiedzieć, jaką rolę ci w nim przeznaczyła?

– Ufam mamie – odparłem. – Jestem jej synem. Wykonam wszystko, co zechce.

– Wszystko? Bardzo szlachetnie z twojej strony, Tom. Bardzo szczodrze. Zostałeś skazany na szczodrość – niezwykłą szczodrość – ponieważ ona wiele od ciebie potrzebuje. Ni mniej, ni więcej, tylko twego życia. W dniu twoich piętnastych urodzin masz zostać złożony w ofierze po to, by zaspokoić jej rozpaczliwe pragnienie zwycięstwa.

– Kłamiesz! – krzyknąłem, dygocząc z gniewu. – Mama mnie kocha. Kocha wszystkie swoje dzieci. Nie zrobiłaby czegoś takiego.

– Czyżby, Tomie? Nawet dla większego dobra? Jednostki się nie liczą. Twoja mama wierzy w Światło. Jest gotowa zrobić wszystko, byle tylko pokonać Mrok. Nawet poświęcić to, co kocha najbardziej. Właśnie ciebie, Tomie. Właśnie z tobą tak zamierza postąpić!

– Nie wierzę. Po prostu nie...

– Nie? Jesteś pewien? Specjalna ofiara krwi może dałaby jej szansę. A twoja krew jest bardzo wyjątkowa. To krew siódmego syna siódmego syna...

Nie odpowiedziałem. I tak już powiedziałem za dużo.

Zły wyraźnie napawał się moim nieszczęściem.

– I nie tylko – ciągnął. – Jesteś też synem swojej matki. A ona nie jest człowiekiem. Wiesz, czym jest? – Uśmiechnął się. – Widzę, że już ci powiedziała. Tak łatwo cię przejrzeć, Tom. Czytam w tobie jak w otwartej księdze. Wiesz więc, co zrobiła w przeszłości. Jaka była okrutna i krwiożercza – prawdziwa służka Mroku. I mimo nawrócenia na Światło, teraz powraca do dawnej postaci. Pomyśl, jak łatwo przyszłoby tak morderczej istocie poświęcić cię w imię sprawy, w którą wierzy!

Wszystko pociemniało, miałem wrażenie, jakbym spadał i zaraz miał zderzyć się z czymś morderczym. Zupełnie jakbym przed momentem runął ze skały, a teraz pikował ku ziemi.

Przerażony, spodziewałem się, że w każdej chwili roztrzaskam się na kawałki.

## Rozdział 13
# Moja krew

Całe moje ciało podskoczyło, lecz nie poczułem bólu. Otworzyłem oczy. Natychmiast zmrużyłem je w jasnych promieniach słońca. Był późny ranek. Usiadłem, rozejrzałem się dokoła. Obok mnie, na ziemi, leżała laska.

Nagle zalała mnie fala wspomnień. Alice! Jaskinia!

Zerwałem się na równe nogi. Tkwiłem na górskiej ścieżce, po obu stronach wznosiły się strome urwiska. Nie potrafiłem stwierdzić, czy to ta sama ścieżka, którą podążałem zeszłej nocy, ale nie widziałem ani śladu skalnej szczeliny z ukrytą za nią jamą lamii, ani też śladów ich ofiar.

– Tom!

Odwróciłem się. Ujrzałem Alice – maszerowała ku mnie ścieżką, po jej twarzy płynęły potoki łez. Sądziłem, że nie żyje, więc bez namysłu pobiegłem ku niej i chwyciłem w objęcia. Wszelkie dręczące mnie wątpliwości zniknęły. Jakie znaczenie ma, co pomyśli stracharz? W tym momencie, po wszystkim, co razem przeszliśmy, nie obchodziło mnie jego zdanie. Alice odpowiedziała mocnym uściskiem. Długi czas nie poruszaliśmy się. Potem jednak cofnęła się i przytrzymała mnie, kładąc mi lekko ręce na ramionach.

– Och, Tom, czy ostatnia noc naprawdę się wydarzyła? Zapanowała ciemność, czułam zęby lamii szarpiące mi ciało. Słabłam z upływu krwi, myślałam, że zbliża się koniec. Umierałam. A potem, w następnej chwili, świeci słońce, na ciele zaś nie znajduję ani śladu ran. Czy przytrafił mi się tylko koszmarny sen?

– Nie, to się zdarzyło naprawdę – odparłem. – Ale od Grimalkin otrzymałem dwa dary – klingę oraz mroczne życzenie. Kiedy więc lamia zaciągnęła cię do swej jamy, poświęciłem życzenie, by cię ocalić. Wtedy zjawił się twój ojciec.

Powtórzyłem jej, co mówił Zły. Zapamiętałem tylko, że mam zostać złożony w ofierze. Nadal jednak nie wspomniałem Alice, że mama była pierwszą Lamią. Nie potrafiłem powiedzieć tego głośno. Za bardzo bolało.

– On z nami igra – rzekła z goryczą Alice. – Jak zwykle przekręca wszystko na swoją korzyść. Co do tego, że miałbyś zostać ofiarą, nawet tak nie myśl. Twoja mama ryzykowała wszystkim, żeby cię ochronić. Również zeszłej nocy odesłała cię, byś pozostawał z dala od niebezpieczeństwa. On kłamie, Tom. Kłamie, jak zawsze.

– Niewykluczone. Ale nie kłamał zeszłej wiosny, kiedy wyjaśniał, że jesteś jego córką, prawda? To, co mówił w nocy, miało sens. Choć mama mnie kocha, zdołałaby mnie poświęcić i pogodzić się z bólem, gdyby ból przyniósł zwycięstwo. Może więc chroniła mnie po to, by móc mnie ofiarować, kiedy nadejdzie właściwa chwila.

– Twoja mama by tego nie zrobiła, Tom.

– Nawet gdybyśmy wyłącznie w taki sposób zdołali pokonać mrok? Pamiętaj, urodziła mnie nie bez powodu. Kiedyś oznajmiła stracharzowi, że jestem jej „darem dla Hrabstwa". Urodziłem się w pewnym określonym celu.

– Ale najpierw by cię spytała. Tak jak wtedy, gdy chciała, żebyś oddał jej pieniądze ze skrzyń i ruszył z nią do Grecji.

Zawahałem się, przypominając sobie miłość, jaką mama darzyła rodzinę.

– Chyba masz rację, Alice. Jeśli to ma się wydarzyć, mama mnie zapyta.

– A ty? Co jej odpowiesz, Tom?

Milczałem. Wolałem nie myśleć.

– Oboje wiemy, że się zgodzisz.

– Ale na darmo – rzekłem z goryczą. – Zły użyczy Ordynie własnej mocy, jednocześnie osłabiając mamę. Już jej zaszkodził. Teraz ona nie widzi już przyszłości. Dlatego właśnie potrzebuje Mab. Nawet jeśli mama zdoła pokonać Ordynę, nadal pozostanie sam Zły. Wszystko wydaje się całkiem beznadziejne.

Bez zbędnych słów znów ruszyliśmy na wschód, podążając krętą ścieżką przez góry. Minęło sporo czasu, nim któreś z nas się odezwało.

***

W końcu zostawiliśmy za sobą sosnowy las i pomaszerowaliśmy suchą równiną w stronę Meteorów. Wiedziałem, że klasztory zbudowano na wysokich skałach, zatem nawet gdybyśmy zboczyli z drogi na południe, powinniśmy ujrzeć je z daleka. Drugiego dnia podróży wydało nam się, że na horyzoncie dostrzegamy kolumnę pyłu. Wędrować tam mogli ludzie mamy – albo też menady, które ich zaatakowały. Na wszelki wypadek woleliśmy zachować bezpieczny dystans.

Aż w końcu na północnym wschodzie ujrzeliśmy skały Meteorów. Im bardziej się zbliżaliśmy, tym bardziej niesamowicie wyglądały. Wyrastające z zielonej gęstwiny drzew oraz krzewów potężne skalne kolumny, wyrzeźbione przez żywioły, wznosiły się wysoko nad nami. Na ich szczytach przycupnęły słynne klasztory. Wydawało się niemożliwe, by ktokolwiek zdołał zbudować coś na takiej wysokości oraz zabezpieczyć przed niszczącym wpływem czasu i pogody.

U stóp skał leżało niewielkie, okolone murem, miasto Kalambaka. Od południa graniczyło z gajami oliwnymi. Osłaniając oczy przed słońcem, powiodłem wzrokiem po horyzoncie. Mama obawiała się, że możemy przybyć za późno, lecz jak dotąd nie widziałem ani śladu cytadeli Ordyny.

Wyminęliśmy łukiem miasto. Rozbiliśmy obóz w gąszczu pod skałami, ukryci przed oczami ciekawskich. Jedynie mnisi zdołaliby dostrzec nas ze swych twierdz.

Miasto oświetlały lampiony, rozwieszone na sznurach rozciągniętych między domami. Kiedy zerwał się wiatr, kołysały się one w przód i w tył. Pierwszej nocy przyglądaliśmy się im przez długie godziny: gwiazdy na niebie powoli wędrowały ze wschodu na zachód, a lampiony tańczyły niżej. Zjedliśmy też doskonały posiłek. Alice złapała parę królików, które okazały się równie soczyste i smakowite, jak te z Hrabstwa. Drugiej nocy, podczas kolacji, Alice wywęszyła niebezpieczeństwo. Zerwała się na równe nogi, przyciskając palec do ust. Lecz ostrzeżenie nadeszło zbyt późno.

Spomiędzy drzew na polanę, na której jedliśmy, wyjechała potężna postać. Usłyszałem parsknięcie i brzęk metalu. W tym momencie chmury odsłoniły sierp księżyca, ukazując naszym oczom lśniącą, srebrzystą zjawę.

Ku nam zbliżał się jeździec odziany w kolczugę. Do siodła przytroczył dwa wielkie miecze. Jakiegoż konia dosiadał! Żadne tam ciężkie zwierzę pociągowe, jak nasze chabety holujące w Hrabstwie barki lub szkapy pod zaprzęg, lecz rumak pełnej krwi, proporcjonalny, wyniosły, o wygiętej szyi i sylwetce chyżego bieguna. Jeździec wyglądał na wojownika w każdym calu: orli nos, mocne kości policzkowe, długie włosy, bujne wąsy przysłaniające usta.

Mężczyzna dobył miecza – przez moment sądziłem, że zaraz zaatakuje, jednak pokazał tylko, że mamy opuścić polanę. Nie protestowaliśmy; po prostu zawróciliśmy i ruszyliśmy między drzewa.

O świcie zorientowaliśmy się, że natrafił na nas jedynie zwiadowca oczyszczający drogę dla swych towarzyszy. Duży oddział – liczący co najmniej tysiąc mężów – zbliżał się ku nam przez równinę. Ich zbroje lśniły w promieniach słońca niczym stare srebro, spod końskich kopyt wzbijał się kurz, gęsty jak gradowa chmura. Wyglądali niezwykle groźnie.

Rozbili obóz na skraju lasu, na północ od miasta. Zastanawiałem się, kim są.

– Myślisz, że mają coś wspólnego z Ordyną, Alice? Może to jej wyznawcy?

– Sama nie wiem, Tom. Ale twoja mama nic nie wspominała o wrogich wojownikach, prawda? Mówiła tylko, że zamierza wynająć najemników, by chronili nas przed menadami. Całkiem możliwe, że to właśnie oni. W takim razie są po naszej stronie. Nie spodziewałam się jednak aż tak wielu.

– Byłoby miło, gdybyś miała rację, ale nie możemy ryzykować spotkania.

Wycofaliśmy się zatem w głąb lasu, utrzymując bezpieczną odległość, wciąż niepewni, z kim mamy do czynienia – z przyjaciółmi czy wrogami. Gdy tak czekaliśmy, Alice odwróciła się ku mnie, sięgnęła do kieszeni sukienki i wyciągnęła niewielki gliniany słój. Oglądałem już ten słój pełen krwi, pokazała mi go kiedyś w Hrabstwie.

– Ostatnio dużo rozmyślałam o Złym – oznajmiła. – Możemy go zmusić, by się do nas nie zbliżał – a przynajmniej do ciebie – korzystając z tego.

Istniały dwie metody ochrony przed Złym, stosowane przez czarownice. Jedna, to urodzić mu dziecko. Tak właśnie postąpiła Grimalkin i odtąd nie mógł się do niej zbliżać. Drugą był słój krwi. Alice twierdziła, że umieściła w swoim parę kropel krwi martwej wiedźmy, Morweny, córki Złego. Gdyby zmieszała ją z moją krwią, a następnie przekazała mi tę miksturę, Zły nie mógłby się do mnie zbliżyć, dopóki nosiłbym słój przy sobie.

Stanowczo pokręciłem głową. Korzystałem już z mocy Mroku – użyłem życzenia – więc uznałem, że wystarczy aż nadto. Stopniowo obawy stracharza zdawały się spełniać. Traciłem czystość. Nagle wpadła mi do głowy pewna myśl. Przypomniałem sobie, co powiedział mój mistrz kilka miesięcy wcześniej, gdy wyznałem mu, że Alice może być córką Złego. Zasugerował wtedy, że nie posłużyła się krwią Morweny: zapewne użyła własnej. Krew każdego z dzieci Diabła nadawała się równie dobrze.

– W słoju jest twoja krew, prawda Alice?

Przez chwilę wyglądała, jakby chciała zaprotestować. Potem jej twarz przybrała wyzywający wyraz.

– Owszem, Tomie, to moja krew. Teraz, kiedy znasz prawdę, czujesz się lepiej? Odczuwasz satysfakcję, dowiódłszy mi kłamstwa? Zresztą, czy to krew Morweny, czy moja, nie czyni żadnej różnicy. Zmieszaj z nią kilka kropel własnej. Dopóki zatrzymasz przy sobie słój, dopóty nie musisz obawiać się żadnego więcej spotkania ze złym.

Spuściłem wzrok.

– Ale o jeszcze jednym musisz pamiętać – podjęła. – Jeśli zatrzymasz przy sobie słój, będziemy musieli już na zawsze pozostawać razem. Słój krwi cię ochroni – i mnie także, jeśli zostanę blisko. Ale gdybym odeszła za daleko, Zły znalazłby się tam w jednej chwili, by się na mnie zemścić, bo wiedziałby, co zrobiłam. Życie blisko ciebie, Tom, nie przeszkadzałoby mi wcale. Nawet by mi się podobało. Zresztą musimy korzystać ze wszystkiego, czym dysponujemy. Wszystkiego, co daje nam szansę.

– Wiem, że chcesz dobrze, Alice, toteż nie będę się z tobą kłócił. Ale nic się nie zmieniło. Nadal czuję to samo: nie mogę ryzykować ponownego posłużenia się Mrokiem. Ty naprawdę sądzisz, że dobrze związać się w ten sposób? Zawsze bym się bał, że coś może nas rozdzielić. Nie odważyłbym się stracić cię z oczu! Jak zdołalibyśmy tak żyć?

Nie dodałem, że zapewne natychmiast po powrocie do Hrabstwa i tak nas rozdzielą – jeśli w ogóle uda nam się przeżyć. Dopóki pozostanę uczniem stracharza, nie ma mowy, by mój mistrz zgodził się, aby Alice znów zamieszkała z nami w Chipenden.

Moja towarzyszka przytaknęła ze smutkiem. Schowała słój do kieszeni.

Jakąś godzinę po świcie nagle usiadła, wskazując ręką coś w dali.

– Spójrz tam – rzuciła, zwracając się ku mnie. – Chyba widzę wóz twojej mamy!

Wytężając wzrok, przyjrzałem się obozowisku wojowników. W końcu dostrzegłem coś, co przypominało ciemny wóz.

– Jesteś pewna, Alice? – spytałem.

– Trudno stąd stwierdzić, ale chyba tak.

Dotąd zadręczałem się, jak ocalić mamę przed tak licznym oddziałem. Moje obawy okazały się bezpodstawne. Alice nie myliła się. Patrzyłem chciwie. Po jakimś czasie z obozu wymaszerowała niewielka grupka pieszych, kierując się w stronę skał. Ktoś szedł na ich czele. Kobieta – osłonięta kapturem przed słońcem, spowita w welon.

– Twoja mama, Tom! Na pewno! – zawołała Alice.

Tuż za zakapturzoną postacią maszerował mężczyzna z laską. Po chodzie poznałem stracharza. Dalej kroczyli inni. Rozpoznałem Seilenosa i dwóch członków eskorty, którzy wyjechali nam na spotkanie w Igoumenitsie. Jeśli istotnie była z nimi mama, nie wyglądała na więźniarkę.

Ruszyliśmy ku niej przez las, a gdy wyszliśmy na otwartą przestrzeń, zakapturzona postać natychmiast nas zauważyła, pomachała i wezwała gestem. Kiedy się zbliżyliśmy, odsunęła welon, zwrócona plecami do słońca. Alice miała rację. Przede mną stała mama.

Uśmiechnęła się – choć sprawiała wrażenie nieco wyniosłej, oficjalnej. Oczy skrywały coś dzikiego, za to w jasnym słońcu jej twarz wyglądała jeszcze młodziej niż przedtem. Lekkie zmarszczki okalające usta zniknęły bez śladu.

– Dobra robota, Alice. Świetnie się spisałaś, wyprowadzając go w bezpieczne miejsce. Jakiś czas szło nam ciężko, ale zdołaliśmy się utrzymać, póki nie zjawili się wojownicy i nie pomogli nam z menadami. To najemnicy, wynajęci za pieniądze, które mi zwróciłeś, synu. Jechali na zachód, na spotkanie naszej grupy i przybyli w samą porę, by przegnać napastniczki. Jak mówiłam, Tomie, menady są liczne, więc potrzebujemy tych ludzi, jeśli mamy utrzymać je w ryzach i bezpiecznie dotrzeć do celu.

– Czy nikomu nic się nie stało? – spytałem. – Gdzie Bill Arkwright?

– Owszem, chłopcze – odparł stracharz. – Prócz paru skaleczeń i drobnych ran, nikomu nic nie jest. Bill omawia taktykę z dowódcą najemników. Zastanawiają się, jak najlepiej rozlokowywać nasze siły w miarę zbliżania się do Ordy.

– Teraz chodźcie z nami – poleciła mama. – Nie ma czasu do stracenia. Odwiedzimy jeden z klasztorów. Są sprawy, które trzeba poznać.

– Czy to ten, mamo? – Wskazałem ręką najbliższy klasztor, przycupnięty na wysokiej skale po naszej prawej.

– Nie – pokręciła głową, znów naciągając na twarz ochronny welon. – Ten nazywa się Ayiou Stefanou. Choć bardzo malowniczy i najbliższy miasta, wcale nie jest najwyższy ani najważniejszy. Nie, czeka nas długa droga.

Maszerowaliśmy kilka godzin, ani na moment nie tracąc z oczu zaokrąglonych urwisk i skał Meteorów. W końcu dotarliśmy do imponującego klasztoru, wzniesionego na wysokiej, szerokiej skale.

– Ten przed nami to Megalou Meteorou – oznajmiła mama. – Najwspanialszy ze wszystkich. Leży około sześciuset piętnastu stóp nad ziemią, niemal dwa razy wyżej niż dzwonnica katedry w Priestown.

– Jakim cudem zdołano zbudować cokolwiek na tak wysokiej skale? – Patrzyłem ze zdumieniem na klasztor.

– Krąży na ten temat mnóstwo legend, synu – odparła mama. – Sam klasztor założył pewien człowiek, o imieniu Athanasios, setki lat temu. Mnisi już znacznie wcześniej mieszkali w okolicznych jaskiniach, lecz teraz oglądasz przed sobą pierwszą budowlę wzniesioną specjalnie dla nich. Jedna z legend głosi, że Athanasios dosiadł orła, by dotrzeć na szczyt skały… – Wskazała ręką dwa ptaki, krążące wysoko na niebie.

– To mi trochę przypomina historię o Heraklesie ciskającym głaz – odparłem z uśmiechem.

– Bez wątpienia, Tomie, bez wątpienia. Znacznie bardziej prawdopodobne, że pomogli mu miejscowi, świetnie znający się na wspinaczce.

– A my, jak się tam dostaniemy?

– Po schodach, Tomie. Pokonamy całe mnóstwo schodów. Czeka nas męcząca wspinaczka. Wyobraź zatem sobie, jak ciężko było wykuwać te schody w skale! Ruszamy we troje, pan Gregory, ty i ja. Alice musi zaczekać. Mnisi znają mnie dobrze – wiele razy z nimi rozmawiałam – lecz zazwyczaj niechętnie widzą u siebie kobiety.

Eskorta została na dole, wraz z zawiedzioną Alice, podczas gdy ja podążyłem kamiennymi schodami za mamą oraz stracharzem. Nie miały poręczy, z jednej strony otwierała się przepaść. Po długim czasie dotarliśmy do żelaznych drzwi, osadzonych w skale. Mnich otworzył je szeroko i wpuścił nas na kolejne stopnie. W końcu znaleźliśmy się na szczycie. Tam ujrzeliśmy przed sobą wielką kopułę.

– Katholicon – oświadczyła z uśmiechem mama.

Znałem to słowo: kościół bądź główna kaplica.

– Tam idziemy?

– Nie, złożymy wizytę ojcu opatowi w prywatnej komnacie.

Poprowadzono nas w stronę niewielkiego budynku. Przekroczyliśmy próg spartańskiej celi, w której na kamiennej podłodze przykucnął mnich o chudej, szarej twarzy i głowie ogolonej jeszcze gładziej niż u Billa Arkwrighta. Oczy miał zamknięte, zdawało się, że niemal nie oddycha. Powiodłem wzrokiem po nagich kamiennych ścianach, po słomie w kącie, służącej za posłanie – dziwnie skromne wyposażenie, jak na ważnego, kierującego całym klasztorem zakonnika.

Drzwi zamknęły się, lecz ojciec opat nie fatygował się, by nas powitać. Mama przyłożyła palec do ust, wskazując, że powinniśmy zachować milczenie. Nagle zauważyłem, że wargi mnicha poruszają się lekko. Uświadomiłem sobie, iż się modli.

Gdy w końcu otworzył oczy, przyglądał nam się kolejno. Jego tęczówki przypominały barwą dzwonki rozkwitające wiosną w lasach Hrabstwa. Gestem pokazał, byśmy dołączyli do niego na podłodze. Usiedliśmy zatem naprzeciwko.

– Mój przyjaciel, pan Gregory, wróg Mroku. – Mama skinieniem głowy wskazała stracharza.

Mnich obdarzył go lekkim uśmiechem, a potem spojrzał mi prosto w oczy.

– Twój syn? – spytał. Mówił po grecku, w dialekcie, który z łatwością rozumiałem.

– Tak, ojcze – odparła mama w tym samym języku. – Mój najmłodszy, siódmy syn, Thomas.

– Opracowaliście plan przedostania się do Ordy? – Mnich znów zwrócił się do mamy.

– Gdybyś zechciał użyć swych wpływów i przekonać mieszkańców Kalambaki, część mojej grupy mogłaby zająć miejsce delegatów.

Mnich zmarszczył brwi.

– W jakim celu? – spytał ostro. – Co chcecie osiągnąć, podejmując tak wielkie ryzyko?

– Kiedy Ord pojawia się w naszym świecie, część sług Ordyny już nie śpi – są to ci, którzy przyjmują delegację. Odwrócimy ich uwagę, następnie przypuścimy główny atak. Mamy nadzieję dotrzeć do Ordyny i zniszczyć ją, nim w pełni się przebudzi…

– Czy weźmiecie udział w krwawym rytuale ofiarnym? Posuniecie się tak daleko?

– Istnieje wiele różnych sposobów przełamania obrony cytadeli. Użyję tej samej metody, jaką posłużyli się starożytni: drewnianego konia – odparła tajemniczo mama.

Nie miałem pojęcia, co to znaczy, lecz oczy mnicha pojaśniały nagle, jakby zrozumiał. Potem znów skupił spojrzenie na mnie.

– Chłopiec wie, czego od niego wymagasz?

Mama pokręciła głową.

– Powiem mu, kiedy nadejdzie czas. Ale to wierny i posłuszny syn, zrobi wszystko, co trzeba.

Ścisnęło mi się serce. Przypomniałem sobie rozmowę ze Złym. Czyżby mówił prawdę? Ojciec opat użył słów

„krwawy rytuał ofiarny". Miałem więc stać się ofiarą, zapewniającą nam zwycięstwo?

Stracharz odezwał się po raz pierwszy.

– Mam wrażenie, że wielu rzeczy wciąż jeszcze nie wiemy. Ale bez wątpienia wkrótce dowiemy się najgorszego. – Obdarzył mamę miażdżącym spojrzeniem. – Wszelako cóż ty mi zdołasz wyjawić, ojcze? Pojawiły się już znaki wskazujące, kiedy dokładnie Ord przejdzie przez portal?

Ojciec opat pokręcił głową.

– Nie, ale stanie się to wkrótce: z tego, co wiemy, chodzi o dni, nie tygodnie.

– Zostało nam niewiele czasu. – Mama wstała z podłogi. – Musimy się już pożegnać. Pytam ponownie, ojcze: czy poprosisz delegatów, by odstąpili nam swoje miejsca?

Ojciec opat przytaknął.

– Zrobię, o co prosisz. Bez wątpienia ucieszą się, unikając obowiązku, który dla większości oznacza wyrok śmierci. Nim jednak odejdziesz, chciałbym, abyście wysłuchali naszych modłów – dodał. – Zwłaszcza chłopiec. Wyczuwam, że nie ma pojęcia o naszej mocy.

Podążyliśmy w ślad za nim z pustej celi pod wspaniałą kopułę katholiconu. Słowa ojca opata nieco mnie zirytowały. Skąd znał moje myśli? Nigdy tak naprawdę nie wierzyłem, by modły zdołały pomóc w czymkolwiek, zawsze jednak dodawałem amen, gdy ojciec odmawiał modlitwę przed obiadem. Szanowałem tych, którzy wierzą i modlą się, tak nauczył mnie tato. Istnieje wiele sposobów na osiągnięcie Światła.

Kościół okazał się wspaniały. Zdobiły go marmury oraz piękne mozaiki. Naprzeciw ołtarza zebrało się około stu mnichów, wszyscy złożyli ręce, jakby już pogrążeni w modlitwie. Nagle zaczęli śpiewać. Modlili się, intonując hymn. I to jaki hymn!

Słyszałem kiedyś chór chłopięcy katedry w Priestown. W porównaniu z tym ich śpiew przypominał tawerniane przyśpiewki. Głosy mnichów wznosiły się ku kopule w idealnej harmonii, szybując w niebo niczym aniołowie. W klasztornym chórze wyczuwało się niewiarygodną siłę. Potężny dźwięk, służący jednemu celowi.

Czy modły naprawdę miały moc powstrzymania Ordyny? Najwyraźniej tak. Lecz siła Mroku rosła. Tym razem krwiożercza bogini nie zatrzyma się, uwięziona, na równinie. Jeśli jej nie zniszczymy, zaatakuje Hrabstwo. Wątpiłem w nasz sukces.

Pożegnaliśmy się z ojcem opatem. Opuściliśmy katholicon, porzuciliśmy mnisie hymny. Dopiero wtedy dostrzegłem twarz stracharza. Wykrzywiał ją gniew. Jak wtedy, gdy zostawił mnie na farmie i pospieszył do Chipenden. Czułem, że jest gotów wyrzucić z siebie, co myśli i że jego złość skupi się głównie na mamie.

# Rozdział 14
# Znaki

Ten krwawy rytuał... co dokładnie oznacza? – spytał stracharz, wbijając wzrok w mamę.

Siedzieliśmy w kręgu na ziemi w jej namiocie. Po lewej miałem Alice, po prawej stracharza. Byli tam też Bill Arkwright i Grimalkin. Wcześniej, gdy tylko wróciliśmy do obozu, stracharz wyjaśnił mamie własny punkt widzenia. Uprzejmie, lecz stanowczo zażądał informacji, z czym dokładnie mamy do czynienia, zwłaszcza delegaci. Oskarżył nawet mamę o ukrywanie ważnych informacji, których bardzo potrzebujemy.

Obecne spotkanie zorganizowano jako następstwo owej rozmowy. Mama siedziała ponura, skupiona. Czułem, że o pewnych rzeczach wolałaby nie wspominać, a już z pewnością nie w tym gronie. Zdecydowanie wolałaby rozmowę ze mną na osobności.

– Nie wiem wszystkiego – przyznała. – Tego, co mi wiadomo, dowiedziałam się z rozmów z ludźmi, którzy przeżyli poprzednie wizyty Ordy. Część relacji dawnych delegatów nie zgadza się ze sobą, zapewne dlatego, że to, czego doświadczyli, trwale uszkodziło ich umysły. Najwyraźniej jednak słudzy Ordyny domagają się krwi. I zapragną dostać twoją krew, Tomie.

– Moją krew? Po co im moja krew?

– Bo będziesz najmłodszy, synu. Widzisz, za każdym razem, gdy przybywa delegacja, słudzy Ordyny żądają krwi najmłodszego jej członka, a my naprawdę chcemy, by ją dostali. To bardzo ważne.

– Spodziewasz się, że twój syn poświęci życie? – spytał gniewnie stracharz.

Mama pokręciła głową. Uśmiechnęła się.

– Tym razem nie zabiją dawcy, choć działo się tak w przeszłości. Dostaną od nas jedynie kubek krwi. – Jej wzrok powędrował od stracharza ku mnie. – Znasz historię upadku Troi? – spytała.

Pokręciłem głową. Choć mama nauczyła mnie greki, rzadko opowiadała o swej ojczyźnie – moje życie na farmie wypełniały historie z Hrabstwa, opowieści o jego boginach, wiedźmach oraz demonach. O dziełach Troi nie miałem więc pojęcia.

– W starożytnych czasach Grecy toczyli z Troją długą, ciężką wojnę – podjęła. – Wiele lat oblegaliśmy miasto, nasze wojska otaczały pierścieniem nieprzeniknione mury twierdzy. W końcu nasi ludzie zbudowali wielkiego drewnianego konia, po czym zostawili go na równinie przed Troją. Sami odpłynęli, udając, że zrezygnowali z walki. Trojanie uznali konia za ofiarę dla bogów i zaciągnęli go do miasta, by świętować zwycięstwo.

Dali się nabrać. Wewnątrz konia było mnóstwo miejsca. Tej nocy, gdy Trojanie położyli się spać, wyczerpani oraz upojeni winem – ukryci w środku Grecy wydostali się na zewnątrz i otworzyli bramy miasta, wpuszczając do niego powracającą armię. Wówczas zaczęła się rzeź: Troja spłonęła. W końcu zwyciężyliśmy w tej wojnie. Ty, synu, staniesz się moim koniem trojańskim. Oszukamy sługi Ordyny, pokonamy obronę Ordy.

– Jak? – spytałem.

– Ordyna potrzebuje ofiary z ludzkiej krwi, by przebudzić się ze snu w mroku za portalem. Twoja krew ją zasili, da życie. Lecz twoja krew to także moja krew: krew zaprzysięgłej nieprzyjaciółki popłynie w jej żyłach. Nasza krew ją osłabi. Ograniczy jej straszliwą moc. Więcej nawet: wspólnota krwi sprawi, że staniecie się niczym krewniacy. Zyskasz dostęp do miejsc, które wcześniej byłyby dla ciebie nieosiągalne. I ja także. Obrona Ordyny – pułapki, paści, inne mroczne wynalazki – zostanie nadwątlona. Zmysły jej strażników są wyczulone na krew. Możliwe nawet, że nie uznają za osoby groźne ani ciebie, ani też mnie. To właśnie mam nadzieję osiągnąć.

– Twierdzi pani, że Tom straci tylko kubek krwi? – wtrącił stracharz. – Wcześniej odbierali życie dawcy. Czemu tym razem ma stać się inaczej?

– Strażnicy zawsze zapraszają do walki jednego z członków delegacji – wyjaśniła mama. – Reguły nie są do końca jasne, lecz zwycięstwo czempiona delegacji oznacza, że dawca ocali życie.

– Czy ów czempion kiedykolwiek zwyciężył? – nalegał stracharz.

– Zazwyczaj nie ma nikogo dość silnego i śmiałego, by się zgłosił. Tym razem naszym czempionem będzie Grimalkin.

– A jeśli przegra? – Arkwright odezwał się po raz pierwszy.

– Wygram – oznajmiła spokojnie Grimalkin. – Nie ma sensu zastanawiać się nad tak sformułowanym pytaniem.

– Pewność siebie nie wystarczy! – upierał się. – Nie wiesz, co cię czeka wewnątrz cytadeli. Może demon, mroczna istota, której nie zdoła pokonać śmiertelnik.

Grimalkin uśmiechnęła się ponuro, rozchylając wargi i ukazując ostre szpiczaste zęby.

– Jeśli jego kości okrywa ciało, odetnę je. Jeśli oddycha, odbiorę mu oddech. W przeciwnym razie – wzruszyła ramionami – i tak wszyscy zginiemy.

Mama westchnęła. Teraz ona odpowiedziała na pytanie Arkwrighta.

– Jeżeli Grimalkin przegra, wszyscy delegaci natychmiast stracą życie. Nasz atak się nie powiedzie. Członkowie grupy zginą wraz z mieszkańcami Kalambaki oraz z mnichami. A potem, za siedem lat, Ordyna będzie mogła swobodnie korzystać z portalu i materializować się, gdzie tylko zechce.

Jakiś czas wszyscy milczeli. Trudno było wyobrażać sobie ogrom piętrzących się przed nami trudności, a także skutki katastrofy, z jaką wiązałaby się nasza klęska. Bill Arkwright, zaprawiony w bojach żołnierz, otrząsnął się pierwszy.

– Załóżmy, że Grimalkin się powiedzie – zaczął. – Ustaliłem już z dowódcami najemników szyk oddziałów w trakcie podróży. Bez problemu uchronią nas przed menadami. Ale co z właściwym atakiem? Jak reszta z nas dostanie się do Ordy?

– Tylko jedno miejsce stwarza wam szansę powodzenia – wyjaśniła mama. – Pięćdziesiąt kroków w lewo od głównej bramy, wysoko na murze tkwi wielki gargulec. To czaszka z wyrastającymi z czoła rogami, jak u jelenia. Pod nią otwiera się tunel wiodący na wewnętrzny dziedziniec Ordy. Tamtędy dociera na miejsce delegacja – najłatwiejszą drogą do cytadeli. Czarownice z Pendle zaatakują jako pierwsze. Wkrótce potem do środka wtargną konni najemnicy i rozpoczną oblężenie.

– A jeśli tamci okażą się za mocni? – spytał Arkwright.

– Istnieje ryzyko, które musimy podjąć. Jeżeli zaatakujemy dostatecznie szybko, wszystko powinno pójść dobrze. Jak wiemy, słudzy Ordyny przyjmujący delegatów budzą się, gdy tylko Ord wystygnie. Lecz delegaci odciągną ich uwagę, a czarownice z Pendle powinny zabić wszystkich wkrótce po tym, jak Ordyna wypije krew Toma. Taką przynajmniej mam nadzieję. Co do reszty jej sług, minie kilka godzin, nim ockną się w pełni. Musimy dotrzeć do Ordyny i zabić ją, nim odzyska siły.

– Jakim sposobem ci z nas, którzy zostaną na zewnątrz, zyskają pewność, że delegacja wykonała swe zadanie? – naciskał Arkwright.

– Grimalkin użyje lustra – wyjaśniła mama.

Ujrzałem, jak usta stracharza zaciskają się, nic jednak nie powiedział.

– Kiedy już znajdziemy się wewnątrz Ordy, skąd będziemy wiedzieli, gdzie znaleźć Ordynę? – zapytałem.

Od razu, nim jeszcze mama pokręciła głową, pojąłem, że nie wie.

– Zakładamy, że przebywa gdzieś z dala od głównego wejścia, w miejscu łatwym do obrony. Najpewniej śpi na szczycie jednej z trzech wież. Ale za nimi wznosi się też budowla z kopułą. Kiedy znajdziemy się wewnątrz cytadeli, zyskamy sposobność odnalezienia Ordyny, choć nadal trzeba się liczyć ze spotkaniem innych mieszkańców Mroku.

Po tych ponurych słowach przez długi czas nikt się nie odzywał. Osobiście uważałem, że mamy niewielką szansę powodzenia. Bez wątpienia wszyscy podzielali tę opinię, może nawet mama. Potem zacząłem myśleć o delegacji. Czy mama wejdzie w jej skład?

– Ta delegacja... Kto ze mną wyruszy, mamo?

– Grimalkin, Seilenos oraz dziesięciu członków mojej eskorty. Przed wami niebezpieczne zadanie, nie wszyscy powrócicie. Żałuję, że osobiście nie mogę pójść, lecz Ordyna i jej słudzy znają mnie jako wroga. Lękam się, że natychmiast by mnie rozpoznali. Wtedy nasz plan by się nie powiódł. Przekazałam jednak Grimalkin wszystko, co mi wiadomo o grożącym niebezpieczeństwie. Na przykład natkniecie się na stół pełen jadła i wina, ale nie powinniście z niego jeść ani pić. To bardzo ważne.

– Jedzenie zostało zatrute? – spytałem.

– Nie zatrute. Zaklęte. Przesycone czarną magią. Strzeżcie się zatem – uprzedziła mama głosem niewiele głośniejszym od szeptu. – Nie dotykajcie jadła ani napojów. Ci, którzy posilą się strawą Ordyny, już nigdy nie wrócą do domu...

– Jeśli Tomowi grozi jakiekolwiek niebezpieczeństwo, ja też chcę tam pójść! – zawołała Alice, odzywając się po raz pierwszy.

Mama pokręciła głową.

– Twoje miejsce jest u mego boku, Alice.

– Nie, to nie wystarczy. – Alice zerwała się z ziemi. – Muszę być z Tomem.

– Trzymaj się od niego z daleka, dziewczyno! – warknął stracharz.

– Z daleka? Gdyby nie ja, już by nie żył. Dobrze o tym wiecie!

Mama pokręciła głową.

– Usiądź! – poleciła.

– Nie usiądę, póki nie dasz mi tego, czego chcę! – odparowała Alice, niemal wypluwając słowa. – Jesteś mi to winna! Poza tym istnieją rzeczy, o których nawet ty nie wiesz.

Mama podniosła się, stając naprzeciw Alice. Na jej twarzy pojawił się gniew. W tym momencie płótno namiotu załopotało. Wieczór był spokojny, lecz teraz zerwał się wiatr. W chwilę później dmuchał szaleńczo, grożąc zerwaniem tkaniny z podtrzymujących ją tyczek.

Mama wyprowadziła nas na dwór i spojrzała w niebo.

– Zaczyna się – rzekła, wskazując horyzont. – To pierwszy omen. Ordyna szykuje się do przejścia przez portal.

Z południa napierała potężna wichura, a niebo na horyzoncie przybrało znajomy żółtawy odcień. Wyglądało, jakby zbierało się na burzę. Pierwszy znak. Mama nie miała wątpliwości. Zaczęliśmy się zatem przygotowywać: mieliśmy wyruszyć o świcie.

***

Nocny spokój zakłócały zwierzęta uciekające z południa. W pewnym momencie nasz obóz zalała fala piszczących, oszalałych szczurów. Ptaki krzyczały w panice, ulatując wśród ciemności na północ.

Jakąś godzinę przed świtem, nie mogąc spać, wyszedłem na dwór rozprostować nogi. Stał tam Seilenos, zapatrzony w niebo. Zobaczył mnie. Podszedł, kręcąc głową.

– No cóż, młody stracharzu, dziś zwyciężymy bądź zginiemy. To niebezpieczna kraina. Kraina wielu tajemnic. Grozi nam wielkie niebezpieczeństwo. Trzymaj się blisko mnie, a nic ci nie będzie. Seilenos wie, co robić. Możesz mnie spytać, a ja wyjaśnię. Wiem wszystko o lamiach i żywiołakach. Nauczę cię…

Przypomniałem sobie tajemnicze odgłosy w tunelu tuż przed tym, nim zawaliło się sklepienie. Ciekawe, kto był ich źródłem.

– Po ataku na obóz ukryliśmy się z Alice w jaskini i musieliśmy walczyć z menadami. Ale zdarzyło się tam coś jeszcze: najpierw słyszeliśmy dziwne stukanie, a potem tunel się zawalił. O mało nas nie zabił.

– Stukanie? Jakie stukanie? Szybkie czy wolne?

– Zaczęło się wolno, ale potem bardzo przyspieszyło. Miało pewien rytm, który narastał stopniowo, aż w końcu posypały się kamienie, o mało nas nie zabijając.

– Macie szczęście, że uszliście z życiem, młody stracharzu. To były żywiołaki. Żyją w jaskiniach, nazywamy je pukaczami. Starają się przepędzić ludzi. Najpierw wzbudzają strach strasznymi odgłosami pukania. Potem zrzucają wielkie głazy i próbują cię zmiażdżyć. Kiedy usłyszysz pukacze, uciekaj!

Zapewne była to dobra rada, ale wówczas skupialiśmy się na niebezpiecznych menadach. Musieliśmy zostać i walczyć. Seilenos klepnął mnie w ramię, potem ruszył do jednego z ognisk, przy którym szykowano śniadanie. Ja zostałem, czekając na wschód słońca.

Nie zobaczyłem jednak słonecznej tarczy, bo o świcie niebo zasnuła żółta mgła. Stracharz poinformował mnie, że musimy pościć, by przygotować się do walki z Mrokiem, toteż nie jedliśmy śniadania. Nawet Bill Arkwright, który nie lubił opuszczać posiłków, ograniczył się do jednej cienkiej kromki chleba. Seilenos natomiast najadł się do syta. Z szerokim uśmiechem pokręcił głową na widok naszych nietkniętych talerzy z baraniną i dziczyzną.

– Jedzcie! Potrzebna wam siła. Kto wie, kiedy znów się posilimy?

– Jak już mówiłem, w Hrabstwie postępujemy inaczej. Nie bez powodów – warknął stracharz. – Wkrótce czeka mnie spotkanie z największym niebezpieczeństwem Mroku, z jakim miałem do czynienia przez wszystkie lata uprawiania fachu. Chcę być przygotowany, a nie napchany strawą zakłócającą jasność myśli!

Seilenos ponownie zarechotał, nadal pakując do ust grube płaty mięsa i popijając czerwonym winem.

Już mieliśmy ruszać na wschód, gdy podeszła do mnie Alice. Jej twarz rozjaśniał uśmiech.

– Twoja mama zmieniła zdanie, Tom – powiedziała. – Mam jednak dołączyć do delegacji.

– Na pewno tego pragniesz, Alice? Nie byłabyś bezpieczniejsza z mamą? Nie chcę, by cokolwiek ci się stało.

– A ja nie chcę, by coś stało się tobie. Dlatego stanę u twojego boku. Przy mnie jesteś bezpieczniejszy, Tom. Zaufaj mi. A poza tym chcemy być razem w twoje urodziny, prawda?

Uśmiechnąłem się i przytaknąłem. Na śmierć zapomniałem o urodzinach. Dziś trzeci sierpnia. Właśnie skończyłem piętnaście lat. Lecz Alice wyraźnie zwlekała. Czułem, że chce powiedzieć coś jeszcze. Coś, co mi się nie spodoba. Cały czas zerkała na mnie z ukosa, zagryzała dolną wargę.

– Idziesz do Ordy z Grimalkin, czarownicą zabójczynią, służką Mroku. I użyłeś mrocznego życzenia, które ci podarowała, by ocalić mi życie. Czym to się różni od skorzystania ze słoja krwi, by nie dopuścić do siebie Złego? – spytała. – Weź słój, to prezent urodzinowy ode mnie.

– Daj mi już spokój, Alice! – krzyknąłem rozdrażniony. – I tak jest mi trudno. Nie musisz przypominać mi o życzeniu Grimalkin.

Alice umilkła. Czułem, jakbym powoli zapadał się w bagno. Nawet mama zmuszała mnie do kontaktów z Mrokiem. Wiedziałem, że nie ma wyboru i że muszę być częścią jej planu, lecz widziałem też, jak ziszczają się obawy stracharza.

## Rozdział 15

# Nadejście Ordy

Wyruszyliśmy na południe, przebijając się przez falę uciekinierów. Wszędzie roiło się od uchodźców. Niektórzy podróżowali pieszo, tuląc do siebie dobytek, bądź dźwigając dzieci; inni załadowali wszystko, co mogli na niewielkie wózki, które ciągnęli albo popychali. Wielu oglądało się raz po raz, wykrzykując ku nam, byśmy uciekali. Rozpaczliwie bali się o życie swoje i swoich rodzin.

Maszerowaliśmy cały ranek przez suchą krainę pod mdlącym, żółtym niebem. Na horyzoncie widziałem ciemne trąby powietrzne, wędrujące na północ. Niszczyły wszystko, co napotkały. Szczęśliwie, żadna nie przeszła obok nas. Wreszcie wiatr ucichł, powietrze z każdą chwilą stawało się coraz cieplejsze, bardziej duszne. Niosłem w rękach laskę oraz torbę zabraną z wozu mamy. Eskorta mamy jechała tuż za nią, dalej podążały czarownice z Pendle, prowadzone przez Grimalkin. Bill Arkwright ze stracharzem maszerowali po prawej stronie mnie i Alice, trzy psy dreptały za nimi. A daleko z tyłu, co najmniej o paręset jardów, jechali konni najemnicy.

Oboje z Alice, zmęczeni, baliśmy się nadchodzących wypadków, toteż prawie się nie odzywaliśmy. W pewnym momencie podszedł do mnie Bill Arkwright.

– I co, mości Wardzie, jak ten kraj ma się do naszego Hrabstwa? Zmieniłeś może zdanie? Chciałbyś tu zamieszkać? – spytał.

– Chciałbym wrócić do domu – odparłem. – Tęsknię za zielonymi wzgórzami, za lasami, nawet za deszczem!

– O tak, dobrze cię rozumiem. To doprawdy sucha kraina. Lecz twoja mama sądzi, że wkrótce czeka nas deszcz.

Miał na myśli ulewę, która następowała tuż po pojawieniu się Ordy.

– Mam pewną prośbę, mości Wardzie. Gdyby coś się ze mną stało, zaopiekuj się psami. Bez wątpienia pan Gregory nie zechce ich trzymać w Chipenden – bogin i psy tworzą kiepską mieszankę! Ale na pewno znajdziesz im dobry dom.

– Oczywiście.

– Cóż, miejmy nadzieję, że do tego nie dojdzie i że wkrótce wszyscy bezpiecznie powrócimy do Hrabstwa. Czeka na nas ogromne niebezpieczeństwo, więc gdybyśmy już się nie spotkali, oto moja przyjazna dłoń…

Arkwright wyciągnął rękę, a ja ją uścisnąłem. Skinąwszy głową w stronę Alice i obdarzywszy ją uśmiechem, odszedł. Ogarnął mnie smutek: czułem się zupełnie, jakbyśmy się żegnali na zawsze.

Ale czekało mnie jeszcze kolejne pożegnanie, tym razem ze strony stracharza. Niedługo on także zbliżył się do mnie. Gdy się zjawił, zauważyłem, że Alice zwalnia, dołączając do Grimalkin, maszerującej teraz za nami.

– Denerwujesz się, chłopcze? – spytał mój mistrz.

– Denerwuję się i boję – odparłem. – Cały czas oddycham powoli, głęboko, lecz niezbyt pomaga.

– Pomoże, chłopcze, pomoże. Rób tak dalej. I pamiętaj o wszystkim, czego próbowałem cię nauczyć. A kiedy znajdziemy się wewnątrz cytadeli, trzymaj się blisko mnie. Kto wie, co nas tam czeka.

Poklepał mnie po ramieniu, odszedł. Zastanawiałem się, czy postąpił tak dlatego, że nie chciał maszerować zbyt blisko Alice. Wkrótce potem przystanęliśmy na krótki popas. Szybko zapisałem w notatniku wszystko, co Seilenos opowiadał o pukaczach. To pomogło mi się uspokoić. Niezależnie od zagrożenia musiałem kontynuować naukę.

Kiedy podjęliśmy wędrówkę, zbliżyła się do nas kolejna osoba – choć bez niej akurat oboje z Alice zdołalibyśmy się obejść. Obok nas zjawiła się Mab w towarzystwie obydwu sióstr o haczykowatych nosach.

– Co ty kombinujesz, Tom? – spytała Mab, zerkając na mnie z ukosa. – Masz koło siebie zdrową, żywą dziewczynę, a przecież Alice Deane powinna już umrzeć. Widziałam to. Widziałam, jak lamia wysysa z niej krew i rozszarpuje jej ciało zębami. Tylko coś z Mroku mogło ją ocalić, to jedyna rzecz, jakiej nie potrafiłam przewidzieć. Co ty kombinujesz, Tom? Musiałeś zadać się z Mrokiem. Tylko to mogło pomóc. Co o tym myśli pan Gregory, hę?

Alice podbiegła, pchnęła Mab tak mocno, że tamta o mało nie upadła.

– Starczy nam kłopotów, nie musimy wysłuchiwać twoich bredni. Odejdź stąd! Zostaw Toma w spokoju.

Mab odwróciła się ku Alice. Wyciągnęła przed siebie ręce – wyraźnie zamierzała rozharatać twarz mojej przyjaciółki. Ja jednak szybko stanąłem między nimi. Wzruszyła ramionami, cofnęła się.

– Pójdziemy swoją drogą – oznajmiła, krzywiąc wargi w uśmiechu. – Zostawimy cię samego, żebyś mógł przemyśleć własne postępki oraz nasze słowa. Jesteś teraz blisko Mroku, Tom. Bliżej niż kiedykolwiek...

To rzekłszy, wraz z siostrami odeszła, zostawiając mnie z mymi myślami. Nadal kroczyłem obok Alice, lecz żadne z nas się nie odzywało. Co moglibyśmy rzec? Oboje wiedzieliśmy, że dotknął mnie Mrok. Cieszyłem się tylko, iż stracharz nie usłyszał słów Mab.

***

Późnym rankiem pogoda zaczęła się zmieniać. Znów zerwał się wiatr, który stopniowo przeradzał się w zawodzącą wokół nas wichurę. Maszerowaliśmy nadal w upale, lecz wicher bardzo nam doskwierał.

Wkrótce Alice wskazała ruchem głowy coś przed sobą.

– Spójrz, Tom. Nigdy czegoś takiego nie widziałam!

Z początku nie dostrzegałem niczego, potem jednak na horyzoncie ujrzałem złowieszczy kształt.

– Co to takiego? Urwisko? Czarne pasmo wzgórz? – spytałem.

Alice pokręciła głową.

– Dziwna czarna chmura, bez dwóch zdań. Z pewnością nie naturalna! Nie podoba mi się, zupełnie nie.

W zwykłych okolicznościach podobnie groźna chmura zapowiadałaby nadejście gwałtownej burzy z ulewą. Gdy się jednak zbliżyliśmy, przekonałem się, że wygina się przy brzegach niczym wielki czarny talerz bądź tarcza. Wiatr znów ustał, temperatura zaczęła niepokojąco spadać. Wcześniej przypiekał nas skwar, a teraz zaczęliśmy dygotać z zimna i strachu. Nagle znaleźliśmy się w świecie Mroku, nasze twarze okrył cień.

Rozejrzałem się dokoła: Alice, Arkwright oraz reszta kompanii, łącznie z wiedźmami z Pendle, maszerowali bardzo powoli, pochylając czoła, jakby z góry przygniatał ich ciężar Mroku. Jedynie stracharz szedł z głową uniesioną wysoko.

Choć powietrze trwało bez ruchu, widziałem, że owa złowieszcza chmura kotłuje się, wiruje, przelewa nad naszymi głowami, jakby jakiś olbrzym mieszał w niej ogromną chochlą. Niebawem usłyszałem piskliwy, przenikliwy wrzask. Na odległym horyzoncie zapłonęła smuga pomarańczowego światła.

– O tym właśnie opowiadała mama, Alice! – wykrzyknąłem, wskazując ręką. – Kolumna ognia. Gdzieś wewnątrz niej musi kryć się Ord!

Znajdowaliśmy się co najmniej trzy mile od ognistej kolumny, lecz wkrótce, mimo spadku temperatury, poczułem na czole gorąco. Maszerowaliśmy w stronę gigantycznego szkarłatnego wiru, pulsującej arterii łączącej niebo z ziemią. Wyglądała dramatycznie niepokojąco. Zdawała się rytmicznie rozszerzać i kurczyć. Obawiałem się, że nagle eksploduje, zalewając nas wszystkich. Z podstawy kolumny strzelały w górę błyskawice, rozszczepione gałęzie bieli oraz błękitu, niczym nagie konary drzew, sięgające ku czarnej chmurze.

Choć tkwiąca w jednym miejscu, kolumna wirowała szybko z prawej w lewą, w kierunku odwrotnym do ruchu wskazówek zegara. Kurz tworzył u jej podstawy wielki grzyb, a szczyt łączył się z kipiącą chmurą. Piskliwy skowyt zmienił się w przeszywający wrzask, nozdrza wypełniła nam ostra woń, z początku trudna do określenia; wgryzała mi się w nos, czułem jej smak na języku.

– Śmierdzi niczym palone ciała! – krzyknęła Alice, węsząc w powietrzu. – I jakby dusze wrzeszczały w piekle. One płoną! Płoną!

Jeśli nawet tak było, zmysły podpowiadały mi coś wręcz odwrotnego: nie następowała bynajmniej kremacja, lecz tworzenie, ciało odradzające się z ognia. Jeżeli mama miała rację, pośród owych płomieni Ordyna wraz ze sługami wkraczali do naszego świata. Widzieliśmy przed sobą ognisty portal. Gorąco zalewające mi twarz nieco osłabło, jego furia także, gdy kolumna zaczęła zmieniać barwę. Szkarłat powoli ciemniał, zmieniając się stopniowo w brąz.

– Tam, wielki budynek! – zawołała Alice, wskazując z lękiem przed siebie. – Spójrz! Widać go w płomieniach! To Ord…

Miała rację. Widziałem, jak wir zwalnia, kurczy się. Ów proces nie przypominał zapadania się, raczej wyostrzanie; teraz poprzez przejrzystą kolumnę oglądaliśmy zarys mrocznej siedziby Ordyny ukrytej wewnątrz Ordy.

Trzy jednakowo strzeliste, poskręcane iglice pyszniły się tak wyniośle, że sięgały niemal chmury. Za nimi wznosiła się strzeżona przez nie kopuła, o której wspominała mama. Zarówno wieże, jak i kopuła wyrastały z masywnej budowli, przypominającej olbrzymią katedrę, tyle że znacznie większej i wspanialszej niż nasza, w Priestown, największa świątynia Hrabstwa. I o ile katedry wznoszono przez dziesiątki lat, ta budowla zdawała się powstawać w zaledwie kilka chwil.

Kolumna ognia już całkiem zniknęła. Maszerowaliśmy dalej, coraz bardziej zbliżając się do ciemnego masywu Ordy, wznoszącego się przed nami niczym gigantyczna, przerażająca bestia. Choć zewnętrza ciemność znów zgęstniała, z wnętrza Ordy promieniowało dziwne, nowe światło, metaliczny miedzianobrązowy blask, narastający z każdą chwilą. Teraz po raz pierwszy dostrzegałem szczegóły budowli. Poskręcane iglice miały długie, wąskie okna, sklepione na szczycie niczym okna kościelne. Były otwarte, przeświecały przez nie jaskrawo wewnętrzne ognie.

– Za oknami poruszają się straszliwe istoty – wyszeptała Alice. Jej twarz przepełniała groza. – Stwory z piekieł!

– To tylko twoja wyobraźnia, Alice – odparłem. – Ord wznosi się zbyt daleko, by cokolwiek zobaczyć.

Lecz wbrew własnym słowom, ja także dostrzegłem ruch w niektórych oknach; nieokreślone kształty, migocząće niczym upiory na tle światła. Wolałem nie myśleć, czym są. A potem moje oczy przyciągnęło główne wejście – największe drzwi wiodące do środka gmachu. Były wysokie, łukowate, a choć jaśniały mocno, za nimi zalegała ciemność tak nieprzenikniona, iż nagle ogarnęło mnie przerażenie na myśl, co może się za drzwiami ukrywać. Cytadela Ord przybyła przez portal z Mroku, przynosząc ze sobą wszystko, co mogło się w nim czaić.

Podeszliśmy już blisko. Ogromna twierdza wznosiła się nad nami, przysłaniając ciemne niebo.

Tuż za naszymi plecami rozległ się wykrzyczany rozkaz. Odwróciwszy się, ujrzeliśmy jak wojownicy zatrzymują się, a potem zmieniają formację, tworząc dwa półksiężyce, skierowane rogami w stronę Ordy. Wyglądali bardzo groźnie, odziani w błyszczące zbroje i ściskający w dłoniach miecze. Dobrze wypełnili pierwsze z dwóch zadań. Menady nie zdołały się do nas zbliżyć. Od czasu do czasu niewielkie patrole odłączały się od głównego oddziału, przeganiając je i polując. Teraz najemników czekało jeszcze niebezpieczniejsze zadanie: wkrótce mieli ruszyć wprost przed siebie, w samo serce cytadeli, rozpoczynając bój z Mrokiem.

Szliśmy dalej. Uzgodniliśmy, że najemnicy pozostaną z tyłu aż do wyznaczonej chwili ataku. Zerknąłem na cytadelę, przeczesując wzrokiem zewnętrzny mur. W końcu moje oczy odnalazły drugie wejście opisane przez mamę: sterczała nad nim czaszka gargulca z rozłożystymi jelenimi rogami. Właśnie tamtędy wejdzie do środka delegacja. Jeśli nam się nie uda, słudzy Ordyny wypadną przez główną bramę, pustosząc okolicę.

Nagle poczułem na twarzy pierwsze krople wilgoci; krople, które wkrótce zamieniły się w ciepłą ulewę, spadającą pionowo w nieruchomym powietrzu. Kiedy lunęła z nieba, bębniąc gniewnie o twardą, suchą ziemię, Ordę otoczył obłok pary. Przez głowę przeleciała mi zabawna myśl. Oto niewidzialny kowal, dokończywszy dzieła, teraz studzi je przed użyciem.

Po chwili ujrzeliśmy przesuwający się ku nam wał gęstej białej mgły, widoczność zmalała do paru stóp. Wokół zapadła niesamowita cisza. Wkrótce z mgły wyłoniła się Grimalkin wraz z Seilenosem i pozostałymi członkami eskorty mamy wchodzącymi w skład trzynastoosobowej delegacji.

Mama odwróciła się ku mnie. Pokrzepiającym gestem klepnęła mnie po ramieniu.

– Już czas. Musisz być dzielny, synu. Nie będzie łatwo. Ale starczy ci sił, by przetrwać.

– Czy menady nie uprzedzą Ordyny, że się zbliżamy? Nie zdradzą jej, że wiedziemy ze sobą armię najemników?

Mama pokręciła głową.

– Nie, nie mogą porozumieć się z nią bezpośrednio. Czekają po prostu na jej przybycie. Wykorzystując sianą przez nią grozę, pożywią się martwymi oraz umierającymi.

– Ale tamci nas nie widzieli? Ci ze sług Ordyny, którzy już nie śpią, nie odgadną, co planujemy?

– Choć nasza grupa jest większa niż zwykle, delegatom w podróży do Ordy zawsze towarzyszy zbrojna eskorta, nie ma w tym niczego nowego. Dla obserwatorów z cytadeli przybywający wojownicy to tylko mięso i krew czekające na pożarcie. Nie spodziewają się ataku.

Nagle mama uściskała mnie mocno. Kiedy mnie puściła, w oczach miała łzy. Próbowała coś powiedzieć: jej usta otwarły się, lecz nie dobiegło z nich żadne słowo.

Ktoś wyłonił się z cienia za jej plecami. Mój mistrz. Położył mi dłoń na ramieniu i odciągnął na bok.

– Cóż, chłopcze, nadeszła chwila. Nie podobają mi się metody twojej matki ani towarzystwo, z jakim się zadaje, ale wiem, że należy do Światła i robi to, co robi, dla dobra nas wszystkich. Z czymkolwiek będziesz miał do czynienia, pamiętaj, czego cię nauczyłem, bądź wierny sobie. Oraz nie zapominaj, że jesteś najlepszym uczniem, jakiego kiedykolwiek miałem.

Podziękowałem mu za miłe słowa, a on uścisnął mi dłoń.

– Jeszcze jedno – dodał, gdy się odwracałem. – Nie wiem, dlaczego twoja matka wysyła z tobą tę małą wiedźmę. – Wskazał gestem Alice. – Najwyraźniej uważa, że dziewczyna będzie cię chronić. Mam taką nadzieję. Jednak ani na moment nie zapominaj, kim są jej rodzice. To córka czarownicy oraz Diabła. Nie jest jedną z nas i nigdy nie będzie, nieważne, jak bardzo się stara. Dobrze, byś o tym pamiętał, chłopcze.

Słowa mistrza ukłuły mnie prosto w serce. Nic jednak nie zdołałem odpowiedzieć, przytaknąłem jedynie, podnosząc torbę i laskę. Podszedłem do miejsca, gdzie czekały Grimalkin i Alice w towarzystwie pozostałych. Poprowadziły nas w mgłę, w stronę Ordy.

## Rozdział 16
# Napełnij czarę!

Maszerowaliśmy naprzód. Grimalkin po mojej prawicy, Alice po lewej. Kiedy zerknąłem przez ramię, ujrzałem w gęstej mgle ciemne sylwetki dziesięciu wojowników pod dowództwem Seilenosa, wybranych z eskorty mamy.

Wkrótce wokół zapadła cisza, którą zakłócał jedynie rytmiczny odgłos naszych butów i stóp. Wciąż padał deszcz – nie tak mocny jak wcześniej, lecz ziemia szybko zamieniała się w błoto.

I wtedy, zdecydowanie za szybko, ujrzeliśmy przed sobą mury. Wielkie mokre kamienie połyskiwały w deszczu. Były twarde i namacalne: trudno uwierzyć, że przeszły przez płomienisty portal do naszego świata. Skręciliśmy w lewo, jakiś czas idąc pod ścianą, aż dotarliśmy do mniejszego wejścia. Grimalkin nie zawahała się, prowadząc nas pod gargulcem w głąb Ordy. Przed nami ciągnął się tunel, ona jednak skręciła w drzwi po lewej. Podążyliśmy za nią do sali tak ogromnej, że wysokie sklepienie niknęło w ciemności. Salę rozjaśniała słaba poświata. Nie dostrzegłem pochodni, blask rozchodził się równomiernie. Wprost przed nami stał długi stół, zasłany obrusem z czerwonego jedwabiu, na nim ustawiono półmiski ze srebra oraz brązu, pełne owoców i mięsiw. Stół otaczało trzynaście krzeseł z oparciami, rzeźbionych z najbielszej kości słoniowej i wyściełanych czarnym aksamitem, a na blacie przed każdym siedziskiem ustawiono złoty puchar, misternie odlany, wypełniony po brzegi czerwonym winem.

Światło pojaśniało. Odsłoniło rzędy kolumn po prawej i lewej. Zauważyłem, że podłogę między filarami wyłożono przepiękną mozaiką, przedstawiającą oplatające się wokół siebie wielkie węże. Podążałem wzdłuż nich wzrokiem, gdy nagle zamarłem, wstrząśnięty.

Pośrodku podłogi ział ciemny otwór. Z jakiejś przyczyny jego widok napawał mnie grozą. Zacząłem dygotać ze strachu. Zastanawiałem się, co się w nim kryje.

Wszyscy usiedliśmy, lecz pomni instrukcji mamy, nie tknęliśmy jadła ani wina. Krzesła ustawiono po jednej stronie stołu, toteż siedzieliśmy naprzeciw otworu.

Nagle usłyszeliśmy kroki, z początku odległe, stopniowo zbliżające się coraz bardziej. Powoli z otworu wyłoniła się głowa. Ktoś wspinał się po ukrytych wewnątrz stopniach. Nagle naszym oczom ukazała się ciemna postać wojownika, od stóp do głów zakutego w czarną zbroję. W lewej dłoni dzierżył długi miecz, w prawej wielką kryształową czarę.

Ruszył ku nam miarowym krokiem. Przez parę sekund przyglądałem mu się uważnie. W czarnym hełmie nie dostrzegłem szczelin na nos bądź usta, a jedynie dwa poziome otwory na oczy. Samych oczu jednak nie widziałem – wewnątrz kryła się ciemność. Zbroja okazała się czarną kolczugą, na nogach przybysz miał wyglądające morderczo buty o czubach zakończonych ostrymi, zębatymi kolcami.

Zatrzymał się przy naszym stole. Kiedy zaś przemówił, serce ścisnął mi strach. Głos, zimny i arogancki, krył w sobie coś ostrego, metalicznego.

– Czemu nie spożywacie jadła, które dla was przygotowano? Czemu nie pijecie darowanego wam wina? – spytał z wyrzutem. Słowa odbijały się echem od posadzki i ścian.

Na dźwięk pytań zerwaliśmy się z miejsc. W naszym imieniu przemówiła Grimalkin.

– Za gościnę dziękujemy – odparła spokojnie, godnie. – Tyle że, jak dotąd, nie czujemy głodu ani pragnienia.

– Decydujecie sami. Lecz, mimo wszystko, trzeba odwzajemnić to, co wam ofiarowano. Napełnijcie kielich, by moja pani mogła ożyć!

To mówiąc, mroczny wojownik uniósł naczynie ku wiedźmie zabójczyni.

– Czym mamy go napełnić? – spytała Grimalkin.

Z początku wojownik nie odpowiedział. Obracał powoli głową, jakby przyglądał się kolejno każdemu z nas. A potem ogarnęła mnie rozpacz. Wciąż nie dostrzegałem jego oczu, wiedziałem jednak bez cienia wątpliwości, że spoglądają prosto na mnie.

– Moja pani łaknie pokrzepienia. Musi napić się ciepłej krwi z ciała najmłodszego spośród tu obecnych! – oznajmił, wskazując mnie mieczem. – Poświęćcie jego życie. Napełnijcie czarę krwią z jego serca!

Znów zacząłem dygotać. Choć wiedziałem, że Grimalkin będzie walczyła o moje życie, choć wiele mi już dotąd wyjaśniono, bałem się. W głowie przebudziły się wszystkie wątpliwości, kleszcze strachu ściskały serce. Czy umrę tutaj? Czy Zły mówił prawdę? Czy mama od początku zamierzała złożyć mnie w ofierze? Może powolny powrót do dawnej postaci pozbawił ją ludzkiej miłości, którą darzyła syna?

Grimalkin pokręciła przecząco głową.

– Zbyt wiele żądasz! – wykrzyknęła donośnym, władczym głosem. – Domagamy się próby walki.

Wojownik skłonił głowę.

– Macie takie prawo. Ale nie podejmujcie zbyt lekko wyzwania. Jeśli wygram, wszyscy zapłacicie życiem. Nadal chcecie stanąć do starcia?

Grimalkin skinęła głową, przyjmując warunki pojedynku. Teraz nagle wszystko pociemniało. Usłyszałem dobiegające zewsząd westchnienia oraz szepty, a potem, gdy w sali znów zapłonęło światło, przekonałem się, że zbrojny wojownik czeka gotowy pośrodku mozaikowej posadzki. Nie trzymał już w ręku czary. W prawej dłoni ściskał długi miecz, lewą ujmował metalową, najeżoną kolcami kulę na mocnym łańcuchu.

Grimalkin dobyła dwóch długich kling. Zręcznie, z gracją śmignęła przez stół. Wylądowała niczym kotka. Ruszyła w stronę zbrojnej postaci, powoli okrążając przeciwnika. Miałem wrażenie, że na wargach zabójczyni tańczy lekki uśmieszek. Po to właśnie żyła. Wiedziałem, że cieszy ją walka z tym rycerzem. Lubiła poddawać własne umiejętności próbie – w starciu z godnym przeciwnikiem.Pojąłem, że tym razem trafiła na takiego, który umie stawić jej czoło. Grimalkin nie bała się śmierci. Jeśli jednak przegra i zginie, my także zapłacimy życiem.

Jej przeciwnik ruszył naprzód. Zaczął kręcić uniesioną nad głową kolczastą kulą. Łańcuch wirował coraz wyżej i wyżej, ciężki metalowy pocisk na końcu ciął powietrze z taką siłą i szybkością, że starczyłoby jedno celne uderzenie, by oderwać Grimalkin głowę.

Lecz nie na darmo wiedźma była zabójczynią klanu Malkinów. Idealnie wyliczając moment ataku, wkroczyła w krąg wirującej kuli. Gdy się już w nim znalazła, wymierzyła cios prosto w lewą szczelinę hełmu. Ostrze trzasnęło o metal. Chybiła o niecałą grubość palca.

Miecz wojownika odpowiedział równie szybko. Przeciwnicy zaczęli wymieniać potężne ciosy. Grimalkin znalazła się jednak zbyt blisko, by czarny wojownik zdołał skutecznie zamachnąć się kulą, która zwisała bezużytecznie na łańcuchu, podczas gdy czarownica walczyła dwoma mieczami przeciw jednemu. Jakiś czas zdawała się przeważać. Napierała mocno.

Potem górę wziął przeciwnik. Zabójczyni bowiem nie nałożyła zbroi. Teraz, gdy się cofała, niedostatek ów objawił się z całą mocą. Rycerz próbował ją kopnąć, dwukrotnie. Gdyby trafił, kolce na butach wyprułyby jej flaki. Grimalkin jednak zawirowała niczym bąk, nie czyniąc zbędnych ruchów. Trzymała się zbyt blisko, by rywal zdołał wykonać zamach kulą. Raz po raz wiedźmie klingi z metalicznym szczękiem trafiały w korpus przeciwnika, lecz zbroja odbijała je bez żadnej szkody. Wydawało się niemożliwe, by w trwającym pojedynku czarownica przeżyła, a co dopiero zwyciężyła. Jakie miała szanse w starciu z tak chronionym wrogiem? Jej odsłonięte nogi i ręce pozostawały wystawione na ciosy.

Niespodziewanie uderzyła mnie pewna myśl. Przecież Grimalkin wcześniej zrezygnowała z czegoś, co dawało jej ogromną przewagę. Gdyby do teraz zachowała klingę i mroczne życzenie, mogłaby z obu skorzystać. Pojąłem, jak bardzo się poświęciła.

Nagle wykonała piruet, odskoczyła od wroga, obracając się w lewo i cofając w stronę stołu. Zacząłem się martwić. Taktyka zabójczyni nie wydawała się rozsądna. Z większej odległości wojownik mógł ponownie, już skutecznie, posłużyć się śmiercionośną kulą. Zaczął wywijać nią nad głową, coraz szybciej i szybciej. Gotował się do zadania morderczego ciosu. Grimalkin ruszyła ku niemu. Zdawałoby się, że przyjęła pozycję idealną, by rywal skutecznie uderzył. Jakby czekała, aż zmiażdży ją kolczasta kula. Serce podeszło mi do gardła. Sądziłem, że zbliża się koniec. Kiedy jednak broń opadła, wiedźmy zabójczyni już w poprzednim miejscu nie było. Kula rąbnęła w stół z potworną siłą, strącając na podłogę półmiski oraz kielichy. A wtedy Grimalkin znów ruszyła do bitewnego tańca, celując wprost w szczelinę hełmu kryjącą niewidoczne lewe oko przeciwnika. Klinga trafiła w cel. Salę napełnił przeraźliwy okrzyk bólu.

W mgnieniu oka zapadła ciemność, owiało nas lodowate powietrze. Działały tu potężne, mroczne moce. Zakręciło mi się w głowie, sięgnąłem do stołu, by się przytrzymać. Echo wrzasku ucichło. W wielkiej sali zapadła cisza. Potem, w ciemności, ujrzałem dwoje błyszczących oczu, zbliżających się ku nam od strony dziury w podłodze.

I znów zajaśniało światło, a my siedzieliśmy przy stole – choć nie pamiętałem, byśmy zajmowali miejsca. Zaścielające podłogę półmiski i kielichy wróciły na blat. Grimalkin także była tam, gdzie przedtem.

Mroczny wojownik znów stał naprzeciw nas, trzymając w dłoniach długi miecz i kryształowy kielich. Czy to ten sam człowiek? Czy mroczne czary przywróciły go do życia? Zupełnie jakby pojedynek z Grimalkin w ogóle się nie wydarzył.

– Mojej pani potrzeba strawy. Musi napić się ciepłej krwi z ciała chłopaka! – oznajmił, ponownie wskazując mnie mieczem. – Napełnij czarę!

Gdy groźny rycerz uniósł kryształowy kielich, serce zatrzepotało mi w piersi ze strachu.

– Zwyciężyliśmy, dziecko – wyszeptała mi do ucha Grimalkin tryumfalnym tonem. – Nie żąda już twojego życia – tylko tego, byśmy napełnili kielich. A tego właśnie chcemy.

Wojownik w milczeniu postawił kryształowy kielich na czerwonym jedwabnym obrusie. Grimalkin wzniosła go, ze skórzanej pochwy dobyła krótki sztylet. Odwróciła się ku mnie.

– Podwiń rękaw, dziecko. Prawy...

Trzęsącymi się palcami zrobiłem, co kazała.

– Teraz weź kielich i przytrzymaj go pod ręką, tak by nie uronić ani kropli.

Uniosłem gołą rękę, ustawiłem pod nią wspaniale rzeźbione naczynie. Grimalkin lekko nacięła mi skórę. Prawie nie poczułem bólu. Z rany zaczęła kapać krew. Skrzepła, nim czara wypełniła się do połowy.

– Jeszcze jedno nacięcie i gotowe – oznajmiła czarownica.

Ostrze ponownie opadło. Syknąłem, tym razem czując nagły ból. Krew popłynęła mocniej. Ku memu zdumieniu kielich zrobił się nagle ciężki. Napełniał się szybko, lecz gdy tylko krew wypełniła go po brzegi, nagle przestała płynąć. Przekonałem się, że zdążyła zastygnąć, tworząc cienką czerwoną linię odcinającą się od bladej skóry.

Wiedźma zabójczyni postawiła kielich na stole; wojownik zabrał go i poniósł w stronę studni. Patrzyliśmy, jak schodzi, póki nie zniknął nam z oczu. Potem czekaliśmy w milczeniu, dopóki nie oddalił się dostatecznie. Nie mogliśmy ryzykować, że coś usłyszy i zawróci. Ordyna musiała wypić moją krew, stanowiło to kluczowy element planu mamy. Minuty mijały powoli, w końcu jednak Grimalkin uśmiechnęła się. Wyjęła z rękawa niewielkie lusterko. Szykowała się do dania sygnału.

Nim jednak zdążyła to zrobić, wszystko znów pociemniało. Ponownie uczułem nagły ziąb. Od strony jamy raz jeszcze zbliżyły się jasne, błyszczące oczy. Czyżby sługa Ordyny odgadł nasze zamiary?

Nagle pojąłem, że mimo głębokiej ciszy salę wypełniają ludzie. I cóż to byli za dziwni, przerażający ludzie! Ujrzałem bardzo wysokich mężów o długich szpiczastych nosach oraz brodach, o pociągłych twarzach. Demony, pomyślałem, widzę demony o zapadniętych oczach, odziane w ciemne luźne stroje, zwisające z ich wychudzonych ciał niczym babie lato z wierzbowych gałęzi. U pasów nosili długie, zakrzywione miecze.

Ich widok skojarzył mi się ze starym przysłowiem z Hrabstwa:

*Szpiczasta broda, szpiczasty nos,*
*wewnątrz na pewno kryje się Mrok!*

Kobiety, które też zauważyłem, były zgrabne, pulchne, apetyczne. Ich skóra połyskiwała niczym świeżo naoliwiona. Tańczyły, wirując rytmicznie w takt odległego niewidzialnego bębna. Mężczyźni czekali z boku bądź czaili się w mroku pod kolumnami, pochłaniając tancerznice głodnymi oczami.

Obejrzałem się w stronę stołu. Spostrzegłem, że cała nasza grupa patrzy na spektakl jakby zaczarowana.

W osobliwych ruchach kobiet kryła się magia. Grimalkin nadal trzymała w dłoni lusterko, lecz najwyraźniej nie mogła z niego skorzystać. Byliśmy bezradni. Dotarliśmy tak blisko celu tylko po to, by w ostatniej chwili ponieść klęskę?

I wtedy zorientowałem się, że część eskorty mamy, w tym Seilenos, zajada łapczywie ze swych talerzy, popijając gorączkowo winem ze złotych kielichów – mimo wcześniejszych ostrzeżeń. Wiedziałem, że greckiemu stracharzowi brak siły woli oraz determinacji Johna Gregory'ego – teraz miało się to stać jego zgubą.

Z powrotem odwróciłem się w stronę kobiet tańczących przed studnią. Odkryłem, że o ile wcześniej tańczyły same, teraz wirują parami, kobieta z kobietą, sunąc wzdłuż wizerunków długich węży przedstawionych na mozaikach. Bębnienie stawało się coraz głośniejsze, coraz szybsze, coraz bardziej gorączkowe. Do pierwszego bębna przyłączały się kolejne. Moje stopy poruszały się do rytmu, sam miałem ogromną ochotę zerwać się z krzesła. Spojrzałem na Alice. Ona też z całych sił przytrzymywała się oparcia, by nie dołączyć do tancerek. Zacząłem oddychać powoli, walcząc z impulsem nakazującym wstanie. Aż w końcu chęć zaczęła słabnąć.

Wówczas odkryłem, że jeden z tancerzy to mężczyzna – i poznałem go. Seilenos. Zaledwie chwilę wcześniej widziałem, jak pożywia się zakazaną strawą; teraz stopił się z szaleńczym pląsem. Na moment straciłem go z oczu, potem jednak znów się pojawił, tym razem znacznie bliżej naszego stołu. Ujrzałem, jak jedna z kobiet przyciska usta do szyi Seilenosa, wbijając zęby głęboko w ciało; na pierś ściekała mu krew. W wybałuszonych oczach dostrzegłem grozę, wywracały się szaleńczo w oczodołach. Brzuch mu dygotał, ubranie miał podarte, spod strzępów na plecach wyzierały głębokie rany. Kobieta wysysała z niego krew. Znów obrócił się, zniknął w tłumie otaczającym studnię. Więcej go nie widziałem.

Jakże się cieszyłem, że stracharz dobrze mnie wykształcił! Dzięki jego naukom pościłem przed wejściem do cytadeli. Miłość Seilenosa do jadła i picia kosztowała go życie – a może nawet duszę!

Nagle po swej prawej znów dostrzegłem twarz Grimalkin. Zmagała się z potężną czarną magią, zniewalającą nas wszystkich. Powoli uniosła lusterko do ust. Chuchnęła na nie i, całkowicie skupiona, zaczęła pisać palcem wskazującym. Dawała sygnał do rozpoczęcia ataku.

ROZDZIAŁ 17

# ŻYWIOŁAKI OGNIA

Przez jakiś czas tańczące postaci nadal wirowały szaleńczo w rytm gorączkowych bębnów, w końcu jednak zaczęły zwalniać. Bębnienie osłabło, wreszcie zupełnie ucichło. Demony stały bez ruchu, zastygłe w czasie, tak jak my zaledwie chwilę wcześniej. Niektóre skłoniły głowy. Czułem, że nasłuchują.

Usłyszałem odległy tupot stóp. Zbliżał się z każdą chwilą. A potem drzwi otwarły się z trzaskiem. Do sali wpadły gotowe do bitwy, morderczo wykrzywione czarownice z Pendle, wznoszące długie noże. Wyłowiłem wśród nich kilka wiedźm z rodu Mouldheelów, ale ani śladu Mab i jej dwóch sióstr. Czemu nie brały udziału w ataku?

Grimalkin ponownie przeskoczyła przez stół i dołączyła do reszty. Najwyraźniej demony albo nie posłużyły się swoją magią, albo też nie działała ona na złaknione walki czarownice, które cięły na prawo i lewo, niezwykle skutecznie wymachując ostrzami. Wrogowie stawili opór, dobywali mieczy, lecz po paru chwilach kilkunastu leżało martwych w czerwonych kałużach krwi.

Wszystko działo się tak szybko, że nawet nie zdążyliśmy dołączyć do czarownic. W jednej chwili przed nami, na wyciągnięcie ręki, rozgrywała się gwałtowna bitwa, w następnej demony już wycofywały się schodami w głąb studni. Ale wykonywały bardzo porządny odwrót. Część nadal walczyła, osłaniając tyły i umożliwiając ucieczkę demonicom. Wkrótce w sali pozostały jedynie wiedźmy, gapiące się w głąb studni, w mrok.

Alice mocno ścisnęła mmie za ramię. Podeszliśmy, one jednak odwracały się już plecami do dziury ziejącej w podłodze.

– Zbyt niebezpiecznie byłoby ruszać za nimi – oznajmiła Grimalkin, patrząc na mnie. – Podejrzewam, że tego właśnie chcą. Stanowczo zbyt łatwo podali tyły, za szybko uciekli. Bez wątpienia chcą nas zwabić w ciemność, a tam schwytać w pułapkę. Pójdziemy drogą, którą doradziła nam twoja matka, dziecko. Proponuję, byś zaczekał tu do przybycia najemników. Już jadą. My ruszamy w głąb cytadeli.

To rzekłszy, poprowadziła obryzgane krwią czarownice tunelem w stronę dziedzińca.

– Lepiej zróbmy, jak radzi, Tom. – Alice nadal trzymała mnie mocno za rękę. – Za parę minut udamy się ich śladem…

Pozostali przy życiu członkowie eskorty mamy przytaknęli. Bez dowódcy sprawiali wrażenie nerwowych. Ciała Seilenosa oraz dwóch innych żołnierzy leżały w kałużach krwi, spoglądając niewidzącymi oczami w wysoki sufit.

– Podejdźmy bliżej wejścia. – Alice obejrzała się niespokojnie w stronę schodów. – Teraz, gdy czarownice odeszły, demony mogą wrócić.

Uznałem, że to dobry pomysł, toteż ruszyliśmy do otwartych drzwi.

Nie minęło wiele chwil, gdy usłyszeliśmy galopujące ku nam konie. Patrzyliśmy, jak najemnicy, hucząc, przejeżdżają przez wejście i dalej, tunelem, by rozpocząć atak. Ich przejazd trwał bardzo długo. Wreszcie jednak tętent ostatnich kopyt ucichł w dali. Opuściliśmy salę, ruszając za najemnikami w kierunku wewnętrznego dziedzińca.

Po drodze obejrzałem się przelotnie. Nie dostrzegłem ani śladu mamy, stracharza oraz pozostałych. Powinni już tu dotrzeć…

Zdołaliśmy postąpić zaledwie paręnaście kroków, gdy znów usłyszeliśmy tętent. Stopniowo narastał.

Żołnierze zawracali. Tak prędko się wycofywali! Co poszło źle?

Obok nas przemknął wierzchowiec bez jeźdźca, o mało nie tratując Alice. Oczy wybałuszał ze zgrozy, na pysk wystąpiła mu piana. Po nim zjawiły się kolejne konie, niektóre z jeźdźcami, którzy odrzucili broń i gapili się przed siebie niewidzącymi oczami. O tak, bez wątpienia trwał odwrót. Co za klęska. Czemu tak dzielni ludzie uciekają?

Obserwując kolejnych najemników pędzących ku nam, uznałem, że grozi nam całkiem realne niebezpieczeństwo stratowania. Wepchnąłem Alice w zagłębienie ściany tunelu, osłaniając ją własnym ciałem. Konie gnały obok, napełniając tunel ogłuszającym tętentem kopyt. Trwało to i trwało, bez końca, wreszcie jednak znów zapadła cisza. Oderwałem się od ściany.

– Nic ci nie jest, Alice? – spytałem, podnosząc z ziemi laskę oraz torbę.

– Eskorta twojej mamy zniknęła? – spytała.

Rozejrzałem się. Kolejnych trzech nie żyło, zadeptanych na śmierć. Po pozostałych nie dostrzegłem śladu. A gdzie podziewali się mama, stracharz, Arkwright? W tunelu za nami? Czy ich także zmiażdżyły uciekające konie? Strach ścisnął mi gardło.

– Mamo! Mamo! – zawołałem. Odpowiedziała mi jednak tylko niesamowita cisza.

– Powinniśmy pójść za czarownicami – poradziła Alice. – Może coś zatrzymało twoją mamę i starego Gregory'ego. Możliwe, że nie było ich jeszcze w tunelu, kiedy konie zawróciły.

Przytaknąłem, ruszyliśmy dalej. Nadal obawiałem się o mamę, ale też bałem tego, co może nas czekać. Z jakiegoś powodu tysiąc konnych uciekło, zamiast stawić czoła wrogowi. Może przegnała ich Ordyna we własnej osobie? Może wypiła już moją krew i przebudziła się ze snu?

Zbliżaliśmy się do wylotu tunelu. Przed sobą widzieliśmy mgłę. Kiszki zacisnęły mi się od przedziwnego strachu. Fale zimna zalały mnie niczym huragan, próbujący nas odepchnąć.

– Czujesz to, Tom? – spytała Alice.

Przytaknąłem. Dla stracharza w starciu z Mrokiem każdy strach jest niebezpieczny. Nawet jego odrobina wzmacnia wrogów Światła.

Parliśmy dalej. Próbowałem zablokować strach, rozmyślając o szczęśliwych chwilach z dzieciństwa: kiedy siedziałem na kolanach mamy, a tato opowiadał mi o swych morskich podróżach. Zmuszaliśmy się do dalszego marszu, aż ujrzeliśmy wyłaniający się z mgły wewnętrzny mur Ordy. Wielkie kamienie wciąż parowały.

Dotarliśmy na duży brukowany dziedziniec. Bruk zaściełały martwe konie; żołnierze także. Oczy mieli szeroko otwarte, twarze wykrzywione grozą.

– Co ich zabiło, Alice? – zawołałem. – Na ciałach nie ma żadnych śladów. Ani jednej rany.

– Umarli ze strachu, Tom. Strach zmroził im umysły, zatrzymał serca... Ale spójrz! Otwarta brama.

Przed nami widniała drewniana brama osadzona w murze. Stała otworem. Lecz wewnątrz czaiła się ciemność. Gdy tak na nią patrzyłem, ogarnęła mnie rozpacz, nie potrafiłem bowiem odnaleźć w sobie dość woli, by postąpić choćby krok naprzód. Wszystko na próżno. Żołnierze uciekli bądź zginęli. Teraz nie mieliśmy już szans, by wtargnąć do cytadeli i zniszczyć Ordynę, nim znów odzyska pełnię sił.

Staliśmy, wpatrzeni w otwartą bramę. Co mogliśmy zrobić sami z Alice? Ile zostało czasu do przebudzenia się Ordyny?

– Za mało mam sił, by tam wejść – zwróciłem się do Alice, wiedząc, że niemoc wywołuje potężna mroczna magia, która wcześniej zaatakowała najemników. – Nie jestem dość odważny... brakuje mi siły woli.

W odpowiedzi Alice jedynie pokiwała głową ze znużeniem.

Choć żadne z nas nie wypowiedziało głośno swoich myśli, uznaliśmy za pewnik, że czarownice z Pendle już dawno nas wyprzedziły. A jednak nadal nie ruszaliśmy. Zastanawiałem się, co mogło się stać z mamą oraz z pozostałymi. Zupełnie straciłem serce oraz odwagę.

Nie wiem, jak długo staliśmy w tym miejscu, nagle jednak usłyszałem za plecami kroki. Odwróciwszy się, ujrzałem wysoką zakapturzoną postać z laską oraz torbą w dłoniach. Ku memu zdumieniu przekonałem się, że to stracharz. Tuż za nim podążał Bill Arkwright. Minę miał tęgą, jakby liczył, że nadarzy mu się okazja do rozwalenia paru łbów. Nie dostrzegłem natomiast jego psów.

Arkwright skinął ku nam, zaś stracharz przeszedł obok, nie zaszczyciwszy nas choćby spojrzeniem. Potem, kiedy dotarł do bramy, odwrócił się. Łypnął na mnie, jego oczy lśniły gniewem.

– No dalej, chłopcze, nie zwlekaj! – warknął. – Mamy zadanie do wykonania. A jeśli my tego nie zrobimy, to kto?

Zmusiłem się, by postawić jeden krok, potem drugi. Z każdym robiło się nieco łatwiej, okowy strachu oplatające mi umysł wkrótce opadły. Uświadomiłem sobie, że choć żołnierze uciekli bądź zginęli, nasz fach – a także fakt, że stracharze to siódmi synowie siódmych synów – daje dość sił, byśmy oparli się czarowi. Lecz przede wszystkim to stracharz, jego determinacja sprawiły, że zdołałem pokonać strach.

Co do Alice, mogły jej pomóc nauki czarownicy – a choć mój mistrz nie prosił, by do niego dołączyła, oboje przeszliśmy przez bramę.

– Widzieliście mamę? – spytałem stracharzy.

Obaj pokręcili głowami.

– Rozdzieliliśmy się, gdy konie wypadły z tunelu w naszą stronę. Nie martw się, chłopcze – rzekł mój mistrz – twoja mama potrafi sobie radzić. Bez wątpienia zjawi się później.

Jego słowa, choć uprzejme, nie poprawiły mi humoru.

– A gdzie Szpon i jej szczeniaki? – zapytałem Billa. – Bezpieczne?

– Chwilowo owszem – odparł. – Nie było sensu sprowadzać ich tutaj. Wyszkoliłem je do rozprawiania się z wodnymi wiedźmami i im podobnymi. Jaką szansę miałyby w walce z żywiołakami ognia?

Teraz usłyszałem odległy ryk spadającej wody i znacznie bliższe echa kropel uderzających o kamień. Towarzyszył im syk pary. Na Ordę spadła prawdziwa ulewa, większość wody przeniknęła do środka. Wyciągnąłem rękę, dotknąłem ściany. Kamienie wciąż były bardzo ciepłe.

Stracharz otworzył torbę, wyciągnął niewielką latarnię, którą zapalił, następnie uniósł przed sobą. Rozejrzeliśmy się. Z miejsca odkryłem, że mamy do wyboru więcej niż jedną drogę. Przed nami ciągnął się, spowity w pasma mgły, wąski tunel, wznoszący się ku górze. Po stronie prawej kolejny, zupełnie poziomy. Stracharz zawahał się. Przez chwilę nasłuchiwał. Wydało mi się, że słyszę daleki słaby krzyk, ale tylko jeden. Po paru chwilach mistrz zwrócił się do mnie:

– Myślę, że powinniśmy pójść w górę. Spodziewam się, że znajdziemy Ordynę w jednej z wież. A ty jak myślisz? – Spojrzał na Arkwrighta.

Drugi stracharz skinął lekko głową. Wtedy mój mistrz ruszył naprzód, maszerując zdecydowanym krokiem. Podążyliśmy za nim, Alice dreptała koło mnie. Szliśmy zaledwie parę minut, gdy tunel się skończył. Przed sobą widzieliśmy lity kamień. Lecz po lewej dostrzegłem otwór. Stracharz bez wahania przeszedł przez ten otwór, uniósł lampę. Ruszyliśmy w jego ślady. Znaleźliśmy się w dużym pomieszczeniu pełnym kamiennych płyt, zajętych przez, jak z początku sądziłem, leżących na wznak śpiących. W odróżnieniu od tuneli, w tej komnacie nie panowała nieprzenikniona ciemność: wypełniało ją słabe żółte światło, pozbawione źródła.

Spoczywające tutaj postacie przypominały ludzi, lecz o ciałach wydłużonych, twarzach pociągłych, o szpiczastych brodach oraz nosach i głęboko osadzonych oczach. Trafiliśmy na demony, te same, które w sali przyglądały się tancerkom. Teraz jednak, gdy światło latarni oświetliło najbliższe sylwetki, przekonałem się, że demony nie śpią. One były martwe.

Miały poderżnięte gardła. Walały się w kałużach własnej krwi, która ściekła na kamienną posadzkę. Kiedy powoli ruszyliśmy naprzód, manewrując między kamieniami, ujrzeliśmy krwawe ślady. Niektóre zostawiły szpiczaste trzewiki, były tam też jednak odciski bosych stóp – stóp czarownic z klanu Mouldheelów.

– Wiedźmy z Pendle nie są moimi wymarzonymi sojuszniczkami, ale przynajmniej nie mamy się czego obawiać w tej komnacie – zauważył stracharz.

– Ord jest wielka – odparłem. – Musi być w niej mnóstwo podobnych komnat. Pomyślcie tylko, jak wiele innych stworów w nich czeka...

– Lepiej o tym nie myśleć, chłopcze. Musimy iść dalej. Jeśli zagrozi nam niebezpieczeństwo, czarownice natrafią na nie pierwsze. Zostaniemy ostrzeżeni.

Stracharz z Arkwrightem wyprowadzili nas z komnaty, lecz w chwili, gdy ja miałem ją opuścić, usłyszałem za plecami krzyk. Odwróciwszy się, ujrzałem Alice. Zamarła w miejscu, z twarzą wykrzywioną grozą. Jeden z demonów usiadł nagle na swym kamiennym katafalku, chwycił dziewczynę mocno za rękę i spoglądał na nią groźnie.

Krwawił co prawda z rany na szyi, najwyraźniej jednak rana okazała się nie dość głęboka. Ocknąwszy się, ujrzał intruzów. Oczy demona lśniły wściekle. Sięgał do pasa po zakrzywiony miecz. Zamierzał przeszyć nim Alice!

Podbiegłem, pchnąłem go mocno w pierś końcem laski. Uderzenie drewna jarzębinowego wyrwało z demona jęk. Otworzył usta, z których trysnęły ślina i krew. Dobył wszelako miecza, toteż pchnąłem ponownie. Broń wyleciała mu z ręki, puścił Alice, odturlał się ode mnie po kamiennym łożu, lądując na nogach i kucając nisko. Powoli obrócił się ku mnie, jego oczy wyglądały zza kamiennej płyty.

Nim zdążyłem zareagować, wystrzelił w górę. Żaden człowiek nie potrafiłby skoczyć tak wysoko i szybko. Przefrunął nad katafalkiem, runął na mnie, wytrącając mi kij. Poleciałem do tyłu, przekręciłem się i odturlałem. Wiedziałem, że demon znów szykuje się do ataku. Pojąłem, że mam tylko jedną szansę. Wyciąganie srebrnego łańcucha ukrytego w kieszeni portek trwałoby zbyt długo, musiałem sięgnąć przez ramię i dobyć noża od Grimalkin. Gdy jednak myśl ta pojawiła mi się w głowie, zrozumiałem, że jest za późno. Demon rzucił się na mnie.

Dwie rzeczy zdarzyły się jednocześnie. Rozległ się szczęk i coś przemknęło mi nad głową, wbijając się napastnikowi w gardło. Demon runął na kolana, dławiąc się, a potem upadł na bok. Raz jeden sapnął przeciągle, później znieruchomiał.

Obok mnie zjawiła się Alice, w ręce ściskała moją laskę. Szczęk, który usłyszałem, wydało zwalniane ostrze. Obecnie pokrywała je krew. Tymczasem stracharz z Arkwrightem wrócili biegiem do komnaty.

Spojrzeli na martwego demona, a potem na moją towarzyszkę.

– Wygląda na to, że Alice właśnie ocaliła ci życie, mości Wardzie – zauważył Arkwright, gdy chwiejnie podniosłem się z ziemi.

Stracharz milczał. Jak zwykle szczędził Alice jakichkolwiek pochwał. W tym momencie z odległego kąta dobiegł przeciągły jęk – to kolejny sługa Ordyny zaczynał się budzić.

– Wiedźmy okazały się nie tak dokładne, jak sądziliśmy – zauważył John Gregory. – Ruszajmy dalej. Nie ma sensu zostawać tu dłużej, niż musimy. Brak nam czasu. Zresztą kto wie, na co się jeszcze natkniemy?

Za drzwiami zaczynał się kolejny korytarz, ponownie wiodący w górę. Rozpoczęliśmy wspinaczkę, stracharz szedł przodem. Nagle uniósł rękę. Zatrzymał się, wskazał ścianę po naszej lewej. Na wysokości głowy w powietrzu pływała niewielka lśniąca kula, bańka przejrzystego ognia. Miała rozmiar mojej pięści. Z początku sądziłem, że jest przyczepiona do ściany. Na moich oczach przepłynęła jednak przez korytarz, znikając w kamieniu.

– Co to było? – spytałem. – Żywiołak ognia?

– Owszem, chłopcze, tak właśnie przypuszczam. Całe życie spędziłem w mokrym Hrabstwie, więc nigdy żadnego nie widziałem. Z tego, co czytałem, wnoszę, iż stwory te mogą być bardzo niebezpieczne. Choć z powodu wody, która spadła na Ordę – i dostała się do środka – minie trochę czasu, nim w pełni się przebudzą. Kolejny powód, dla którego winniśmy działać jak najszybciej. Gdzie Seilenos, on świetnie zna się na podobnych rzeczach...

– Nie żyje – wyjaśniłem, ze smutkiem kręcąc głową. – Mimo ostrzeżeń mamy zjadł strawę i wypił wino przy stole. Zagryzła go jedna z demonic.

– Łakomstwo zabiło biedaka – stwierdził poważnie stracharz. – Metody stosowane w Hrabstwie sprawdzają się w starciach z Mrokiem najlepiej. Wielka szkoda. Bardzo przydałaby nam się jego wiedza.

Korytarz unosił się dalej jeszcze bardziej stromo. W pewnej chwili ponownie natknęliśmy się na kamienny mur przegradzający drogę, z przejściem po lewej. W następnej komnacie ujrzeliśmy kolejne kamienne łoża z demonami. Te tutaj zabito w ten sam sposób co poprzednie, komnata spływała krwią. Kiedy jednak zaczęliśmy przeciskać się między trupami, Alice sapnęła ze zgrozy.

Tym razem wiedźmom nie poszło tak łatwo. Jedna z nich także zginęła. Niewiele z niej zostało, jedynie nogi poniżej kolan oraz szpiczaste trzewiki. Reszta jej ciała zamieniła się w czarny, wciąż dymiący popiół. W powietrzu wisiał smród palonego mięsa.

– Kto to zrobił? – spytałem. – Ta lśniąca kula, którą napotkaliśmy?

– Albo coś do niej podobnego, chłopcze. Z pewnością to dzieło jakiegoś żywiołaka ognia. Miejmy nadzieję, że już stąd odszedł. Ord budzi się do życia szybciej, niż sądziliśmy. – Nagle oczy stracharza rozszerzyły się gwałtownie.

W powietrzu, pięć kroków przed nami, pojawiła się ognista kula. Wyglądała znacznie groźniej niż przejrzysta bańka, którą napotkaliśmy wcześniej. Ta była matowa, rozmiarami dorównywała ludzkiej głowie. Otoczona płomieniami, pulsowała rytmicznie, na zmianę kurcząc się i rozszerzając. Poszybowała ku nam, rosnąc błyskawicznie.

Stracharz uderzył w nią laską. Cofnęła się odrobinę, po czym znów zaczęła się zbliżać. Ponownie dźgnął, chybiając o mały cal. Kula z niewiarygodną prędkością pomknęła naprzód nad naszymi głowami. W deszczu pomarańczowych iskier roztrzaskała się o mur.

Maszerując szybko, stracharz wyprowadził nas z komnaty. Obejrzawszy się za siebie, odkryłem, że ognista kula uformowała się na nowo tuż pod ścianą i znów zaczyna ku nam płynąć. Za drzwiami kamienne stopnie wiodły stromo w górę, wdrapywaliśmy się po nich, ile sił w nogach. Znów obejrzałem się niespokojnie, lecz żywiołak najwyraźniej nas nie ścigał. Zastanawiałem się, czy w jakiś sposób jest uwięziony w komnacie. Może miał za zadanie jej strzec?

Schody skręcały, tworząc spiralę. Czyżbyśmy znaleźli się już wewnątrz jednej z iglic? W żaden sposób nie mogłem tego stwierdzić, bo w ścianach nie było okien. Ogarniał mnie coraz większy niepokój. Nawet jeśli uda nam się zniszczyć samą Ordynę, po drodze roiło się od żywiołaków, zresztą kto wie, jakich jeszcze innych stworzeń. Będziemy musieli wrócić tymi samymi schodami, a do tej pory wszystko, co czai się wśród cieni, zapewne zdąży się ocknąć i odzyska siły. Jak więc zdołamy uciec?

W chwilę później natrafiliśmy na kolejne niebezpieczeństwo. Przed nami na schodach leżała martwa wiedźma z klanu Mouldheelów. Rozpoznałem ją po bosych stopach i obszarpanej sukience. W miejscu głowy oraz ramion zwijał się lśniący pomarańczowy żywiołak ognia w kształcie rozgwiazdy. Powoli pełzł w dół, pochłaniając resztę ciała. Był to jeden z asterich, przed którymi ostrzegał mnie stracharz.

– Wygląda na to, że spadł jej na głowę, gdy przechodziła dołem – zauważył mistrz. – Nielekka to śmierć.

Przyciskając ciała do kamiennych ścian, szliśmy dalej, omijając możliwie szerokim łukiem martwą czarownicę i jej przerażającego zabójcę. Potem jednak stracharz wskazał przed siebie. Do sufitu przywarło cztery czy pięć podobnych żywiołaków, pulsujących ogniem.

– Sam nie wiem, czy lepiej poruszać się wolno, czy też biegiem – wymamrotał. – Spróbujmy podejść powoli, trzymajmy się razem. Przygotuj laskę, chłopcze!

Stracharz znów ruszył przodem, za nim Alice, ja oraz Bill Arkwright. Unosiliśmy w gotowości kije. W ustach zaschło mi ze strachu. Wspinaliśmy się powoli, miarowo, przechodząc pod pierwszymi dwoma żywiołakami w kształcie gwiazdy. Może wciąż spały albo osłabiła je ulewa? Oby…

W chwili, gdy już sądziliśmy, że udało nam się uniknąć niebezpieczeństwa, usłyszeliśmy syk. Duży żywiołak śmignął wprost ku głowie stracharza. Mistrz zamachnął się laską, w deszczu iskier ostrze przecięło stwora na pół. Oba kawałki wylądowały na stopniach za nami. Obejrzawszy się, odkryłem, że pełzną ku sobie, próbując połączyć się w jedną istotę.

Pospieszyliśmy dalej, cały czas jednak sprawdzaliśmy sufit, wypatrując zagrożenia. W końcu dotarliśmy na podest. Naprzeciw nas otwierało się troje wielkich drzwi. Pojąłem, że trafiliśmy zapewne na wejścia do wież.

– Które wybierzemy? – spytał stracharz, przyglądając się kolejnym kamiennym stopniom.

– Możemy tylko zgadywać – odparł Arkwright, wzruszywszy ramionami. – To wielkie zamczysko – zabraknie nam czasu, by przeszukać je całe. Sprawa nie wygląda zbyt dobrze.

– Alice potrafi wywęszyć niebezpieczeństwo – podsunąłem.

Stracharz zmarszczył brwi na myśl o wykorzystywaniu mocy Mroku.

Zacząłem mówić szybko, nim zdążył się sprzeciwić.

– Mama życzyłaby sobie, żebyśmy skorzystali ze wszystkiego, co pozwoli nam przeżyć i zabić Ordynę!

– A ja wyjaśniałem już, że nie podobają mi się pewne metody twojej mamy. Sam wolę ich nie stosować – warknął mój mistrz.

– Proszę pozwolić Alice to zrobić – błagałem cicho. – Proszę…

– Myślę, że nie mamy wyboru. Pozwólmy dziewczynie spróbować – wtrącił Arkwright.

Stracharz zamknął oczy z cierpiętniczą miną, po czym niemal niedostrzegalnie skinął głową.

Alice natychmiast podeszła do środkowych schodów. Po dwakroć głośno pociągnęła nosem.

– Nie potrafię stwierdzić, co jest na górze – przyznała – bo tędy właśnie poszły czarownice. Skaziły powietrze, toteż nie umiem poznać, co kryje się dalej.

– W takim razie rozsądnie będzie pójść tędy – zasugerował stracharz. – Przynajmniej możemy spodziewać się ostrzeżenia, jeśli natkną się na coś groźnego. Zresztą, zapewne one też węszyły. Chyba uznały, że to najbezpieczniejsza droga.

Nim jednak Alice zdążyła odpowiedzieć, ze środkowego tunelu dobiegł nas krzyk. Odwróciwszy się, ujrzeliśmy kogoś biegnącego ku nam schodami. Stracharz uniósł laskę. Ze szczęknięciem wypuścił ukrytą klingę.

W chwilę później na podest wypadła wrzeszcząca wiedźma. Jej włosy płonęły, szpiczaste trzewiki tupały głośno po marmurowej posadzce. Wątpię, czy w ogóle nas zobaczyła. Nadal krzycząc, pędziła po schodach. Wkrótce zniknęła nam z oczu. Potem zjawiła się druga, bosa Mouldheelka. Arkwright ucapił ją, chwyciwszy za obszarpany rękaw i zagroził laską. W oczach Mouldheelki wyczytałem grozę, twarz miała umazaną sadzą, poza tym jednak wydawała się nietknięta.

– Puść mnie! – krzyknęła.

– Co się stało? – spytał ostro.

– Ogniste demony! Nie miałyśmy szans. One nie żyją. Wszystkie!

Z tymi słowy wyrwała mu się i uciekła po schodach. Jeśli miała rację, czarownice co do jednej wyginęły – nawet Grimalkin. Moc Ordyny nie pozwalała im skutecznie wywęszyć niebezpieczeństwa, nie potrafiły walczyć z żywiołakami ognia.

Alice sprawdziła lewe schody. Pokręciła głową.

– Na górze czai się niebezpieczeństwo! – Stanęła przy prawych. Tutaj przytaknęła sama sobie. – Wydaje się, że w porządku…

Rozpoczęliśmy zatem ostrożną wspinaczkę. Stracharz ponownie zajął miejsce na czele. Wdrapywaliśmy się i wdrapywaliśmy bez końca. Zmęczone nogi ciążyły mi jak ołów. Z przerażeniem pomyślałem, że cała ta olbrzymia budowla, pełna mrocznych stworów – niektórych nieznanych, nieopisanych nawet w bestiariuszu stracharza, przeszła przez portal z innego świata. A gdyby Ord nagle wróciła tam, skąd przybyła, zabierając nas ze sobą? Przerażająca wizja. Wolałem, byśmy zrobili, co trzeba, i uciekli, zamiast wnikać głębiej, zdani na łaskę nieznanych potworów.

W końcu dotarliśmy na szczyt schodów. Ujrzeliśmy przed sobą wielkie okrągłe drzwi z brązu. Wyryto na nich ogromną czaszkę. Nie miały zamka ani klamki, lecz stracharz przyłożył dłoń do rzeźby i pchnął. Drzwi otwarły się bezszelestnie. Unosząc wysoko latarnię, wkroczył do małego, ośmiokątnego pomieszczenia. Rozejrzeliśmy się wokół, zdumieni. Nie było w nim innych drzwi. Co to za miejsce? Czemu służyło?

Niemal natychmiast otrzymałem odpowiedź. Pułapka! Nagle ziemia otworzyła mi się pod nogami, usłyszałem, jak Alice krzyczy ze strachu. A potem lampa zgasła, żołądek szarpnął mi się gwałtownie. I runąłem w pustkę.

ROZDZIAŁ 18

# UMOWA

Wylądowałem na miękkiej ziemi. Siła upadku pozbawiła mnie tchu, wytrącając z rąk torbę oraz laskę. Wokół panowała kompletna ciemność – nie widziałem nawet własnej dłoni przysuniętej do twarzy.

Uniosłem się na kolana. Pod sobą czułem błoto, a wilgoć zaczynała mi już wsiąkać w spodnie. Usiłowałem zawołać stracharza, wołałem także Alice, nikt nie odpowiadał. Miałem jednak towarzysza, bo w ciemności, gdzieś obok, wyczułem ruch. Cokolwiek to było, poruszało się na więcej niż dwóch nogach, skradając się ku mnie ostrożnie. Nagle wzdrygnąłem się, czując na kostce, tuż nad cholewą, dotknięcie: delikatne, niemal jak pieszczota. Przez moment żywiłem nadzieję, że może nie trzeba bać się owego stwora. Potem jednak pierwszy delikatny kontakt zmienił się w stalowy uchwyt. Poczułem ostre zęby, rozdzierające ciało. Czekałem, aż tajemniczy drapieżca przeniknie do kości, może nawet oderwie mi stopę. Zamiast tego zaczął ciągnąć mnie za sobą. Nie śmiałem stawić oporu. Bezradny, podskakiwałem na nierównej ziemi. W pewnej chwili pojąłem, że rodzaj gruntu się zmienia, miękkość ustępowała czymuś twardemu, zimnemu. Słyszałem tupot odnóży stwora. Nagle zatrzymał się, wypuścił mnie i odbiegł.

Gdzieś w pobliżu śmiali się jacyś ludzie. Odnosiłem wrażenie, że to ja jestem obiektem ich rozbawienia, że próbują mnie jakoś sprowokować. Leżałem bez ruchu, nie odzywając się ani słowem. Gdy upadałem, straciłem torbę oraz kij. Jeżeli nie liczyć srebrnego łańcucha w kieszeni, byłem bezbronny. Nagle grunt pode mną zaczął kołysać się niepokojąco. Usłyszałem szczęk łańcuchów. Odruchowo usiadłem, rozłożyłem ręce na boki, by się podeprzeć. Szyderczy śmiech niknął w dole – albo jego źródło gdzieś spadało, albo też ja się podnosiłem. Dźwięki stawały się coraz słabsze, potem zupełnie ucichły. Odnotowałem lekki ruch powietrza na twarzy. Istotnie, wznosiłem się w ciemności!

Czując się jak maleńka myszka w kocim koszyku, zamarłem, oddychając bezszelestnie. Nawet najlżejszy ruch mógł sprowokować niewidzialnego napastnika.

W ciemności potrafiło kryć się wszystko, więc zdecydowanie wolałem nie zwracać na siebie uwagi. Wreszcie jednak zacząłem dostrzegać otaczające mnie kształty. Robiło się jaśniej. Dotąd obawiałem się Mroku, lecz dopiero teraz światło odsłoniło w pełni beznadziejną pułapkę, w jakiej się znalazłem.

Powierzchnia pode mną okazała się metalem, pokrytym plamami rdzy i zadrapaniami. W świetle przekonałem się, że siedzę w głębokiej, okrągłej metalowej misie, zwieszonej ze sklepienia iglicy wysoko nade mną. Do zewnętrznej krawędzi przymocowano trzy zardzewiałe łańcuchy: mimo rozmiarów, bardzo przypominało to naczynie, którym stracharze zanęcają boginy, kiedy próbują schwytać je do dołu. Czy stałem się przynętą dla jakiegoś stworzenia – wielkiego drapieżnika? Ta myśl mnie przeraziła.

W pobliżu dostrzegłem inne łańcuchy, one także się poruszały. Usłyszałem dobiegający z góry niski łoskot. Jak wysoko nad ziemią wisiałem? Gdy podszedłem, by wyjrzeć poza krawędź, misa zaczęła kołysać się niepokojąco. W dole otwierała się przepaść. Wszędzie wokół widziałem inne misy wznoszące się w górę. Tkwiłem w pułapce. Nie mogłem stąd zejść.

Ściany zbliżały się do mnie w miarę, jak wieża zwężała się coraz bardziej. Teraz widziałem już fakturę kamieni. I coś jeszcze: ścian uczepiło się mnóstwo stworzeń – tak wiele, że przypominały kolonię owadów, rojące się serce ula. Ale co to za stwory? Im wyżej się wznosiłem, tym bardziej napierały na mnie zakrzywione ściany. I nagle zrozumiałem dokładnie, co oglądam. Serce ścisnęło mi się ze strachu. Patrzyłem na wielkie stado skrzydlatych lamii, wengir.

Roiły się setkami. Każda miała cztery kończyny, tylne – grubsze, zbrojne w złowieszcze szpony, i przednie – przypominające ludzkie ręce o delikatnych dłoniach. Grzbiety, niczym płaszcze, przykrywały pary czarnych owadzich skrzydeł, pod którymi kryła się druga, wewnętrzna, jaśniejsza para. Po ulewie trzepotały skrzydłami, by je wysuszyć. Gdzieś na zewnątrz, na równinie, wkrótce miała zapaść noc, więc kiedy skrzydła wyschną, wengiry będą mogły opuścić Ord i oddalić się poza ochronną chmurę, by zaatakować Kalambakę oraz mnichów z Meteorów.

Dostrzegłem, że lamie przyglądają mi się zmrużonymi oczami osadzonymi w wychudzonych twarzach: wyraźnie łaknęły posiłku. Łoskot dobiegający z góry stawał się coraz silniejszy, powoli zmieniał się w zgrzyt i brzęk, od których bolały uszy. Uniosłem głowę. Nad sobą ujrzałem wielkie wrzeciono, obracające się powoli i podciągające łańcuchy, a wraz z nimi metalowe misy.

Obrzuciłem spojrzeniem pozostałe naczynia. Przekonałem się, że w niektórych leżą ludzie – z powodu odległości nie potrafiłem stwierdzić: żywi czy martwi. Nikt się nie poruszał. I nagle zrozumiałem…

Stanowiliśmy pokarm dla lamii! Żarcie, które miało dać im siłę do lotu! Groza sytuacji sprawiła, że zacząłem cały dygotać. Rozszarpią mnie na strzępy! Powoli, oddychając głęboko, stłumiłem strach. Musiałem myśleć także o innych. Czy stracharz, Arkwright oraz Alice znaleźli się w tej samej sytuacji? Czy ich także podciągano ku zgłodniałym stadom potworów?

Nagle misą coś szarpnęło, zgrzyt i łoskot ucichły. Spojrzałem w dół. Uświadomiłem sobie, że wiszę dokładnie pośrodku wieży. Moja misa znajdowała się najwyżej ze wszystkich trzydziestu.

A potem poczułem, że znów się podnosi. Zerknąłem na pozostałe, umieszczone niżej. Nie poruszały się, zostawiałem je z tyłu. W chwilę później minąłem wielki, metalowy cylinder, okręcony łańcuchami. Był to jeden z mechanizmów, za pomocą których podnoszono pozostałe misy. Moja natomiast musiała korzystać z innego systemu. Teraz nad sobą zobaczyłem coś przypominającego kipiącą czarną chmurę, podobną do tej, która wisiała nad Ordą. Kiedy zbliżyłem się, wstrząsnął mną dreszcz. Widok napełniał mnie przerażeniem. W chwilę później znalazłem się wewnątrz chmury, nie widziałem nawet własnych dłoni. Misa zatrzymała się. Przez kilka długich chwil wisiałem tak w nieprzeniknionej ciemności.

A potem czarna chmura zaczęła się cofać, przerzedzać. Wreszcie rozpoznawałem otoczenie. Nadal siedziałem w rdzewiejącym metalowym naczyniu. Pode mną otwierała się gardziel otchłani, z której się wyłoniłem. Wciągnięto mnie do niewielkiego pomieszczenia z czarnego marmuru, jakby pudełka, pozbawionego drzwi i okien. Stały w nim tylko dwa meble: duże okrągłe lustro przy ścianie po lewej – i tron.

Znów zacząłem dygotać, bo widziałem go już wcześniej. Siedział na nim Zły, kiedy wiosną rozmawiał ze mną na czarnej barce. Tron był misternie rzeźbiony, jego lewe oparcie przedstawiało groźnego smoka o gniewnie uniesionych szponach, prawą podpórkę tworzył wąż o rozdwojonym języku; długie gadzie cielsko opadało wzdłuż tronu, oplatając jedną ze szponiastych nóg.

Wyszedłem z misy na posadzkę, patrząc wprost przed siebie, gdyż obawiałem się zerknięcia w przepaść. Po plecach przebiegł mi dreszcz: ostrzeżenie, że w pobliżu znajduje się niebezpieczny sługa Mroku. Wiedziałem, co się dzieje, bo zdarzyło mi się to już wcześniej. Nie mogłem się ruszyć. Nawet nie oddychałem, ale też nie odczuwałem najmniejszej potrzeby oddychania. Czas się zatrzymał. Tak dla mnie, jak i dla najbliższego otoczenia. To mogło oznaczać tylko jedno. Zły…

I nagle zjawił się na owym ozdobnym tronie, ponownie pod postacią Matthew Gilberta.

– Teraz ci coś pokażę, Tom – oznajmił przepełnionym złośliwością głosem. – Przyszłość. To, co się wydarzy za kilka godzin. Tylko ty zdołałbyś temu zapobiec. Spójrz w lustro!

Poczułem, jak serce podchodzi mi do gardła. Znów oddychałem, lecz wokół mnie wszystko trwało w bezruchu. Choć ja sam mogłem się poruszać, czas stał w miejscu. Nie mogąc się już powstrzymać, uczyniłem, co mi rozkazał Zły. Spojrzałem w stronę lustra. Wszystko pociemniało, przez moment czułem, że spadam. Potem jednak patrzyłem z góry na metalowe misy, widziałem je wszystkie, jakby wzrok polepszył mi się nagle, wyostrzył.

Część mis wypełniała krew, w innych tkwili ludzie. Ciało oraz krew – pożywienie dla lamii. W jednej z mis dostrzegłem stracharza; nie miał laski, wyglądał staro i krucho, patrząc w górę przerażonymi, zrozpaczonymi oczami. W innej przycupnęła Alice. Zaciskała dłonie na krawędzi tak, że zbielały jej kostki. Nie dostrzegłem tam jednak mamy. Z niewiadomych przyczyn to właśnie pozwoliło mi zachować nadzieję.

Ledwo promyk nadziei zaświtał mi w głowie, już usłyszałem trzepot wielu skrzydeł. Ku misom pomknęło stado wengir, wyciągając szpony. Żarłoczna masa ciemnych łopoczących skrzydeł przesłoniła widok. Usłyszałem jednak krzyk Alice.

Byłem bezradny, nie umiałem jej pomóc. Nic nie mogłem zrobić, nawet zatkać uszu, by zagłuszyć straszliwe wrzaski i odgłosy szarpanych ciał.

Teraz widok zmienił się. Znalazłem się na zewnątrz Ordy, śledziłem wzrokiem, jak słudzy Ordyny wyjeżdżają przez bramy. Mrowiło się ich tysiące, wymachiwali szablami oraz włóczniami, pociągłe twarze krzywiły się w okrutnych grymasach. Sami mężczyźni, po kobietach nie został nawet ślad. Czas jakby przyspieszył: zobaczyłem, jak docierają do Kalambaki, prześcigając wojowników, którzy uciekli z Ordy. Wybili ich bezlitośnie bądź schwytali, by wyssać ze zbiegów krew, a potem odrzucić martwe ciała. Z tyłu podążał tłum menad, pożerających wszystkich: umierających i martwych.

W mieście atakowali każdego, kto nie chciał bądź nie potrafił uciec. Identyczny los spotykał bezbronnych mężów, a także kobiety. Demony wyrywały z objęć matek dzieci, nawet niemowlęta, wysysały z nich krew, po czym roztrzaskiwały ciałka o zakrwawione mury. I znów menady rzucały się na trupy, pożerając je łapczywie. Potem ujrzałem wengiry. Mknęły ku klasztorom na Meteorach; wyniosłe położenie nie chroniło już świątyń przed wściekłym szturmem z powietrza. Zobaczyłem ciała padające niczym połamane lalki, posadzka katholiconu spłynęła krwią. Nigdy już hymny nie wzniosą się niczym aniołowie ku kopulastemu sklepieniu. Nigdy więcej modły mnichów nie wzmocnią Światła. Odtąd Ordyna zdoła dotrzeć wszędzie. Teraz zagrażała także Hrabstwu.

– Oglądasz przyszłość, Tom! – krzyknął Zły. – Wydarzenia, które ci pokazałem, rozpoczną się za kilka chwil, wraz ze śmiercią twojego mistrza, Alice i Arkwrighta. Chyba że podejmiesz kroki, by im zapobiec. Ja umiem ci pomóc. Chcę tylko czegoś w zamian, to wszystko. Chcę jedynie, byś oddał mi duszę. Dam ci za to szansę zniszczenia nieprzyjaciółki matki.

Wizja zniknęła, teraz wpatrywałem się we własne odbicie. Odwróciłem się z powrotem do Złego.

– Moją duszę? – spytałem ze zdumieniem. – Należałaby do ciebie?

– Tak, należałaby do mnie. Mógłbym z nią robić, co bym zechciał.

Miałbym oddać mu duszę? Co to znaczy? Jakie zrodziłoby to skutki? Byłbym martwy, uwięziony na zawsze w piekle? W sercu Mroku?

Twarz patrząca na mnie znad tronu już się nie uśmiechała. Oczy spoglądały surowo, okrutnie.

– Za trzy dni, jeśli przeżyjesz, zjawię się po twoją duszę. Zyskasz dość czasu, by wypełnić życzenia matki i dotrzeć w bezpieczne miejsce. Nie zabiję cię. Nie, warunki kontraktu są następujące: kiedy przybędę po ciebie zgodnie z umową, oddech opuści twe ciało. Umrzesz, a twoja dusza trafi w moje ręce. Pozostanie w nich, podległa mojej woli. Pęta, które mnie krępują, stracą swą moc. Ja cię nie zabiję, toteż moje rządy nie ograniczą się do marnych stu lat. Zgodzisz się oddać życie, więc sam zostaniesz zabrany z tego świata. A ja będę mógł działać swobodnie, zapanuję nad wszystkim. Trzeba mi mnóstwa czasu, ale jestem cierpliwy.

Pokręciłem głową.

– Nie. Proponujesz szaleństwo. Zbyt wiele żądasz. Nie mogę się zgodzić.

– Czemu nie, Tom? To oczywiste rozwiązanie. Wystarczy, że się poświęcisz, oddasz mi duszę, a osiągniesz tak wiele: otrzymasz szansę zapobieżenia wszystkim okropnościom, jakie ci zademonstrowałem. A także niebezpieczeństwu grożącemu Hrabstwu. Decyzja należy do ciebie, Tom, sam widziałeś, co się wydarzy. Tylko ty możesz to powstrzymać!

Jedynie zgadzając się, mogłem zapobiec śmierci Alice, Arkwrighta oraz stracharza, a także tysięcy innych ludzi, tryumfowi Ordyny, jej przybyciu do Hrabstwa za siedem lat, kiedy zemści się już na mamie i na jej ojczyźnie. By to osiągnąć, musiałem jednak zatracić własną duszę. Straszna myśl. Zresztą czy ofiara będzie tego warta? Co miał na myśli Zły, mówiąc „szansę”?

– Jaką „szansę” dostanę w zamian za moją duszę? – spytałem. – Co zrobisz, by mi pomóc?

– Dwie rzeczy. Po pierwsze, opóźnię przebudzenie Ordyny. Mogę ci dać najwyżej godzinę. Oczywiście, część jej sług zbudzi się znacznie wcześniej. Niektórzy już we śnie wiercą się niecierpliwie. Tych musisz unikać lub rozpraw się z nimi najlepiej, jak umiesz. Lecz po drugie i najważniejsze, powiem ci, gdzie ją znaleźć.

Kilka razy w przeszłości słudzy mroku proponowali mi podobny układ. Golgoth, jeden ze Starych Bogów, spętany pentagramem ofiarowywał mi życie oraz duszę w zamian za uwolnienie. Odmówiłem. Ja się nie liczyłem, służyłem wyłącznie Hrabstwu. W Pendle czarownica Wurmalde również żądała czegoś ode mnie – kluczy do skrzyń mamy. Miała nadzieję znaleźć w nich źródło potężnej mocy, która zasili mrok. Mimo że od mojej zgody zależało życie Jacka, Ellie i ich córeczki, Mary, ponownie odmówiłem.

Lecz teraz oferta dotyczyła innych spraw. W grę nie wchodziło bynajmniej wyłącznie moje życie ani życie mojej rodziny. Owszem, oddałbym duszę Złemu – ucieleśnieniu Mroku, ale ocaliłbym przez to Hrabstwo przed najazdem w przyszłości. Bowiem tylko przeciągając mnie na swoją stronę, Zły zyskiwał szansę władania ziemią po kres czasu. W gruncie rzeczy jednak nie dopiąłby swego i tak – zostałby jedynie właścicielem nieśmiertelnej części mojej osoby. Ord była olbrzymią, skomplikowaną budowlą. Znajomość dokładnego miejsca pobytu nieprzyjaciółki mamy stwarzałaby nam prawdziwą szansę powodzenia.

Czułem ogromną pokusę, by się zgodzić. Istnieje inne wyjście? Dzięki zgodzie uzyskałbym czas – coś, czego bardzo potrzebowaliśmy. Podtrzymywała mnie jeszcze jedna nadzieja. Nic nie świadczyło, że mama już zginęła. A jeśli ona wciąż żyje, wszystko staje się możliwe. Pewnie wynajdzie jakiś sposób, by mnie ocalić. Coś, co pozwoli mi zerwać umowę.

– Zgoda – powiedziałem i zadrżałem, uświadomiwszy sobie, co oddaję we władanie Złemu. – Dostaniesz moją duszę w zamian za to, co proponujesz.

– Za trzy dni powrócę, by ją odebrać. Zgadzasz się na układ?

Przytaknąłem.

– Zgadzam się – odparłem z ciężkim sercem.

– Niech więc się stanie. Oto informacje, których potrzebujesz. Ordyny nie znajdziecie w żadnej z trzech wież. To domostwa jej sług, każdy intruz znajdzie w nich wyłącznie pułapki i śmierć. Za wieżami jednak wznosi się kopuła na dachu głównej budowli. Tam ją zastaniesz. Bardzo ostrożnie przeprawiaj się przez dach, bo kryje się na nim wiele niebezpieczeństw. I pamiętaj, masz tylko godzinę do przebudzenia Ordyny.

Dopełniwszy drugiej części umowy, Zły uśmiechnął się. Polecił mi gestem zająć miejsce w misie. Gdy tak uczyniłem, otaczająca mnie chmura zgęstniała i zaczęła przelewać się wokół mnie. Ostatnim widokiem, jaki do mnie dotarł, była jego tryumfalnie uśmiechnięta twarz. Lecz co innego mogłem zrobić? Pozwolić, by zginęło tak wielu? Zgoda na układ dawała przynajmniej szansę zapobieżenia rzezi. Czymże jest moja dusza w porównaniu z hekatombą?

Zawarłem układ ze Złym. Za trzy dni, jeśli mama mi nie pomoże, będę musiał zapłacić straszliwą cenę za szansę na zwycięstwo.

ROZDZIAŁ 19

# TWOJE PRZEZNACZENIE

Nagle coś mną szarpnęło i misa zaczęła się opuszczać. Chmura rozpłynęła się szybko, ponownie ukazując wnętrze poskręcanej iglicy. Lamie nadal przywierały do kamieni, ale się nie poruszały. Kiedy minąłem cylinder, zaczął obracać się powoli, ze zgrzytem i brzękiem zwalniając pozostałe łańcuchy. Wyjrzałem przez krawędź. Przekonałem się, że one także się opuszczają. Na moich oczach zniknęły w ciemności poniżej.

Przypomniałem sobie zalegający tam nieprzenikniony mrok. W tym samym momencie otaczające mnie światło przygasło. Teraz opuszczałem się w całkowitej czerni. W końcu moja misa uderzyła o ziemię z szarpnięciem.

Przez chwilę nie poruszałem się. Czekałem w mroku, nie odważając się oddychać. Słyszałem głuche uderzenia, gdy kolejne misy lądowały na miękkiej ziemi. Przypomniałem sobie stwora, który pod osłoną ciemności wbił mi zęby w nogę i zawlókł tutaj. Co, jeśli wciąż czyhał w okolicy? Zmusiłem się do zachowania spokoju. Niewidoczny stwór spełnił swoją rolę. Dostarczył mnie na miejsce, z którego mogłem zostać zabrany na spotkanie ze Złym. Z pewnością teraz da mi spokój. Ostatecznie zawarliśmy umowę. Dostałem godzinę na odnalezienie Ordyny, nim ta przebudzi się ze snu. Czy jednak mogłem ufać Złemu? Czy dotrzyma warunków układu?

Po mojej prawej coś się poruszyło. Odskoczyłem. W chwilę później rozbłysło światło, ujrzałem znajomą postać unoszącą lampę. Ku mojej uldze był to stracharz. Podszedł do mnie powoli, rozglądając się niespokojnie na boki. Tuż za nim stąpał Arkwright. Kiedy wygramoliłem się z metalowej misy, brodząc w błocie, z ciemności wyłoniła się kolejna postać: Alice.

– Myślałem już, że zbliża się koniec – wyznał stracharz. – Czekałem, aż lamie wysączą ze mnie krew, a w następnej chwili znów znalazłem się tutaj. Zbyt piękne, by mogło być prawdziwe.

Powiódł po nas wzrokiem. Ani pisnąłem, choć czułem, że Alice przygląda mi się uważnie.

– W takim razie przekonajmy się, co jeszcze znajdziemy – rzekł w końcu mistrz. – Z laską w dłoni odzyskam pewność siebie.

Podążyliśmy za nim, trzymając się żółtego kręgu światła rzucanego przez latarnię. Po paru chwilach znaleźliśmy i jego laskę, i torbę, potem przybory Arkwrighta, wreszcie moje.

– Teraz czuję się znacznie lepiej! – wykrzyknął Arkwright.

– Zupełnie jakby ktoś nam pomagał – dodał stracharz. – Zastanawiam się, czy nie macza w tym palców twoja mama…

– Miło byłoby tak myśleć. Mam nadzieję, że nic jej nie jest – rzekłem, licząc po cichu, że stracharz nie odgadnie, jaką rolę odegrałem.

– Cóż, najwyraźniej dostaliśmy drugą szansę – podjął – wykorzystajmy ją zatem. Nie wiem, ile zostało czasu, nim to miejsce przebudzi się w pełni, toteż pospieszmy się. Pytanie jednak, w którą pójść stronę?

Wiedziałem, gdzie znaleźć Ordynę, ale jak miałem mu powiedzieć, nie ujawniając źródła owej wiedzy?

– Musimy wrócić do potrójnych schodów – ciągnął mój mistrz. – Każde wiodą do innej wieży. Wybrana przez nas wieża okazała się pułapką, w środkowej zaś mieszkają żywiołaki. One zabiły wiedźmy. Pozostaje zatem tylko jedna wieża.

– Instynkt podpowiada mi, że nie znajdziemy jej w wieży – wtrąciłem, starannie dobierając słowa. – Wszystkie kryją pułapki, takie jak ta, która o mało nas nie zabiła. Myślę, że Ordyna spoczywa pod kopułą na dachu głównej budowli – tej, o której wspominała mama. Mama twierdziła, że jeśli Ordyny nie zdybiemy w wieżach, niewykluczone, że znajdziemy ją tam.

Stracharz drapał się po brodzie. Rozważał moje słowa.

– Cóż, chłopcze, powtarzałem po wielokroć, że zawsze powinieneś ufać instynktowi. Skoro zatem oboje z matką zgadzacie się co do przeczuć, jestem skłonny posłuchać. Jak się jednak stąd wydostaniemy? – spytał, kręcąc głową i wyżej unosząc latarnię.

Poza kręgiem światła otaczała nas ciemność; nie widzieliśmy nawet ścian. Stracharz jednak ruszył szybkim krokiem, a my podążyliśmy za nim. Przez wąskie okno ujrzeliśmy obraz jak z nocnego koszmaru: zębate blanki, wieżyczki, ciemne kałuże wody. Nie przyglądałem się długo, maszerowaliśmy dalej przez wąskie drzwi i w dół, schodami, aż w końcu znaleźliśmy się na dachu głównej budowli Ordy, zostawiając za sobą iglice.

Przed nami wznosiło się kilkanaście niewielkich wieżyczek oraz dziwnych budowli. W tle górowała kopuła. Maszerowaliśmy gęsiego, stracharz na przedzie, Alice za mną, Arkwright na końcu. Daleko w górze ciemna chmura wciąż wirowała, twarze omiatała nam lekka mżawka. Stracharz nadal trzymał w ręku latarnię – choć w tym momencie nie potrzebowaliśmy jej, bo kamienie Ordy jarzyły się metalicznym, miedzianym blaskiem.

Na dach spadło mnóstwo deszczówki. Utworzyła w zagłębieniach głębokie kałuże. Wkrótce dach pod nami zaczął lekko opadać, obok biegła rynna pełna nieruchomej wody. Po obu stronach wyrastały kamienne półki, nie pozwalając nam zboczyć z drogi.

Nagle z góry padło na nas bladożółte światło. Uniosłem głowę, ujrzałem sierp księżyca, na moment przed tym, nim znów zniknął za chmurami. Zbliżaliśmy się do wlotu tunelu. Tak w każdym razie nam się wydawało. Kiedy jednak znalazłem się w środku, odkryłem, że sklepienie nie do końca przesłania niebo. Znów pojawił się księżyc, przeświecający przez pręty klatki. Zupełnie jakbyśmy znaleźli się wewnątrz szkieletu olbrzymiego zwierzęcia, spoglądając ku górze poprzez jego żebra. Kamiennych łuków uchwycili się niespokojni zmarli. Niektórzy wczepieni w łuki rękami, inni rękami oraz nogami. Na ziemi wokół widzieliśmy kolejnych.

– Och, nie podoba mi się tutaj! – poskarżyła się Alice, wodząc dokoła okrągłymi ze strachu oczami.

Jako uczeń stracharza stykałem się już z wieloma uwięzionymi duszami, ale ów obraz prezentował się znacznie gorzej. Bez wątpienia, niektóre były istotami ludzkimi – żałośni nieszczęśnicy w łachmanach, wyciągający do nas ręce, błagający o pomoc, bądź bełkoczący bez ładu i składu. Dość okropne przedstawienie. Lecz inni, jedynie po części przypominający ludzi, bardziej przywodzili na myśl stwory z koszmarnych snów. Jeden przybrał postać nagiego mężczyzny, posiadał wszelako wiele nóg i rąk, niczym olbrzymi rozedrgany pająk, a skórę pokrywały mu wrzody oraz brodawki. U innego głowa wąsatego szczura wyrastała z wydłużonego ciała, które miast nogami, kończyło się ogonem.

– Czym oni są? – spytałem stracharza. – I co tu robią?

Odwrócił się ku mnie, potrząsnął głową.

– Nie mam pewności, chłopcze, lecz podejrzewam, że to głównie uwięzione dusze. Część z owych duchów mogła znaleźć się tu wiele lat temu i połączyć z Ordą, gdy ta przechodziła przez portal. Inni tak bardzo oddalili się od dawnego człowieczeństwa, że prawie nie da się ich rozpoznać. Nazywamy ich nieludzkimi duchami, bo ich dusze uległy degeneracji i nie przypominają tego, czym były kiedyś. Lękam się, że nawet gdybyśmy mieli dość czasu, w żaden sposób nie zdołalibyśmy pomóc tym nieszczęśnikom. Nie wiem, jakie zbrodnie popełnili na ziemi, skoro zostali uwięzieni w tym miejscu, ale są tak daleko od Światła, że nie zdołają już go dosięgnąć. Uwolnić ich może jedynie zniszczenie Ordy.

Uwięzione dusze? Nagle zrobiło mi się niedobrze na myśl, że za trzy dni i mnie może spotkać to samo.

Stracharz ze smutkiem pokręcił głową. Maszerował dalej. W końcu opuściliśmy ów straszliwy tunel, zostawiając za sobą płacze i bełkoty. Rynna się skończyła, za nią dach opadał bardziej stromo. Przed sobą widzieliśmy kopułę, pod którą kryła się śpiąca Ordyna. Widziałem wąskie wejście u jej podstawy – niewielki czarny owal, budzący grozę. Nie dostrzegliśmy drzwi. Kiedy jednak stracharz spróbował wejść do środka, odskoczył nagle, jakby zderzył się z przeszkodą.

Przez moment rozcierał czoło, następnie cofnął się, dźgnął w stronę otworu podstawą laski. Wyglądało na to, że atakuje powietrze, usłyszeliśmy jednak głuchy łoskot, gdy kij zderzył się z niewidocznymi wrotami.

– Czuję jakąś barierę – oznajmił mój mistrz, obmacując to miejsce dłonią. – Jest gładka, ale bardzo solidna. Pozostaje mi tylko nadzieja, że istnieje inne wejście.

Kiedy jednak spróbowałem dotknąć tego, co pokazał, moja dłoń przesunęła się poza ręce stracharza. Odetchnąłem głęboko i ruszyłem naprzód, z łatwością pokonując opór. Natychmiast odniosłem wrażenie, jakbym niezwykle oddalił się od towarzyszy. Wciąż widziałem ich przez drzwi, przypominali jednak cienie, a metaliczny blask zniknął. Znalazłem się w świecie absolutnej ciemności oraz ciszy. Wokół siebie wyczuwałem rozległą, zamkniętą przestrzeń.

Wróciłem na ich stronę, a tam natychmiast zalała mnie fala dźwięków. Przypomniałem sobie, jak Arkwright uczył mnie pływać. Wrzucił mnie do kanału, sądziłem już, że tonę. Kiedy więc wyciągnął mnie za skórę na karku, wyłoniłem się z milczącego podwodnego świata, wydany na atak orgii dźwięków. Teraz było tak samo: słyszałem niespokojne głosy i okrzyki Alice.

– Och, Tom! Myślałam już, że cię straciliśmy. Zupełnie jakbyś zniknął! – rzuciła, głęboko poruszona.

– Ja was widziałem – odparłem. – Ale byliście jak cienie. I niczego nie słyszałem.

Na te słowa Alice podeszła do niewidzialnej bariery. Spróbowała ją przekroczyć, bez powodzenia. Arkwright także sprawdził przejście – najpierw laską, potem ręką.

– Jak to możliwe, że Tom może przez to przejść, a my nie? – spytał ostro.

Stracharz nie odpowiedział wprost. Przyglądał mi się błyszczącymi oczami.

– To robota twojej mamy, chłopcze – rzekł. – Pamiętasz, co nam mówiła? Że oddając krew, zyskasz dostęp do miejsc, do których zazwyczaj nie mógłbyś dotrzeć? Rozpaczliwie pragnęła, abyś wrócił z nią do Grecji. Może tu, w Ordzie, jest coś, co tylko ty możesz zrobić.

Z całą pewnością jedynie ty potrafisz przejść przez barierę.

Stracharz miał rację. Moja krew płynęła teraz w żyłach i arteriach Ordyny. Mogłem dostać się w miejsca zamknięte dla przybyszów z zewnątrz, podobnie mama. Wszystko należało do jej planu.

– Kończy nam się czas. Może powinienem pójść sam? – podsunąłem.

Bałem się, lecz nie znalazłem innego sposobu. Sądziłem, że stracharz zaprotestuje. On jednak przytaknął.

– Możliwe, że tylko jedno z nas dotrze do Ordyny, nim ta się przebudzi. Ale jeśli ruszysz, chłopcze, znajdziesz się w środku sam – i kto wie, z jakim zetkniesz się niebezpieczeństwem.

– To mi się nie podoba, Tom! – zawołała Alice.

– Myślę, że musimy zaryzykować – ciągnął stracharz. – Jeśli nie znajdziemy i nie zniszczymy Ordyny, żadne z nas nie ujdzie stąd z życiem. Jak tam jest? Co widziałeś?

– Nic, tylko ciemność. Jest bardzo cicho.

– W takim razie lepiej weź latarnię – wręczył mi ją. – Ruszaj zatem, chłopcze, zobacz, co zdołasz osiągnąć. My spróbujemy znaleźć inne wejście.

Przytaknąłem, chwyciłem latarnię, uśmiechnąłem się pocieszająco do Alice, próbując dodać jej otuchy i ponownie przekroczyłem niewidoczną barierę. Naprawdę się bałem, ale wiedziałem, że muszę tak postąpić. Obejrzałem się, spostrzegłem za sobą cienie stracharza, Arkwrighta i Alice, po czym rezolutnie ruszyłem naprzód, wkraczając w milczący świat. Teraz jednak, gdy się w nim znalazłem, przestał już być całkiem cichy. Moje kroki powracały echem z ciemności, słyszałem też własny oddech i bicie serca. Ściskając mocno w lewej dłoni kij oraz torbę, prawą unosiłem wysoko latarnię. Poza kręgiem żółtego światła mogło kryć się wszystko.

Pokonałem około dwustu jardów, nie natrafiając na żadne przeszkody. Wyczuwałem jednak zmianę. Nie słyszałem już echa kroków. A potem ujrzałem przed sobą wielkie drzwi. Schody za nimi wiodły w górę.

Wstrzymałem oddech, zamarłem. Ktoś siedział na najniższym stopniu, patrząc w moją stronę. Młoda dziewczyna, o jasnych włosach opadających na ramiona, w obszarpanej sukience, z bosymi stopami. Wstała, była mojego wzrostu. Uśmiechnęła się do mnie. Nie wyglądała na starszą od Alice, lecz mimo uśmiechu, w jej twarzy kryła się groźna władczość.

Natknąłem się na Mab Mouldheel. Najwyraźniej pogłoski o jej śmierci okazały się przesadzone. Ale jak się tu znalazła? Jak przeszła przez barierę?

ROZDZIAŁ 20

# PRAWDZIWY OBRAZ RZECZY

Czemu się tak guzdrałeś? – rzuciła. – Sterczę tu całe wieki.

– Po co tutaj sterczysz? – spytałem ostrożnie.

– Bo dostałeś do wykonania zadanie, a czasu zostało niewiele! Twoja mama czeka – odparła. – Daj, ja poniosę.

To rzekłszy, odebrała mi latarnię. Następnie złapała za rękaw mojego płaszcza, pociągnęła mnie w górę. Przez moment stawiałem opór, potem jednak pozwoliłem poprowadzić się wąskimi, kręconymi schodami. Szliśmy coraz szybciej i szybciej, aż w końcu niemal biegliśmy.

Nagle zacząłem się martwić.

Dlaczego właściwie pozwoliłem jej sobą kierować? Czyżby Mab używała mrocznej magii, by nagiąć mnie do swej woli?

– Gdzie są twoje siostry? I czemu nie jesteś z resztą Mouldheelów? – spytałem, przerywając gwałtownie naszą wspinaczkę.

Nie ufałem jej ani trochę. Może Zły mnie jednak zdradził, może nie dotrzymał słowa? Co, jeśli Mab prowadziła mnie prosto w szpony Ordyny, która już się ocknęła?

– Po wejściu do Ordy rozdzieliłyśmy się na różne grupy – wyjaśniła Mab. – Beth, Jennet oraz ja podążyłyśmy z tyłu. Z tego co mi wiadomo, są całe, zdrowe i bezpieczne. Trzymają się możliwie najdalej od tego paskudnego miejsca. Ale ja zostałam. Ryzykowałam życiem, o tak, żeby to zrobić. Powinieneś być wdzięczny.

– Co zrobić?

– Znaleźć Ordynę dla twojej mamy. Postrzegłam ją, o tak. Nigdy w życiu nie zrobiłam niczego trudniejszego. A teraz chodź, Tom. Nie ma czasu do stracenia. Musimy się spieszyć, twoja mama czeka na górze – zawołała, próbując znów pociągnąć mnie za sobą.

– Zaczekaj – stawiłem opór. – Wiedziałaś, gdzie jest Ordyna? I nie powiedziałaś nam? Marnowaliśmy czas, a potem wpadliśmy w pułapkę. Czemu nas nie ostrzegłaś? Mogliśmy wszyscy zginąć!

I stało się coś jeszcze gorszego, choć jej o tym nie powiedziałem. Oddałem duszę, by dowiedzieć się, gdzie znajdę Ordynę.

– Nie, Tom. To zupełnie nie tak. Mogłam ją postrzec dopiero wewnątrz Ordy. I tylko dzięki krwi jednego z jej sług. Poderżnęłam gardło śpiącemu demonowi. To nie trwało długo. Wówczas dowiedziałyśmy się, że Ordyny nie ma w żadnej z wież. Że jest tutaj. Twoja mama postanowiła zatem zaryzykować najkrótszą drogę. Wyprowadziła mnie z tunelu i dalej, wzdłuż muru. Wmaszerowałyśmy do środka głównym wejściem, śmiało, odważnie! Wewnątrz kryły się liczne niebezpieczeństwa – paskudne wielkie owady o sześciu nogach, wielkich szczypcach i mnóstwie oczu. Nie zbliżały się jednak do twojej mamy – zachowywały bezpieczną odległość. Potem dotarłyśmy do bariery. Twoja mama mogła przejść, ale ja nie. Użyła swojej mocy, by strzaskać blokadę i wpuścić mnie do środka. Wiele ją to kosztowało – pozbawiło części sił. To dowodzi, jak bardzo mnie potrzebuje. „Sprowadź do mnie Toma, jak najszybciej!", poleciła. Więc chodź. Nie ma czasu do stracenia.

To rzekłszy, znów zaczęła ciągnąć mnie po schodach. Nie opierałem się już. Wkrótce ponownie biegliśmy, ile sił w nogach, pokonując kolejne stopnie. W końcu zatrzymaliśmy się na mrocznym podeście. Przed nami widniały drzwi, za nimi zalegała ciemność.

– Wejdź do środka – poleciła Mab. – Czeka tam twoja mama, chce z tobą pomówić. Mnie kazała zostać na zewnątrz. Życzy sobie rozmawiać wyłącznie z tobą.

Wcale nie miałem ochoty, ale wyciągnąłem rękę po latarnię. Mab pokręciła głową.

– Na razie nie chce, żebyś ją widział. Nie teraz. Zmienia się. Jest już w połowie, o tak. To nieprzyjemny widok...

Nie podobało mi się to, co mówiła o mamie. Poczułem nagłą ochotę, by rąbnąć ją kijem. Czy mama przeistacza się do końca w lamię?

– No, dalej! – warknęła Mab.

Skrzywiłem się. Ściskając w dłoni kij oraz torbę, ruszyłem naprzód, w mrok nieprzyjaznej komnaty, czekając, aż wzrok przywyknie do ciemności. Nim jednak dostrzegłem zarys postaci w kącie, usłyszałem ciężki oddech. Mama? Dyszała, jakby była ranna.

– Mamo! Mamo! To ty? – zawołałem.

– Tak, synu, ja! – Głos brzmiał ochryple, nieco niżej, niż pamiętałem. Przepełniały go znużenie i ból. Lecz bez wątpienia należał do mamy.

– Nic ci się nie stało, mamo? Jesteś ranna?

– Czuję ból, synu, ale inaczej się nie da. Zmieniam się. Mogę odmieniać własną postać, więc teraz przybieram taką, która da mi szansę w walce z Ordyną. Przychodzi mi to jednak trudniej, niż sądziłam, znacznie trudniej. Nadal potrzebuję trochę czasu, by się przygotować. Musisz ją zatrzymać.

– Zatrzymać? Jak? – spytałem.

– Najpierw słowami. Będziesz dla niej tajemnicą, zagadką, którą rozpaczliwie zechce rozwiązać. To twoja pierwsza linia obrony. Drugą stanowią kij oraz łańcuch. Znowu zyskamy trochę czasu. Czy nadal masz przy sobie klingę, Tom? I czy zużyłeś już życzenie?

Serce zaciążyło mi w piersi. Nagle pojąłem, że mama chce, bym wykorzystał dary Grimalkin przeciw Ordynie. Musiałem wyznać prawdę.

– Nadal mam klingę, ale mroczne życzenie zużyłem, by ocalić Alice. Schwytała ją dzika lamia. Gdyby nie ono, zginęłaby.

Usłyszałem ciężkie westchnienie.

– Połączenie życzenia i klingi stworzyłoby ci realną szansę w walce z Ordyną. Jeśli jednak mimo wszystko przeżyjesz, synu, wiedz, że podjąłeś słuszną decyzję. Będziesz potrzebował Alice u swego boku. W razie konieczności użyj ostrza.

– Co masz na myśli, mówiąc, że będę „zagadką" dla Ordyny? – spytałem. – Nie rozumiem. Niby dlaczego?

– Nie pamiętasz, co ci tłumaczyłam? Z jakiego powodu podaliśmy jej twoją krew? Będzie cię znała, a jednocześnie nie znała. Będziecie niemal jak krewniacy. Stałeś się kimś, kogo powinna poznać, ale nie poznaje.

Ściągniesz na siebie jej uwagę, co pozwoli mi się przygotować, by zadać pierwszy cios. Wypiła twoją krew, przyjęła ją do swojego ciała. Po to, by zyskać nowe życie. I krew ją odmienia. Sprawia, że stajecie się sobie bliscy. To już ją osłabiło. Dlatego mogłeś przejść przez barierę. Dlatego i ja zdołałam tu dotrzeć. W naszych żyłach płynie ta sama krew, Tom.

Jej głos także się zmieniał. Brzmiał mniej ludzko. Ponownie ogarnęły mnie wątpliwości. Już tak wiele razy mnie oszukiwano, więc bałem się kłamstwa.

– Czy to na pewno ty, mamo? Czy to naprawdę ty?

– Oczywiście, że tak, Tom. Któżby inny? Ale nie winię cię, że zwątpiłeś. Zmieniłam się, nadal się zmieniam. W moim długim życiu przybierałam wiele postaci, teraz przywdzieję ostatnią. W czasie, gdy rozmawiamy, proces przemiany przyspiesza. Nie jestem już kobietą, którą byłam. Pamiętam, że stałam się matką dla ciebie i żoną dla twego ojca. Ale przeistoczyłam się. Nie smuć się, Tom. Z czasem wszystko się zmienia. Nic nie trwa wiecznie. Teraz możemy już tylko postarać się, by nasze ostatnie wspólne chwile okazały się warte zapamiętania.

Przez znaczną część mego długiego życia planowałam zniszczenie Ordyny. Oto jest w moim zasięgu. Oddałeś jej krew – spisałeś się bardzo dzielnie. Dlatego właśnie sprowadziłam cię do ojczyzny. Ale jest jeszcze jedna rzecz, którą możesz zrobić i która wiele zmieni. Zatrzymaj ją. Opóźnij. Zyskaj dla mnie czas. Mab zaprowadzi cię w miejsce, gdzie Ordyna wkrótce się przebudzi. Niedługo wykorzystam przeciw niej resztę moich sił. Uchwycę ją w śmiertelny uścisk. Ale jeśli mi się uda, musisz natychmiast uciekać z Ordy. Zrobisz to, Tom? Obiecujesz?

– Miałbym cię zostawić, mamo? Jak mógłbym?

– Tak trzeba, synu. Musisz uciec. Twoim przeznaczeniem jest zniszczenie Złego. Przecież o to właśnie od tak dawna zabiegam. Jeśli zginiesz tu ze mną, wszystko pójdzie na marne. Zatrzymam Ordynę, póki nie zabraknie jej sił. Kiedy to się stanie, Ord cofnie się przez portal. Zostanie zniszczona. Jeśli Ordyna się nie uwolni, będzie to oznaczało także jej koniec!

– Ale ty też zostaniesz unicestwiona! Czy to właśnie chcesz mi powiedzieć, mamo?

– Owszem, to oznacza także mój koniec. Lecz cel uważam za godny złożenia ofiary z siebie. Osiągnę to, do czego od tak dawna zmierzałam. Obiecujesz zatem? Proszę! Niech usłyszę obietnicę.

Słuchałem, wstrząśnięty i zrozpaczony. Mama miała tu umrzeć. Ale jak mogłem odmówić, skoro to ostatnia rzecz, o jaką mnie prosi?

– Przyrzekam, mamo. Będę strasznie za tobą tęsknić. Ale zrobię wszystko, byś była ze mnie dumna.

W tym momencie przez okno do środka wpadł promień księżyca, oświetlając głowę mamy. Nadal dawało się ją rozpoznać, lecz kości policzkowe uniosły się, wystawały wyraźniej niż kiedykolwiek, a oczy miała okrutne. Dostrzegłem zaledwie zarys ciała. Przycupnęła tuż nad ziemią. Widziałem łuski, ostre szpony, złożone skrzydła... Na moich oczach stawała się coraz mniej ludzka, przybierając swą ostatnią postać lamii.

– Nie patrz na mnie, Tom! Nie patrz na mnie! Odwróć się! – zawołała mama głosem przesyconym smutkiem i bólem.

Widziałem już dawniej coś podobnego – słyszałem wtedy, że mama wypowiadała te same zdanie. Mór, żyjący w labiryncie pod katedrą w Priestown, zesłał mi kiedyś straszliwą wizję, ukazującą mamę w takiej właśnie postaci. I przypomniałem sobie dokładnie jego słowa.

*Księżyc ukazuje prawdziwy obraz rzeczy, chłopcze. Już to wiesz. Wszystko, co widziałeś, już się stało, bądź dopiero stanie. Trzeba tylko czasu.*

Mór miał rację: bo teraz znalazłem się w owym koszmarze. Rzeczywiście się spełniał.

Zawahałem się. Mama znów krzyknęła:

– Idź, zrób, o co proszę! Nie zawiedź mnie! Pamiętaj, kim jesteś i że cię kocham!

Odwróciłem się zatem, by umknąć z komnaty. Przepełniał mnie ból.

Na zewnątrz czatowała Mab. Obdarzyła mnie triumfalnym uśmieszkiem.

– Uprzedzałam, że widok okaże się nieprzyjemny – prychnęła. – Teraz zabieram cię do Ordyny...

Dygocząc po tym, co zobaczyłem, ruszyłem za Mab po kolejnych schodach. Myśl o cierpieniu mamy, o zmianie, jaką przechodziła, sprawiała mi ból. Nie miałem jednak czasu, by się nad tym zastanawiać, bo już wkrótce znaleźliśmy się na balkonie okolonym niską kamienną poręczą. Mab wskazała kolejne schody, tym razem wiodące w dół.

– Tam jest! – syknęła. – Ordyna!

Daleko w dole zobaczyłem coś, co przypominało wnętrze kościoła, brakowało tylko rzędów ławek. Proste przejście pomiędzy ozdobnymi marmurowymi kolumnami wiodło na białe podium, na którym kobieta w czarnej jedwabnej sukni półleżała na tronie z czarnego marmuru. Wzdłuż przejścia ustawiono wysokie czarne świece w złotych lichtarzach, a za tronem stały ich jeszcze setki; płonęły jasno w nieruchomym powietrzu. Za kolumnami, w ścianach otwierały się mroczne alkowy, w których mogło czaić się wszystko.

Ponownie spojrzałem na kobietę. Nadal miała zamknięte oczy, lecz w każdej chwili mogła się ocknąć. Instynkt podpowiadał mi, że to istotnie Ordyna.

Kiedy zwróciłem się ku Mab, przyłożyła palec do ust.

– Mów bardzo cicho – ostrzegła szeptem. – Wkrótce zacznie się budzić. Zejdź po schodach i zrób to, o co prosiła cię mama, nim będzie za późno. Zrób to teraz albo żadne z nas nie ujdzie stąd z życiem.

Pojąłem, że nie czas już na słowa, toteż odstawiłem torbę, odwróciłem się plecami do Mab Mouldheel i ruszyłem schodami, starając się czynić jak najmniej hałasu. Kiedy dotarłem na dół, przemknąłem środkiem przejścia w stronę czarnego tronu. Mimo wszelkich wysiłków, odgłos moich kroków odbijał się głośnym echem od łukowatego sklepienia. Zastanawiałem się, czy ktokolwiek strzeże śpiącej Ordyny – rozglądałem się w prawo i w lewo, obserwując niespokojnie pogrążone w cieniu alkowy za kolumnami, lecz nic się nie poruszało. Nic mi stamtąd nie groziło.

Im bardziej się zbliżałem, tym wyraźniej czułem otaczającą ją aurę mocy. Po moich plecach powoli powędrował lodowaty dreszcz. Mama kazała mi dołożyć wszelkich sił, by skupić na sobie uwagę Ordyny, póki sama nie będzie gotowa przyjść mi z pomocą i zniszczyć nieprzyjaciółkę. Co jednak, jeśli Ordyna zaatakuje od razu? Gotując się zatem do walki, przełożyłem kij z lewej ręki do prawej, po czym wysunąłem z kieszeni srebrny łańcuch. Ukryłem trzymającą go dłoń pod płaszczem.

Teraz, kiedy dotarłem tak blisko, nozdrza wypełnił mi smród. Ordyna wyglądała jak kobieta, ale miała też w sobie coś z dzikiego zwierzęcia – ostrą piżmową woń, od której o mało nie zwymiotowałem.

Zatrzymałem się przed tronem. Półleżała, z zamkniętymi oczami. Wciąż wyglądała, jakby spała. Może powinienem uderzyć, nim w pełni się ocknie? Czemu nie wykorzystać przewagi? Ale czy coś z mojego uzbrojenia tu zdziała? Srebro stanowiło zazwyczaj potężne narzędzie w walce ze sługami Mroku, teraz nie miałem jednak do czynienia ze zwykłą wiedźmą – należała przecież do Starych Bogów, znacznie potężniejszych istot. Czy srebrny łańcuch zdołałby ją skrępować? Mało prawdopodobne. Moja laska, zakończona ostrzem ze stopu srebra, mogła ją zranić. Ale aby zabić, musiałbym przebić serce Ordyny, a ona z pewnością okaże się szybka i silna. Mogę nie zdążyć. Nadal nosiłem na plecach klingę podarowaną przez Grimalkin. Lecz zużyłem już mroczne życzenie. Choć mama zrozumiała, że musiałem to uczynić, by ocalić Alice, przecież wyczułem w jej głosie zawód. Klinga pewnie zdoła zranić Ordynę, ale straciłem wyborną szansę zadania jej prawdziwie dotkliwego ciosu.

Postanowiłem użyć broni w tej właśnie kolejności: łańcuch, kij, a potem klinga. Najpierw jednak spróbuję skrępować przeciwniczkę słowami. Użyję wszystkiego, czym dysponuję, by ją zająć aż do chwili, kiedy mama przypuści atak.

Myśli wirowały mi w głowie. I wtedy Ordyna otworzyła oczy. Spojrzała wprost na mnie. Potem usiadła sztywno na tronie. Do jej warg napłynęła krew, wkrótce nabrzmiały i poczerwieniały; oczy miały kolor ciemnego błękitu nieba, w godzinę po zachodzie słońca.

Zbudziła się.

# ROZDZIAŁ 21
# OSTRY ZĄB

Ordyna powstała z tronu. Spojrzała na mnie gniewnie, z groźną, arogancką miną.

– Insekt zakradł się do mego królestwa – rzekła. – Wyczuwam, jak drży, jak dygocze ze strachu. Wystarczy tylko, bym wyciągnęła rękę i wtedy zmiażdżę go na zimnej marmurowej posadzce. Czy mam tak uczynić?

W tym momencie zauważyłem jej szczęki. Szczególnie dolna wyglądała na bardzo potężną i szeroką, za uszami sterczały węzły mięśni. Kiedy otworzyła usta, przekonałem się, że zęby ma bardzo ostre – zwłaszcza kły. Nie były długie, jak u wodnej wiedźmy, ale zakrzywione. Wiedziałem, że jeśli raz wgryzą się w ciało, nie da się uwolnić z owych straszliwych szczęk. Zerknąłem na jej dłonie. Niekobiece, bardzo duże, żylaste. A zamiast paznokci z palców wyrastały ostre szpony.

Wiedziałem, że próbuje mnie przerazić. Zacząłem więc oddychać powoli, głęboko. Próbowałem zapanować nad strachem – to bowiem zawsze pierwsze zadanie stracharza w obliczu Mroku. Czułem, jak strach opada ze mnie. Kiedy przestałem dygotać, postąpiłem krok ku niej. Nie spodziewała się tego. Dostrzegłem, że jej oczy rozszerzają się ze zdumienia.

– Kimże ty jesteś, insekcie? – spytała. – Wyczuwam, że z niewiadomych przyczyn powinnam cię znać. Czuję, że już się spotkaliśmy. Jak się tu dostałeś? Jak wyminąłeś moje sługi, pułapki oraz bariery, by się do mnie zbliżyć?

– Zakradłem się tu jak myszka – odparłem. – Jestem zbyt mały i nieważny, by ktokolwiek mnie dostrzegł.

– Lecz cóż to za kij, który dzierżysz w dłoni? Laska z jarzębinowego drewna, kryjąca w sobie ostry kieł! Metalową klingę, przesyconą srebrem.

– O to ci chodzi? – spytałem spokojnie, naciskając zagłębienie w lasce tak, że z końca z głośnym szczękiem wyskoczyło ostrze.

– To bardzo ostry ząb, jak dla takiej myszki – rzekła, schodząc z pierwszego stopnia podium. – Nadal jednak stanowisz dla mnie zagadkę. Jesteś obcy w tym kraju. Gdzie został twój dom?

– Daleko za morzem, w zielonej krainie, w której ciągle pada deszcz.

– Kim są twoi rodzice? Kto cię spłodził?

– Mój ojciec był farmerem, ciężko pracował, by utrzymać rodzinę. Nauczył nas odróżniać dobro od zła. Nie żyje, lecz nigdy go nie zapomnę. I tego, co mi wpoił.

– Mam wrażenie, jakbym cię znała. Mógłbyś być niemal moim bratem. Masz jakieś siostry?

– Nie mam sióstr, ale braci owszem…

– Tak! Teraz widzę. Jest ich sześciu! Sześciu! A ty jesteś siódmy! I twój ojciec także był siódmym synem. Masz zatem dary. Zdolność widzenia oraz słyszenia umarłych. Umiejętność blokowania dalekosiężnego węszenia wiedźmy. Jesteś naturalnym wrogiem Mroku. Dlatego tu przybyłeś, myszko? By mnie zabić swoim kijem? Choć twój ząb jest faktycznie ostry, trzeba czegoś więcej, by mnie zniszczyć…

Skąd wiedziała to wszystko? Naprawdę czytała w moich myślach? Przerażająca perspektywa, bo wówczas w ciągu paru chwil odkryje, kim jestem, i przeze mnie dotrze do mamy. Moje obawy potwierdziły się natychmiast.

– Zaczekaj! Jest jeszcze więcej – podjęła. – Znacznie więcej! Masz inne dary. Dary pochodzące od dzikiej matki. Szybkość, która rzuca wyzwanie upływowi czasu. Zdolność wyczucia momentu śmierci u chorych i rannych. Długi księżycowy cień, ukazujący, czym się staniesz. Lecz co to za matka mogła przekazać ci podobne rzeczy, moja myszko? Teraz ją widzę! Poprzez ciebie poznaję ją. Twoja matka to Lamia, moja śmiertelna nieprzyjaciółka!

Dostrzegłem zamiar w jej oczach. Planowała zabić mnie na miejscu. Szybko – szybciej niż kiedykolwiek wcześniej – zsunąłem na przegub srebrny łańcuch i wyciągnąłem rękę spod płaszcza. Nie zareagowała. Ja się poruszałem, Ordyna – nie. Patrzyła tylko na mnie ze zmarszczonym gniewnie czołem.

Chwila ciągnęła się i ciągnęła. Czas zamigotał i zamarł. Czułem się dziwnie. W nieruchomym świecie tylko ja się poruszałem. Nie oddychałem. Moje serce nie biło.

Czy to właśnie miała na myśli Ordyna, mówiąc o szybkości, która rzuca wyzwanie upływowi czasu? Czy naprawdę odziedziczyłem to po mamie? Czy był to dar podobny do tego, którego używał Zły? Ta sama sztuczka, która pozwoliła mi zeszłego lata odtrącić lecący ku mnie nóż, gdy Grimalkin cisnęła nim w moją głowę?

Celując starannie, całkowicie skupiony na przeciwniczce, strzeliłem z łańcucha i cisnąłem go wprost ku niej. Nie obawiałem się, że chybię. W ruchomy cel ciężko trafić, ona jednak tkwiła bez ruchu, jak ćwiczebny słupek w ogrodzie stracharza w Chipenden.

Łańcuch opadł jej przez głowę w idealnej spirali i zacisnął się wokół ciała. Jej oczy rozszerzyły się i wypełzły z orbit, opadła na kolana, wyraźnie cierpiąc. Krzyknęła, po czym wygięła się w tył, na jej szyi wystąpiły ciemne żyły. Potem szarpnęła się, pochyliła naprzód i upadła ciężko na brodę, wyciągając szyję, z twarzą wciąż zwróconą ku mnie. Usłyszałem ostry trzask. Czy dobiegł do mnie dźwięk pękającej kości? Jej karku? Znów oddychałem, serce waliło mi w piersi. Cokolwiek zaszło, gdy szykowałem się do rzutu, już owo coś minęło. Czas znów płynął normalnie.

Ordyna nadal patrzyła w moją stronę, lecz jej oczy zaszły mgłą. Z całą pewnością nie oddychała. Czyżby nie żyła? Nie mogłem uwierzyć, by łańcuch okazał się aż tak skuteczny. Patrzyłem na nią zdumiony, szczęśliwy, lecz wciąż zachowałem czujność. Miałem do czynienia ze Starą Boginią. Zbyt łatwo mi poszło. Stanowczo zbyt łatwo…

Cofnąłem się o krok – na wypadek gdyby w grę wchodził podstęp – i przyjrzałem się jej ostrożnie. Leżała absolutnie nieruchomo, nie okazując żadnych oznak życia. Czyżby zetknięcie ze stopem srebra ją zabiło? Niemożliwe…

A wtedy coś zauważyłem – pierwszą oznakę nadchodzącego niebezpieczeństwa. Z jej ciała zaczęła ulatywać para. Powietrze nad nim drżało. Rozległ się trzask, poczułem nagły, ostry swąd płonącego mięsa. Na moich oczach jej skóra zaczęła skwierczeć, marszczyć się i czernieć. Ona płonęła! W górę strzelały płomienie.

Głowa Ordyny podskoczyła. Spojrzałem na potężną dolną szczękę. Pojąłem, że rozszerza się i wydłuża, unosząc czaszkę. Ordyna nadal nie oddychała, widziałem jednak, że czerniejące gardło porusza się. Cofnąłem się ponownie, unosząc kij. Głowa Starej Bogini zamieniała się w kulę ognia, usłyszałem odgłos darcia. Nagle szczęka odskoczyła. Zwęglona czaszka pękła, osypując się na boki niczym odłamki stłuczonego dzbana. W środku jednak tkwiło coś innego. Coś nadal żywego pośród płomieni. Coś bardzo niebezpiecznego! Coś, co powoli wyłaniało się z płonącej, zwęglonej ludzkiej powłoki. Była niczym wąż odrzucający starą skórę. Musiałem uderzyć teraz, nim będzie za późno.

Szybko ruszyłem naprzód, osłaniając ręką twarz. Dźgnąłem kijem, celując w miejsce za ramionami, gdzie powinno znajdować się serce. Ostrze trafiło w coś twardego – znacznie twardszego niż kość. Od wstrząsu zabolała mnie ręka aż do ramienia, laska wypadła mi z dłoni. Lecz rozpacz natychmiast zamieniła się w ulgę.

Miałem szczęście, że wypuściłem kij, w przeciwnym razie straciłbym rękę – bo w następnej sekundzie drewno z głośnym sykiem zapłonęło, pochłonięte przez gorąco tak wielkie, że w mgnieniu oka zamieniło laskę w biały popiół. Cofnąłem się, patrząc, jak z płomieni wyłania się coś na czterech szponiastych łapach, strząsając z siebie poczerniałą skórę dawnej ludzkiej postaci i krępujący srebrny łańcuch.

Przede mną stał duży jaszczur w zielono-brązowe plamy, o skórze pokrytej brodawkami. Z kształtu przypominał salamandrę, najpotężniejszego ze wszystkich żywiołaków ognia, o których opowiadał mi Seilenos. Nie był to jednak zwyczajny żywiołak. Najwyraźniej Ordyna przybrała swą prawdziwą postać – istoty skąpanej w ogniu, władającej tym żywiołem.

Ruszyła ku mnie, pozostawiając za sobą popioły dawnej postaci. Otworzyła paszczę, ukazując dwa rzędy morderczych zębów. Z głośnym sykiem wypuściła powietrze. Z jej nozdrzy wytrysnął długi pióropusz rozgrzanej pary, mknący wprost ku mnie. Uskoczyłem na bok, para chybiła, przepływając tuż obok mojej twarzy, tak że musiałem zamknąć oczy, by ochronić je przed gorącem.

Teraz została mi już tylko ostatnia sztuka broni: klinga podarowana przez Grimalkin. Lewą ręką sięgnąłem przez ramię, pod płaszcz i koszulę, wyrywając klingę z pochwy. Potem zwróciłem się ku Ordynie. Sprężyłem się. Ponownie uczułem, jak czas hamuje. Oddychałem głęboko, nakazując sercu zwolnić, próbowałem uspokoić nerwy. Bez pośpiechu postąpiłem krok ku przeciwniczce.

Ordyna nie poruszyła się, lecz jej salamandrze oczy o pionowych czerwonych źrenicach przyglądały mi się uważnie. Rozcapierzyła szpony, jak gdyby gotowała się do skoku. Skoncentrowałem się na jej długim, jaszczurczym ciele, zwłaszcza na miejscu za szyją, gdzie zamierzałem wbić ostrze. Czy jednak zdołam sięgnąć celu? Czy raczej klinga stanie w płomieniach, jak uprzednio moja laska? Nie miałem wyjścia, musiałem ryzykować, choć wymagało to radykalnego skrócenia dystansu. Należało podejść znacznie bliżej, niż wcześniej z laską. Z ciała Ordyny nadal buchało palące gorąco.

Jej szczęki rozchyliły się lekko, po czym otwarły szybko, ukazując rubinowoczerwony owal gardzieli. Żadnego więcej ostrzeżenia. Tym razem miast rozgrzanej pary pomknął ku mnie strumień pomarańczowo-żółtego ognia.

Ponownie chybił zaledwie o parę cali. Ordyna wspięła się nagle na tylne łapy. Górowała nade mną. Gadzia głowa kołysała się z boku na bok.

Znów się skupiłem, wbijając wzrok w nowy cel – blade gardło pod długimi szczękami. Tu ciało było miększe. Wrażliwsze. Oto najlepsze miejsce do ataku. Niemal natychmiast Ordyna przestała się poruszać.

Czyżby znów? Skupiłem się, a czas zwolnił... niemal się zatrzymał. Tak, to musiało być moje dzieło, efekt skupienia, koncentracji. Lecz za ową refleksję o mało nie zapłaciłem życiem. Chwila namysłu zakłóciła intensywność koncentracji. Jaszczurczy łeb Ordyny zakołysał się z prawa w lewo; spomiędzy szczęk trysnęła kolejna struga ognia, pędząca wprost ku mnie. W ostatniej chwili opadłem na kolana. Poczułem swąd palonych włosów.

Skup się! – upomniałem się w duchu. Rozciągnij czas! Każ mu stanąć!

Ponownie moja koncentracja zaczęła działać. Podniosłem się z ziemi, szykując ostrze i postąpiłem krok ku przeciwniczce. Teraz. Skoncentruj się na zadaniu. Krok za krokiem. Właśnie tak. Przypomniałem sobie, co powiedziała mi kiedyś mama:

*Kiedy staniesz się mężczyzną, to Mrok będzie się bał, bo wówczas ze zwierzyny zmienisz się w myśliwego. Dlatego właśnie dałam ci życie.*

Cóż, nie byłem jeszcze mężczyzną, nagle jednak poczułem się jak myśliwy...

Teraz znajdowałem się na odległość wyciągniętej ręki od otwartej paszczy Ordyny. Za blisko, by uciec, gdyby wystrzelił z niej kolejny jęzor ognia. Spiąłem się cały, po czym uderzyłem w górę, prosto w gardło, wbijając ostrze aż po rękojeść i natychmiast je wypuszczając. Z gwałtowną rozpaczą patrzyłem, jak sztylet topi się, zamienia w krople płynnego metalu.

Cofnąłem się chwiejnie, czując na twarzy falę palącego gorąca. Czas znów płynął i nic nie mogłem na to poradzić. Przekonałem się jednak, że mimo wszystko ją zraniłem. Z gardła Ordyny tryskał łuk wrzącej, czarnej krwi. Skapywała na mozaikową podłogę, gdzie natychmiast zamieniała się w parę, tworząc gęstą mgłę przesłaniającą widok. Z pewnością choć trochę ją osłabiłem. Smród spalenizny był tak ostry, że zacząłem się dławić, krztusić, do piekących oczu napłynęły łzy, przez chwilę nic nie widziałem.

Kiedy jednak para się uniosła, Ordyna wciąż stała. Rana na jej gardle zagoiła się. Spoglądały na mnie otchłanne oczy bogini. Nie posiadałem już żadnej broni. Ruszyła wprost ku mnie, szybciej, niż zdołałbym biec. Za sekundę zmieni mnie w popiół.

I wtedy, w chwili gdy sądziłem, że nadszedł mój koniec, że już nie żyję, stało się...

Najpierw ostrzegły mnie uszy. W sali zapadła nagła cisza. Absolutna cisza – jak wtedy, gdy sowa opada ku niczego niespodziewającej się ofierze. Cisza tak intensywna, że aż bolesna. Uniosłem głowę. Dojrzałem, jak coś rzuca się ku nam z balkonu. W tym samym momencie Ordyna obróciła się na bok i w górę, na spotkanie nowemu niebezpieczeństwu.

Nadeszła mama. Przemiana dobiegła końca, moja mama wyglądała jednak zupełnie inaczej, niż oczekiwałem. Miała skrzydła, owszem, miała też rozpostarte szpony, gotowe szarpać, rozdzierać przeciwnika. Nie były to jednak owadzie skrzydła wengiry. Bardziej przypominała anioła niż owada, jej skrzydła porastały pióra, białe niczym świeży śnieg.

Runęła na Ordynę, przyszpilając ją do marmurowej posadzki. Zaczęły się wściekle zmagać. Gdy dźwignąłem się na nogi, serce ścisnęło mi się boleśnie, bo pióra mamy zaczynały się zwijać, czerniały. Usłyszałem, jak krzyczy do mnie przepełnionym cierpieniem głosem.

– Odejdź, Tom! Uciekaj, póki możesz! Ja ją tu zatrzymam!

Instynkt kazał mi biec z pomocą, ale nie miałem już żadnej broni. A gdy śledziłem, jak rozszarpują się nawzajem wśród strug krwi, do wtóru trzasku płonących piór, pojąłem, że nic nie poradzę. Gdybym podszedł bliżej, zginąłbym w ciągu paru sekund. Pozostało mi tylko posłuchać mamy. Toteż, choć pękało mi serce, chwyciłem łańcuch i umknąłem z tego miejsca. Była to najtrudniejsza rzecz, jaką zrobiłem w życiu. Moja najmroczniejsza chwila.

# ROZDZIAŁ 22

# OSTATNIE SŁOWA

Targany skrajnymi uczuciami, biegłem po schodach, zatrzymując się tylko na moment, by chwycić torbę oraz latarnię. Sądziłem, że Mab ruszy za mną, ona jednak pożegnała mnie skinieniem głowy.

– Nie mogę uciec tędy z powodu bariery, Tom. Wydostanę się drogą otwartą przez twoją mamę. Spotkamy się później.

Nie odpowiedziałem. Nie ufałem własnemu głosowi. Widziałem, że jeśli się odezwę, nie zdołam dłużej powstrzymać łez.

Szybko zbiegłem po spiralnych schodach. Ruszyłem przez rozległą, mroczną pustkę, z nadzieją, że kieruję się we właściwą stronę, ku niewidocznej barierze.

Gdy w końcu do niej dotarłem, z ulgą ujrzałem czekające po drugiej stronie cienie Alice, Arkwrighta i stracharza. Przekroczyłem szybko granicę.

– Och, Tom! – wykrzyknęła Alice, pędząc ku mnie. – Tak długo cię nie było. Nie mogliśmy znaleźć innego wejścia, toteż wróciliśmy tutaj i czekaliśmy na ciebie. Ale to trwało całe wieki. Myślałam już, że nie wrócisz – że spotkało cię coś strasznego.

Zamarła nagle. Spojrzała mi prosto w oczy.

– Coś strasznego rzeczywiście się wydarzyło, prawda?

Przytaknąłem, lecz słowa, które chciałem wypowiedzieć, od razu uwięzły mi w gardle.

– Och, Tom! Poparzyłeś się. – Dotknęła lekko moich przypalonych włosów oraz coraz bardziej bolącego miejsca na twarzy.

– To nic! – odparłem. – Zupełnie nic w porównaniu z tym, co się tam stało.

– No dalej, chłopcze – wtrącił stracharz zaskakująco łagodnym tonem. – Wyjaśnij nam…

– Mama. Walczy z Ordyną. Stwierdziła, że obie zginą, dzięki czemu unicestwiona zostanie Ord. Musimy stąd uciekać, jak najszybciej.

– Nic się nie da zrobić, Tom? W żaden sposób nie możemy jej pomóc? – zawołała Alice.

Pokręciłem głową. Czułem, że z oczu wymykają mi się gorące, milczące łzy.

– Teraz możemy już tylko spełnić jej ostatnie życzenie – żebyśmy uciekli w bezpieczne miejsce, nim Ord ulegnie zagładzie. Wkrótce zacznie cofać się przez portal.

– Jeśli tu zostaniemy, wciągnie nas Mrok! – Arkwright ponuro skinął głową.

Brakowało czasu na dalsze dyskusje o tym, co zaszło. Rozpoczęliśmy gorączkową ucieczkę przez mroczne komnaty i korytarze Ordy. Biegliśmy schodami, pochylniami, kierując się coraz niżej i niżej, w stronę brukowanego dziedzińca. Wkrótce zrobiło się nam nieprzyjemnie gorąco, bynajmniej nie tylko z wysiłku. Powietrze wokół zaczynało się rozgrzewać, ze ścian buchało ciepło. Ord szykowała się do zanurzenia w kolumnę ognia i wycofania przez portal do swego prawdziwego domu. Jej mieszkańcy, pozbawieni okazji do wypadu na zewnątrz i splądrowania świata, z powrotem zapadali w sen. W pewnym momencie lśniąca kula żywiołaka ognia z wahaniem ruszyła ku nam, lecz stracharz uderzył w nią kijem. Odpłynęła, przygasając.

Niemal dotarliśmy już do ostatniego korytarza wiodącego na wewnętrzny dziedziniec. Byliśmy blisko, bardzo blisko wyjścia, kiedy to się stało. Ze ściany za nami wyłoniła się kolejna lśniąca kula. Duża, nieprzejrzysta, niebezpieczna. Zaczęła się przysuwać. Dołączyły do niej dwie kolejne, więc puściliśmy się biegiem.

Obejrzałem się przez ramię. Doganiały nas. Teraz wyroiło się ich już więcej. Może sześć albo siedem.

Dotarliśmy do wąskiego wylotu tunelu. Wtedy właśnie Arkwright przystanął.

– Idźcie dalej! – polecił, szykując laskę. – Ja je zatrzymam!

– Nie! Rozprawimy się z nimi razem! – zawołał stracharz.

– Nie ma sensu, byśmy ginęli tu wszyscy – warknął z uporem Arkwright. – Zabieraj chłopaka w bezpieczne miejsce. To on się liczy, dobrze o tym wiesz.

Przez moment stracharz się wahał.

– Idźcie, póki jeszcze macie szansę! – nalegał Arkwright. – Ja pójdę za wami, gdy tylko będę mógł.

Stracharz chwycił mnie za ramię, wepchnął przed sobą w korytarz. Przez moment próbowałem się opierać, lecz Alice złapała mnie za drugą rękę i pociągnęła naprzód.

Tylko raz zdołałem się obejrzeć. Arkwright szykował się do walki. Zwrócony do nas plecami, wznosił ukośnie kij. Przyjął pozycję obronną. Jedna z kul pędziła wprost ku niemu. Sieknął ją ostrzem. Wtedy widziałem go po raz ostatni.

Wraz ze stracharzem i Alice przebiegliśmy dziedziniec. Pognaliśmy tunelem, wyłaniając się poza zewnętrznymi murami Ordy. Ile tylko sił, pospieszyliśmy w stronę Kalambaki. Stopy grzęzły nam w miękkim, lepkim błocie, pozostałości niedawnej ulewy. Wkrótce odkryliśmy, że nie tylko nam udało się ocaleć. Grupka czarownic – z Grimalkin oraz członkiniami wszystkich trzech klanów – wśród nich zauważyłem Mab i jej siostry – biegła nieco przed nami. Dogoniliśmy wiedźmy. Przypuszczam, że tym razem nawet mój mistrz na ich widok poczuł lekką ulgę.

Nagły ryk dobiegający z tyłu – przypominający gniewny wrzask rannego zwierzęcia – sprawił, że odwróciliśmy się wszyscy. Ciemna chmura nad Ordą znów się formowała i wypełniała ogniem. Strzelały z niej zygzaki błyskawic, uderzające w poskręcane wieże, których czubki jarzyły się pomarańczowym blaskiem. Żar za naszymi plecami narastał niepokojąco. Zrozumieliśmy, że trzeba wycofać się dalej – i to szybko. W każdej chwili ognista żyła mogła połączyć chmurę z ziemią. Jak szeroka będzie? Czy wciąż znajdujemy się za blisko, więc ogień nas dosięgnie?

W końcu, choć wyczerpani ucieczką, słysząc upiorne wycie dobiegające z wnętrza kolumny ognia, odwróciliśmy się, by spojrzeć. Ponownie pulsowała, skręcała się. W środku wciąż widać było Ord, czubki wież jarzyły się teraz oślepiającą bielą. Pomyślałem o mamie, nadal zamkniętej w tamtej komnacie i dławiącej w szponach Ordynę. Na naszych oczach cytadela zaczęła się rozpadać, wieże waliły się kolejno. Ord powracała do Mroku, lecz równocześnie owo przejście ją niszczyło. Wewnątrz zostanie pokonana Ordyna, która już nigdy nie zdoła powrócić do naszego świata. Ale mama także zginie w ognistym piekle. Gdy o tym pomyślałem, całe moje ciało zatrzęsło się w spazmie płaczu.

A co z Billem Arkwrightem? Czy zdołał odpędzić naszych prześladowców i wydostać się na czas?

Po paru chwilach ogień przygasł. Za naszymi plecami zerwała się wichura, jakby zasysała powietrze w miejsce, gdzie jeszcze niedawno stała Ord. Później wicher ścichł, zaczęła siąpić zimna mżawka. Zamknąłem oczy. Odnosiłem wrażenie, jakbym znalazł się z powrotem w Hrabstwie. Czekaliśmy bardzo długo, nie dostrzegliśmy jednak ani śladu Arkwrighta. Trudno było wątpić, że zginął.

W milczeniu ruszyliśmy znowu w stronę Kalambaki i czekających za nią Meteorów. Po twarzy płynęły mi łzy zmieszane z deszczem.

***

Wyminęliśmy Kalambakę od zachodu, kierując się w stronę Megalon Meteorou, największego ze skalnych klasztorów. Stracharz uważał, że powinniśmy złożyć wizytę ojcu opatowi, by powiadomić go o wszystkim, co osiągnęliśmy.

Pamiętałem opowieści mamy twierdzącej, że kobiety nie są mile widziane w klasztorach. Milczałem jednak, nie powstrzymując Alice. Moja przyjaciółka wspięła się po stopniach wraz ze stracharzem i ze mną. Już wcześniej wykorzystała zioła ze skórzanej sakiewki, przyrządzając kojącą maść, którą nasmarowała moją poparzoną twarz. Użyła jedynie metod stosowanych przez wiele uzdrowicielek z Hrabstwa, nie uciekała się do Mroku. Lek natychmiast złagodził ból, lecz John Gregory i tak z dezaprobatą pokręcił głową. Nie ufał Alice, zwłaszcza w kontaktach ze mną. Powoli szykowałem się do konfrontacji. Alice odegrała swoją rolę w ocaleniu klasztoru. Jeśli zabronią jej wstępu, ja także zawrócę.

Weszliśmy jednak bez przeszkód. Mnisi zaprowadzili nas przed oblicze ojca opata. Już drugi raz przekroczyliśmy próg spartańskiej celi. Zastaliśmy chudego starca o poszarzałej twarzy pogrążonego w modłach. Czekaliśmy cierpliwie. Przypomniałem sobie poprzednią wizytę, kiedy mama wciąż żyła. W końcu mnich uniósł wzrok i uśmiechnął się.

– Jesteście tu mile widziani – rzekł. – Ja zaś wyrażam wam swą wdzięczność, zakładam bowiem, że odnieśliście zwycięstwo. W przeciwnym razie nikt z nas już by nie żył…

– Mama zginęła, by zapewnić nam to zwycięstwo! – powiedziałem.

Odezwałem się bez zastanowienia. Zabrzmiało to, jakby słowa padły z obcych ust. Słyszałem gorycz oraz ból we własnym głosie.

Mnich obdarzył mnie łagodnym uśmiechem.

– Jeśli choć trochę cię to pocieszy, mogę rzec, że twoja matka z radością oddała życie, by uwolnić świat od naszego wroga. W przeszłości wiele razy rozmawialiśmy. Wyznała mi, że spodziewa się umrzeć, by osiągnąć swój cel. Wspominała ci o tym, Thomasie?

Pokręciłem głową. Pomyślałem, że ten stary mnich wie o mamie zapewne więcej niż ja. Ogarnął mnie jeszcze dotkliwszy ból. Mama wiedziała, że umrze, lecz ja dowiedziałem się o tym dopiero w ostatniej chwili! Po chwili odetchnąłem głęboko: musiałem o coś zapytać. O coś, co dręczyło mnie nieznośnie.

– Ord została zniszczona. Powróciła do Mroku. Czy tam właśnie przebywa teraz moja mama? Uwięziona w mroku?

Ojciec opat nie od razu odpowiedział. Miałem wrażenie, że bardzo starannie dobiera słowa. Bez wątpienia chce mi przekazać złe wieści, pomyślałem.

– Wierzę w nieskończone miłosierdzie boże, Thomasie. Bez niego wszyscy bylibyśmy skazani na wiekuiste męki, bo każdy z nas, bez wyjątku, ma na sumieniu grzechy. Będziemy się za nią modlić. To wszystko, co możemy uczynić.

Z trudem stłumiłem szloch. Zapragnąłem zostać sam z własnym smutkiem. Przyszło mi jednak wysłuchać, jak mój mistrz przedstawia ojcu opatowi dokładniejszy opis wydarzeń.

Potem udaliśmy się razem do katholiconu, gdzie ponownie usłyszałem hymny mnichów, ulatujące pod kopułę. Tym razem ojciec opat poinformował mnie, że modlą się za mamę oraz za innych, którzy zginęli w cytadeli. Próbowałem uwierzyć w głębi serca, że wszystko jest dobrze, że mama uciekła do Światła. Ale nie miałem pewności. Przypomniałem sobie popełnione przez nią zbrodnie, wiele stuleci temu. Czy teraz jej przeszkodzą? Utrudnią dotarcie do Światła? Tak bardzo próbowała za nie odpokutować. Myśl, że miałaby spędzić wieczność w Mroku, była nie do zniesienia. To niesprawiedliwe. Nagle świat wydał mi się straszliwym, okrutnym miejscem. A wkrótce znów będę musiał stawić czoło Złemu. Zawsze miałem nadzieję, że mama w jakiś sposób zdoła uchronić mnie przed nim. Teraz jednak zostałem sam.

***

Dopiero następnego dnia zaczęliśmy z mistrzem rozmawiać o tym, co się wydarzyło. Wkrótce mieliśmy ruszyć na wybrzeże, na razie jednak odpoczywaliśmy, usiłując zebrać siły na czekającą nas długą podróż. Stracharz odprowadził mnie na bok od ogniska, bez wątpienia po to, by Alice nie mogła nas usłyszeć. Usiedliśmy na ziemi, rozmawiając twarzą w twarz.

Zacząłem od opowiedzenia, jak mama przybrała ponownie swą pierwotną postać, a potem poświęciła życie, by przytrzymać Ordynę. Opowiedziałem mu niemal wszystko – nie zdradziłem jednak, rzecz jasna, prawdziwej tożsamości mamy. Nie wspomniałem też o umowie zawartej ze Złym. Nigdy nie zdołałbym mu o tym powiedzieć: to coś, z czym sam musiałem sobie poradzić. Zły miał po mnie przybyć następnego wieczoru.

Czułem się, jakbym z każdą chwilą coraz bardziej oddalał się od mojego mistrza. Poświęcił część swych zasad, by przybyć do Grecji i wziąć udział w walce z Ordyną. Lecz mój kompromis okazał się większy: oddałem własną duszę. Wkrótce stanie się własnością Złego, ucieleśnienia Mroku. Nie przychodziło mi do głowy nic, co zdołałoby mnie ocalić.

Kiedy skończyłem opowieść, stracharz westchnął. Potem sięgnął do kieszeni płaszcza, wyciągnął dwa listy.

– Jeden twoja mama napisała do mnie. Drugi jest przeznaczony dla ciebie, chłopcze. Czytałem oba. Mimo poważnych obiekcji, to właśnie one przekonały mnie do zmiany zdania. Dołączenia do waszej wyprawy wbrew wszystkiemu, w co wierzę.

Wręczył mi oba listy. Najpierw zacząłem czytać swój.

Mój drogi Tomie,

Jeśli czytasz ten list, ja już nie żyję. Nie opłakuj mnie zbyt długo. Myśl o radosnych chwilach, które przeżyliśmy razem, zwłaszcza kiedy wraz z braćmi byliście dziećmi, a wasz ojciec wciąż żył. Wówczas byłam naprawdę szczęśliwa i tak bliska zostania człowiekiem, jak jeszcze nigdy.

Wiele lat temu przewidziałam swoją śmierć. Każde z nas ma wybór – mogłam nie mieszać się do walki. Widziałam jednak, iż istnieje szansa: poświęcając życie, doprowadzę do wielkiego zwycięstwa Światła. I mimo ceny cierpienia zapłaconej przez wielu ludzi, Ordyna została zniszczona.

Teraz ty musisz wykonać następny krok. Trzeba zniszczyć Złego. A jeśli ci się nie uda, przynajmniej go skrępuj. W tym zadaniu wspomoże cię Alice Deane.

Niezależnie jednak od wyniku twej misji, zawsze będę z ciebie dumna. Z nawiązką spełniłeś moje oczekiwania.

Kocham cię, synu,
Mama

Złożyłem list, wepchnąłem go do kieszeni. Spoczywał tam teraz ostatni przekaz, jaki otrzymałem od mamy, jej ostatnie słowa. Następnie zacząłem czytać, co napisała do mojego mistrza w liście, który sprawił, że mimo niechęci, mimo obiekcji, stracharz opuścił Chipenden i wyruszył z nami do Grecji.

*Szanowny panie Gregory,*

*Przykro mi, że tak bardzo pana zdenerwowałam. Nie miałam podobnego zamiaru. Robię to, co robię, kierując się najlepszymi chęciami. I choć nie zgadza się pan ze środkami, jakie stosuję do osiągnięcia celu, mam nadzieję doprowadzić do wielkiego zwycięstwa. Jeśli poniosę klęskę, Ordyna będzie mogła zaatakować dowolne miejsce na całym świecie i najprawdopodobniej jej pierwszym celem stanie się Hrabstwo. Nie zapomni, co próbowałam zrobić, zatem wyładuje gniew na krainie, w której wciąż mieszka moja rodzina.*

*Niemal na pewno zginę wewnątrz Ordy, a wówczas mój syn będzie potrzebował pana nauk, by przygotować się do ostatecznej rozprawy ze Złym. Co do pana, niech pan dochowa wierności swym zasadom, ale błagam, proszę uczynić wyjątek w dwóch przypadkach. Pierwszy, rzecz jasna, dotyczy mojego syna, Thomasa. Pańska siła oraz mądrość okażą się niezbędne, by przeprowadzić go przez następny etap życia. Teraz bowiem grozi mu jeszcze większe niebezpieczeństwo.*

Błagam także, by uczynił pan wyjątek dla Alice Deane. To córka Złego, czyli potencjalnie bezecna wiedźma. Zawsze będzie kroczyć wąską ścieżką pomiędzy Mrokiem a Światłem. Dysponuje jednak ogromną siłą. Jeśli kiedyś Alice odda się Mrokowi, stanie się najpotężniejszą czarownicą, jaka kiedykolwiek stąpała po ziemi. Warto jednak zaryzykować, bo może stać się równie mocarną służką Światła. A tylko jeśli Tom i Alice będą współpracować, mogą dokonać czegoś, co zawsze pozostawało moim celem: czegoś, do czego dążyłam przez niemal całe długie życie. Razem mają szansę zniszczyć Złego, a w rezultacie zapoczątkować nową erę Światła na tym świecie.

Pan może pomóc. Proszę pojechać z nami do mojej ojczyzny. Tylko pan może uchronić mojego syna oraz dopilnować, by wrócił cało i zdrowo do Hrabstwa. Czasami mniejsze zło prowadzi do większego dobra.

Pani Ward

– Była wspaniałą kobietą – powiedział stracharz. – Stanowczo nie zgadzam się z jej metodami, chłopcze, ale zrobiła to, co uznała za właściwe. I dzięki temu jej ojczyzna stanie się znacznie lepszym miejscem. W istocie zapewniła bezpieczeństwo Hrabstwu i całemu światu.

Stracharz okazał się znacznie bardziej pobłażliwy dla mamy niż dla Alice. Lecz oczywiście nie znał całej prawdy. Nigdy nie zdołam mu wyjawić, że mama była Lamią, matką całego plemienia wiedźm i hybryd. Nie potrafiłby się z tym pogodzić. To kolejna tajemnica, której nie mogłem mu ujawnić. Jeszcze jedna rzecz, która mogła nas rozdzielić.

– A co z Alice? Zrobi pan, o co prosiła mama?

Stracharz z namysłem pogładził się po brodzie, potem przytaknął. Lecz jego twarz zdradzała napięcie.

– Wciąż jesteś moim uczniem, chłopcze. Teraz, kiedy Bill Arkwright najpewniej zginął, mam obowiązek pomóc ci we wszystkim i nadal cię szkolić. Nie przeczę temu. Wszelako dziewczyna mnie martwi. Nieważne, jak wielkim nakładem sił, ale i tak czujnie będę ją obserwował, bowiem wszystko może pójść bardzo źle. Myślę jednak, że spróbuję: przynajmniej na jakiś czas. Po wszystkim, co zrobiła twoja mama, jak mógłbym odmówić?

***

Później powróciłem myślami do naszej rozmowy. W jej trakcie niemal uwierzyłem, że wszystko będzie dobrze; ze stracharzem oraz z Alice wrócimy bezpiecznie do Chipenden i do dawnego życia. Tyle że jak to możliwe, skoro pozostał mi niecały dzień na tej ziemi?

Tak bardzo się bałem tego, co mnie czeka, że w chwili słabości zastanowiłem się, czy nie pójść znów do mistrza i nie wyznać, z czym muszę się zmierzyć, w nadziei, że mimo wszystko gdzieś w swych ogromnych zasobach wiedzy znajdzie jakiś sposób, by mnie ocalić. Wiedziałem jednak, że to niemożliwe.

Ostatnią szansę dawało mi użycie słoja krwi, tak jak radziła Alice. Wystarczyło dodać parę kropel mej krwi do jej własnej. Wówczas jednak przez resztę życia musielibyśmy trzymać się blisko siebie, tak by słój ją także mógł chronić przed Złym. Coś jednak z pewnością wcześniej czy później by nas rozdzieliło, a wówczas wyładowałby wściekłość na Alice. Nie, nie mogłem na to pozwolić. Sam wplątałem się w tę sytuację i sam będę musiał się z niej wyplątać – albo pogodzić się z konsekwencjami.

ROZDZIAŁ 23

# JEGO ZŁOWIESZCZA WYSOKOŚĆ

Stracharz spał po drugiej stronie ogniska, Alice zaś leżała po mej prawej. Oczy miała zamknięte. Do północy zostało najwyżej dziesięć minut.

Podniosłem się bardzo ostrożnie, próbując robić jak najmniej hałasu i odszedłem od ognia w ciemność. Nawet nie brałem łańcucha. Na nic by się zdał w obliczu potęgi, naprzeciw której wkrótce stanę. Za kilka minut Zły przybędzie po moją duszę. Bałem się, lecz mimo to wiedziałem, że lepiej zająć się wszystkim samemu. Gdyby w pobliżu znaleźli się Alice bądź stracharz, zapewne usiłowaliby mi pomoc. W rezultacie ucierpieliby, może nawet straciliby życie. Nie mogłem na to pozwolić.

Maszerowałem w dół zbocza jakieś pięć minut pomiędzy karłowatymi drzewami i krzakami. Dotarłem na polanę. Usiadłem na kamieniu przy brzegu niewielkiej rzeki. Ziemia nad samą wodą, zdeptana przez bydło schodzące do wodopoju, przypominała grzęzawisko. Na niebie nie świecił księżyc, lekka mgiełka przesłaniała nawet gwiazdy. Było bardzo ciemno. Nie marzłem, chociaż zacząłem dygotać. Trzęsłem się ze strachu. Zbliżał się kres. Moje życie na ziemi dobiegało końca. Ale ja nie wyruszę do Światła. Moja dusza trafi w ręce Złego. Kto wie, jakie męczarnie dla niej zgotował?

Nie musiałem czekać długo. Usłyszałem coś po drugiej stronie rzeki: łoskot. I syk. Potem plusk, jakby coś wielkiego weszło do wody. Z początku chlupotało jak koń czy inne wielkie, ciężkie zwierzę. Lecz rytm kroków podpowiadał dwie nogi, nie cztery. Czyli że szedł po mnie. Zły. Przychodził zabrać mi duszę.

Słyszałem eksplozje pary, woda syczała i wrzała, gdy się zbliżał. Po chwili ujrzałem wielkie, rozszczepione ślady kopyt, pojawiające się w miękkim błocie. W ciemności jarzyły się czerwienią. Przekroczył rzekę. Powstawaniu każdego śladu towarzyszył syk, gdy rozgrzane kopyto Złego stykało się z mokrym gruntem. A potem zaczął się materializować. Tym razem jednak nie ujrzałem przed sobą zamordowanego Matthew Gilberta, lecz Złego w jego prawdziwej, złowieszczej postaci – postaci, na widok której wielu umierało ze strachu. Otaczało go upiorne światło, tak że moje przerażone oczy dostrzegały każdy szczegół.

Stracharz tłumaczył mi, że Zły potrafi powiększać oraz zmniejszać swą postać. Teraz zdecydował się na potężną. Trzy razy wyższy niż ja, z piersią jak beczka, wznosił się wyniośle nade mną. Okazał się tytanem, w ogólnych zarysach podobnym do człowieka – choć w rezultacie, dzięki podobieństwu, prezentował się jeszcze potworniej.

Zamiast stóp miał rozszczepione racice kozła, długi ogon dyndał za nim, wlokąc się po błocie. Przybył nagi, lecz nie ujrzałem ani skrawka gołego ciała, bo całą postać porastały długie, czarne włosy. Pokrywały także twarz, wyraźnie jednak widziałem rysy: wydatne zęby, zakrzywione rogi kozła; przesycone złem oczy o wydłużonych źrenicach. Podszedł blisko, bardzo blisko, znalazł się w zasięgu mojej ręki. Zalał mnie otaczający Złego fetor, ostrzejszy niż wszystkie wonie farmy. Mogłem jedynie patrzeć w górę, w owe straszliwe, bezdenne oczy. Trwałem jak zahipnotyzowany. Bezbronny.

Kolana uginały się, całe ciało drżało. Umierałem? Zaczerpywałem oddechu po raz ostatni?

W tym samym momencie usłyszałem za sobą nowy dźwięk. Kroki! Zapłonęło światło, w źrenicach Złego złowiłem odbicie tego, kto przybył. Diabelskie oczy rozszerzyły się gniewnie. Odwróciłem się. Przybysz stał tuż za mną, w ręku trzymał latarnię. Alice. Ściskała coś w drugiej dłoni. Coś małego. Coś, co unosiła przed sobą niczym broń. Wepchnęła mi to do lewej ręki.

– Precz od niego! – zawołała. – Jest mój. Tom należy do mnie! Odejdź stąd! Nie możesz tu zostać!

Na te słowa Zły wydał z siebie ogłuszający, wściekły ryk. Przez moment sądziłem, że wyciągnie rękę i zmiażdży nas oboje. Czułem na sobie siłę jego gniewu, nagły podmuch cisnął mnie w tył, w błoto. Usłyszałem, jak drzewa na zboczu za nami pękają z trzaskiem. A potem wiatr zmienił kierunek. Zły po prostu zniknął.

Zapadła przejmująca cisza. Słyszałem tylko własny oddech, bicie serca, bulgot wody.

Wtedy, w blasku latarni, przekonałem się, co trzymam w lewej dłoni.

Słój krwi.

Dźwignąłem się z ziemi sekundę po Alice, która podnosiła już lampę z błota.

– Co tu robiłeś zupełnie sam, Tom? – spytała ostro. – Czy przyszedłeś spotkać się ze Złym?

Nie odpowiedziałem. Zbliżyła się, uniosła latarnię, spojrzała mi prosto w oczy. Serce waliło szaleńczo, myśli się kłębiły. Wciąż dygotałem, cały. Uniknąłem śmierci, lecz obawiałem się, że Zły może zjawić się ponownie w każdej chwili. Jakim cudem Alice zdołała go przegnać? Jak to się stało?

– Coś cię dręczy, Tom, prawda? Od paru dni zachowujesz się dziwnie: jesteś zbyt milczący... i chowasz coś w oczach. Dziwny wyraz, którego wcześniej nie widziałam. Wiem, że straciłeś mamę, ale czy wydarzyło się coś jeszcze? Coś, o czym mi nie powiedziałeś?

Jeszcze przez chwilę milczałem, chciałem ukryć prawdę, lecz pragnienie podzielenia się z kimś własnymi lękami okazało się silniejsze. Wreszcie słowa posypały się z moich ust.

– Zły odwiedził mnie w Ordzie – wyjaśniłem. – Pokazał mi przyszłość. Wszyscy mieliśmy zginąć – ty, stracharz, wszyscy w Kalambace i na Meteorach. Wszyscy uchodźcy na drogach. Powiedział, że da mi szansę. Opóźnił o godzinę przebudzenie Ordyny. Zdradził mi też, gdzie ją znaleźć. Gdyby nie to, nie zdołałbym pomóc mamie. Przegralibyśmy.

Przez moment Alice milczała. Widziałem jednak strach w jej oczach.

– Czego zażądał w zamian, Tom? – spytała. – Czego od ciebie chciał?

– Nie tego, co myślisz, Alice. Nie zażądał, bym został jego sprzymierzeńcem i stanął u jego boku. Odmówiłbym...

– Zatem czego, Tom? No dalej, nie każ mi czekać...

– Oddałem mu duszę, Alice. Poświęciłem się. Bo widzisz, gdyby Ordyna wygrała, mogłaby użyć swego portalu, by pojawiać się, gdzie zechce. A wtedy przybyłaby do Hrabstwa. Wypełniłem swój obowiązek...

– Och, Tom! Tom! Co z ciebie za głupiec! Nie wiesz, co to znaczy?

– Wiem, że będę cierpiał, Alice. Ale co innego mogłem zrobić? Chociaż, chyba miałem nadzieję, że mama w jakiś sposób zdoła mnie ocalić. Teraz jednak nie żyje, więc muszę się pogodzić z tym, co mnie w końcu spotka.

– Jest gorzej, niż przypuszczasz, Tom. Znacznie gorzej. Nie chciałabym ci tego mówić, ale lepiej, byś poznał prawdę. Kiedy umrzesz i Zły dostanie twoją duszę, znajdziesz się całkowicie w jego mocy. Potrafi zadawać ból gorszy, niż zdołasz sobie wyobrazić. Pamiętasz, jak mi opowiadałeś o Morganie i o tym, jak torturował duszę twego taty?

Przytaknąłem. Morgan był potężnym nekromantą, jakiś czas więził duszę taty w Limbusie. Wmówił mu, że płonie w piekle. Sprawił, że tato czuł ból, zadawany przez płomienie.

– Zły umie zrobić z tobą to samo, Tom. Umie zemścić się za to, że z nim walczyłeś. Nawet jeszcze więcej: sam oddasz życie. On ci go nie odbierze. To znaczy, iż opadną z niego pęta i zwycięży ślepy los. Groźba, że pewnego dnia go zniszczysz albo odeślesz przez portal, zniknie. Pozbywszy się ciebie, będzie mógł swobodnie zbierać siły, by podsycać Mrok, póki w końcu nie zapanuje nad światem. A ty będziesz cierpiał tak straszliwe, niewiarygodne męki, że w końcu być może zgodzisz się z nim sprzymierzyć. Tylko po to, by się od nich uwolnić. Owszem, pokonaliśmy Ordynę, lecz za straszliwą cenę. Możliwe, że Zły zwyciężył, Tom. Możliwe, że cię pokonał. Ale jest coś, czego nie przewidział. – Wskazała słój krwi, który wciąż ściskałem w lewej dłoni. – Teraz naprawdę go potrzebujesz. Zawsze musisz nosić go przy sobie. To on go odpędził…

– Ale jakim cudem działa? Zdawało mi się, że trzeba zmieszać naszą krew?

– Wzięłam ją bez pytania, Tom. Przepraszam, ale musiałam to zrobić. Kiedy spadły na ciebie kamienie, długi czas leżałeś nieprzytomny. Wówczas wzięłam trochę twojej krwi. Zaledwie trzy krople: tylko tyle potrzebowałam. Teraz w słoju jest twoja i moja krew. Noś go przy sobie, a on nie będzie mógł się zbliżyć!

Masz tylko jedną szansę! Zapomnij o swych zasadach, teraz już się nie liczą. Użyłeś mrocznego życzenia, które dała ci Grimalkin, a teraz sprzedałeś duszę. Pozostaje ci tylko jedno, Tom. Zatrzymaj słój krwi. Jeśli go użyjesz, Zły nic nie zyska, a my pokonaliśmy Ordynę!

Przytaknąłem. Miała rację. Teraz już wyłącznie to mi zostało. Ostatnia szansa, sposób na niedopuszczenie do siebie Złego. Lecz tym samym sprawdzały się najgorsze obawy stracharza. Krok za krokiem, coraz bardziej zagłębiałem się w Mrok.

– Ale co będzie, kiedy umrę, Alice? Nawet jeśli skonam za pięć czy pięćdziesiąt lat, on wciąż będzie czekał na moją duszę. I w końcu ją dostanie.

– Nie dostanie twojej duszy, jeśli wcześniej go zniszczymy!

– Ale jak, Alice? Jak powinniśmy to zrobić?

– Musi istnieć jakiś sposób. Twoja mama oddała życie, byś mógł tego dokonać. Czy nigdy ci nie tłumaczyła, jak trzeba postąpić?

Pokręciłem głową. Zastanawiałem się, czy mama miała jakiekolwiek pojęcie o niezbędnych w tym celu środkach. Jeśli tak, nic nie wspomniała. A teraz nie żyła. Już więc za późno.

– Dowiemy się, jak postąpić, Tom. Musimy go zabić bądź skrępować, a wtedy staniesz się bezpieczny!

Zacisnąłem mocno palce na słoju krwi. Tylko on nie dopuszczał do mnie Złego.

***

O świcie następnego dnia rozpoczęliśmy wędrówkę w stronę portu Igoumenitsa. Mieliśmy nadzieję, że „Celeste” wciąż tam czeka. Czarownice wymaszerowały wcześniej. Zostaliśmy sami: stracharz, Alice oraz ja.

Zdążyliśmy opuścić obóz, gdy zdarzyło się coś, co nieco poprawiło mi humor. Usłyszeliśmy szczekanie, a potem podbiegła ku nam Szpon ze swymi szczeniakami. I to do mnie garnęły się najpierw, moje ręce lizały.

– Zawsze wiedziałam, że któregoś dnia ten pies trafi do ciebie – uśmiechnęła się Alice. – Nie sądziłam jednak, że się potroi.

Stracharz przyjął zwierzęta z mniejszym entuzjazmem.

– Mogą z nami podróżować, chłopcze. Owszem, zabierzemy je do Hrabstwa. Lecz potem sam nie wiem. To psy myśliwskie, Bill często korzystał z ich pomocy. Ale w Chipenden brak dla nich miejsca. Z pewnością nie dogadałyby się z boginem. Nie przeżyłyby nawet jednej nocy w ogrodzie. Najlepiej poszukajmy im dobrego domu.

Nie mogłem się z tym spierać. Wszelako dobrze było mieć je przy sobie, choćby tymczasem. W psiej kompanii nieco raźniej maszerowało mi się na wybrzeże.

Z wielką ulgą odkryliśmy, że „Celeste" nadal czeka na kotwicy. Kapitan, widząc nas, ucieszył się. Potraktował mnie jako zastępcę mamy, jakbym to ja wynajął statek. Wyjaśnił, że tak brzmiały jej instrukcje.

Zwlekliśmy kilka dni, albowiem trudno wykluczyć, iż zjawi się ktoś jeszcze z naszej grupy, która, jakże dawno temu, wypłynęła do Grecji. Istotnie, dobiło kilka osób. Ostatecznie w ładowni schroniło się piętnaście czarownic, w tym Grimalkin oraz siostry Mouldheel. Bill Arkwright jednak nie przybył. Nie mogliśmy się już łudzić: oddał życie, umożliwiając nam ucieczkę.

***

Podróżując do domu, nie sypiałem już w hamaku na pokładzie, jak wcześniej, lecz w wygodnym, wielkim łóżku. Stracharz wpadł na pomysł, żebym zajął kabinę mamy.

– Czemu nie, chłopcze? – spytał. – Chciałaby tego.

Toteż wracałem raczej wygodnie. Nocami wylegiwałem się, czując kołysanie statku i słuchając skrzypienia desek, od czasu do czasu odnotowując głośne węszenie psów strzegących moich drzwi. Miałem mnóstwo czasu na rozmyślania. Raz po raz odtwarzałem w głowie wszystko, co się stało. Nieodmiennie powracała ta sama ponura myśl: czy mama pozostała uwięziona w Mroku, czy ruina Ord przechodząca przez portal zabrała jej duszę tam? I czy Billa Arkwrighta również to spotkało?

Miałem nadzieję, że mama objawi mi się we śnie, każdej nocy na to liczyłem. Nagle sny stały się ważniejsze niż jawa. Przez dwa tygodnie tak się nie stało, lecz w końcu pojawiła się. I był to niezwykły sen: doskonale wiedziałem, że śnię.

Siedzieliśmy w kuchni na farmie, ona w swym bujanym fotelu naprzeciw mnie, przy palenisku. Ja przycupnąłem na stołku. Czułem się szczęśliwy, zadowolony. To była dawna mama, nie ta, która powróciła z Grecji, budząc w Jacku obawy, że zjawił się u niego odmieniec. Oraz z pewnością nie ta, z którą rozmawiałem w Ordzie, zmieniająca się szybko w pięknego i groźnego anioła. Zaczęła mówić do mnie głosem pełnym ciepła, miłości, zrozumienia:

– Zawsze wiedziałam, że Mrok cię skazi, synu. Wiedziałam, że zawrzesz układ ze Złym, gdyż od początku nosiłeś go w sobie. I zdecydowałeś się na układ. Nie tylko po to, by pomóc tym, których kochasz, lecz dla dobra całego Hrabstwa – i dla całego świata. Nie obwiniaj się. Dźwigasz bowiem to jako część brzemienia, które wynika z faktu, że jesteś, kim jesteś.

Przede wszystkim zapamiętaj jedno – ciągnęła. – Zły zadał ci poważny cios, ale ty zadałeś też cios jemu. Mocno osłabiłeś Mrok. Musisz wierzyć, synu. Nie trać wiary w to, kim jesteś. Wierz, że dojdziesz do siebie, a tak się stanie. I nie osądzaj się zbyt surowo. Niektóre sprawy zostały uprzednio przesądzone. Musiałeś upaść, by potem wznieść się i wypełnić swoje prawdziwe przeznaczenie.

Miałem ochotę podejść do niej, pragnąłem się przytulić. Ale gdy tylko podniosłem się z krzesła, sen zniknął. Otworzyłem oczy. Leżałem z powrotem w kabinie.

Czy śniłem? A może wydarzyło się jeszcze coś? Trzy dni później, gdy żeglowaliśmy przez Cieśninę Gibraltarską, po raz drugi spotkałem się z mamą. Wiatr ucichł niemal zupełnie, prawie staliśmy w dryfie. Owej nocy zasnąłem, gdy tylko przyłożyłem głowę do poduszki.

To się stało w chwili, gdy się budziłem. Usłyszałem, dokładnie przed sobą, blisko łóżka, dziwny dźwięk. Coś ostrego w powietrzu. Jakby trzask, odgłos darcia. I przez moment przestraszyłem się. Przeraziłem.

Nie było to jednak odczucie zimna, tak często towarzyszące zbliżaniu się tworów z Mroku, lecz coś zdumiewającego i potężnego. Zupełnie jakby tuż obok mnie znalazło się coś, co nie miało prawa tam być. Jakby coś nagle odrzuciło wszystkie zasady świata jawy. O ile jednak przyjemne sny potrafią nagle zamienić się w koszmar, tym razem stało się wręcz przeciwnie. Cała groza odeszła w chwili, gdy poczułem coś ciepłego.

Nie dotknęło mojej skóry. Bynajmniej nie chodziło o ciepło ręki, lecz odczucie. Ono mnie przeszywało, promieniowało: w głąb kości, ciała, nerwów. Samo ciepło, sama miłość. Czysta miłość. Tylko tak potrafię to opisać. Nie kryły się w tym żadne słowa. Żadne przesłania. Ale już nie wątpiłem.

Mama. Nic jej nie groziło. Przyszła się pożegnać. Byłem tego pewny. I ta pewność sprawiła, że dręczący mnie ból nieco zelżał.

ROZDZIAŁ 24

# TO NIE MOŻE BYĆ PRAWDA!

W Zatoce Biskajskiej ponownie złapał nas sztorm zagrażający statkowi, lecz mimo złamanego masztu i podartych żagli zdołaliśmy przetrwać. Nareszcie zbliżaliśmy się do klifów naszej ojczyzny. Z każdą godziną robiło się coraz chłodniej.

W końcu dotarliśmy do Sunderland Point. Stamtąd ruszyliśmy na farmę Jacka: ciążył na mnie obowiązek przekazania rodzinie wieści o śmierci mamy.

Grimalkin, Mab oraz pozostałe wiedźmy pospieszyły do Pendle. My natomiast powędrowaliśmy na farmę, prowadząc ze sobą psy.

Maszerowaliśmy w milczeniu, każde pogrążone we własnych myślach. Gdy się zbliżyliśmy, uświadomiłem sobie nagle, że Alice nie powinna tam wchodzić, by nie urazić Jacka i Ellie. A jednak musiała pozostać przy moim boku, by chronił ją słój krwi. Gdybyśmy się rozdzielili, Zły zdołałby zaatakować w zemście za to, co uczyniła.

– Lepiej, by Alice udała się wraz z nami na farmę – tłumaczyłem, szybko wyszukując argumenty. – Jack może się załamać, a ona przecież umie przyrządzić zioła, które go uspokoją.

Stracharz zerknął na mnie z powątpiewaniem, zapewne uznawszy, że Jack i tak nie przyjąłby pomocy od Alice. Ja jednak obróciłem się na pięcie i pospieszyłem w stronę farmy z Alice u boku, pozostawiając go samego z trzema psami nieszczęsnego Billa Arkwrighta.

Po paru minutach psy z farmy rozszczekały się głośno. Ujrzałem Jacka, biegnącego ku nam przez południowe pastwisko. Zatrzymał się dwa kroki dalej. Raczej nie oczekiwał, że mama ponownie opuści ojczyznę i wróci do Hrabstwa, toteż jej nieobecność nie powinna go zmartwić. Chociaż, widząc smutek malujący się na mojej twarzy, musiał obawiać się najgorszego.

– I co? Jakie wieści? – dopytywał się. – Zwyciężyliście?

– Tak, Jack, zwyciężyliśmy – odparłem. – Zwyciężyliśmy, lecz za straszliwą cenę. Mama nie żyje, Jack. Nie da się tego wyrazić delikatniej. Ona nie żyje.

Oczy Jacka rozszerzyły się. Nie z rozpaczy, z niedowierzania.

– Tak być nie może, Tom! To nie może być prawda!

– Wiem, że trudno się pogodzić, ale tak brzmi prawda, Jack. Mama zginęła, niszcząc swego wroga. Poświęciła się. Dzięki jej poświęceniu cały świat stał się lepszym miejscem, nie tylko jej ojczyzna.

– Nie! Nie! – wrzeszczał Jack, z twarzą wykrzywioną grymasem rozpaczy. Próbowałem go objąć, jakoś pocieszyć, on jednak odepchnął mnie, wciąż powtarzając: – Nie! Nie!

James spokojniej przyjął wieści.

– Czułem, że tak się stanie – westchnął cicho. – Spodziewałem się.

Kiedy mnie uścisnął, poczułem, jak drży. Ale starał się trzymać fason.

Później Jack musiał się położyć. Reszta z nas usiadła w milczeniu przy kuchennym stole – prócz Ellie, która cicho płakała. Szczerze mówiąc, nie mogłem się już doczekać pożegnania. Czułem się okropnie, spotkanie z nimi otworzyło dawne rany, rozpacz po utracie mamy powróciła.

Ellie przyrządziła nam rosół – zmusiłem się, by zamoczyć w nim bułkę i zjeść. Trzeba nabrać sił na dalszą drogę. Zostaliśmy tylko parę godzin. Tuż przed odejściem poszedłem pożegnać się z Jackiem. Zastukałem lekko do drzwi jego pokoju. Nie odpowiedział. Po dwóch kolejnych próbach uchyliłem je powoli. Siedział na łóżku, oparty o zagłówek, twarz wykrzywiał mu smutek.

– Przyszedłem się pożegnać, Jack – powiedziałem. – Za jakiś miesiąc wrócę sprawdzić, jak się miewasz. James pomoże ci na farmie. Wszystko powinno być dobrze.

– Dobrze? – powtórzył z goryczą. – Jak cokolwiek może być jeszcze dobrze?

– Przepraszam, Jack. Mnie też jest smutno. Różnica polega na tym, że miałem kilka tygodni na oswojenie się z tą świadomością. Wciąż boli, lecz ból nieco zelżał. Z tobą stanie się tak samo. Daj sobie czas.

– Czas? Nigdy nie upłynie dość czasu...

W odpowiedzi jedynie zwiesiłem głowę. Nie przychodziło mi do głowy nic, co mogłoby go pocieszyć.

– Do zobaczenia, Jack – powiedziałem. – Niedługo wrócę, obiecuję.

Brat jedynie pokręcił głową, ale nie skończył jeszcze mówić. Gdy odwróciłem się do wyjścia, załkał głośno. Potem ciągnął powoli, głosem pełnym bólu i goryczy.

– Nic nie okazywało się takie samo, odkąd wstąpiłeś do terminu u stracharza. A kiedy pierwszy raz przyprowadziłeś na farmę tę dziewczynę, Alice, wszystko zaczęło się sypać. Jej obecność tutaj przyprawia mnie o mdłości. Wcześniej żyliśmy szczęśliwie. Naprawdę szczęśliwie. Ale ty przyniosłeś nam wyłącznie cierpienie.

Wyszedłem. Zamknąłem za sobą drzwi. Z jakichś przyczyn Jack obwiniał mnie o wszystko. Zresztą nie pierwszy raz. Nie ma sensu się bronić, wiedziałem. Po co gadać po próżnicy, skoro i tak nie zostanę wysłuchany? Oczywiście wszystko, od samego początku, stanowiło część planu mamy. Ale Jack nigdy by nie zrozumiał. Pozostawała mi nadzieja, że w końcu zacznie myśleć rozsądnie. Wiedziałem, że nie będzie łatwo i że proces ów zapowiada się na bardzo długo.

Ellie ofiarowała nam na drogę chleb oraz ser. Pożegnaliśmy się z nią i Jamesem. Nie uścisnęła mnie. Sprawiała wrażenie nieco chłodnej, zdystansowanej. Ale zdobyła się na obdarzenie Alice smutnym uśmiechem.

Stracharz czekał z psami w lesie na Wzgórzu Wisielców. Podczas naszej nieobecności wyciął mi nową laskę.

– Masz, chłopcze, na razie niech ci wystarczy taka – podał mi ją. – Prawdziwą, ze srebrzonym ostrzem, dostaniesz dopiero po powrocie, w Chipenden. Ale przynajmniej wyszukałem drewno jarzębiny i porządnie ją zaostrzyłem.

Nowa laska była świetnie wyważona, podziękowałem. Znów ruszyliśmy na północ. Po jakiejś godzinie zostawiłem stracharza. Zwolniłem kroku, by móc pomówić z Alice.

– Jack wini mnie za wszystko – powiedziałem. – Ale jednemu nie mogę zaprzeczyć. Chwila, gdy zostałem uczniem stracharza, stała się początkiem końca naszej rodziny.

Alice uścisnęła mi rękę.

– Twoja mama miała plan. I zrealizowała go, Tom. Powinieneś być z niej dumny. Kiedyś Jack zrozumie. Poza tym nadal pozostajesz w terminie u stracharza, wciąż uczysz się przy nim. Wkrótce wrócimy do Chipenden, zamieszkamy w jego domu, a ja znów będę przepisywała księgi. To nie jest złe życie, Tom, i nadal mamy siebie. Czyż nie tak?

– Istotnie, Alice – odparłem ze smutkiem. – Wciąż mamy siebie.

Alice ponownie uścisnęła mi dłoń. Z nieco lżejszymi sercami pomaszerowaliśmy w stronę Chipenden.

* * *

Większość z tego opisałem, odwołując się do pamięci, tylko w razie konieczności sięgałem do notesu. Jesteśmy z powrotem w Chipenden. Powróciliśmy do dawnego życia. Nadal uczę się mego fachu. Alice nadal przepisuje pilnie książki z biblioteki stracharza. Na wojnie idzie nam kiepsko – armia wroga prze na północ, w stronę

Hrabstwa, grabiąc i paląc wszystko na swej drodze. Stracharz niespokojnie słucha wieści. Obawia się o bezpieczeństwo swoich ksiąg.

Psy Arkwrighta, Szpon, Krew i Kość, oddaliśmy tymczasowo pod opiekę staremu pastuchowi, który mieszka niedaleko Long Ridge. Pamiętam, że trzeba znaleźć im stały dom. Na razie jednak odwiedzam je czasami, zawsze cieszą się na mój widok.

Słój krwi, jedyną obronę przed Złym, noszę stale w kieszeni. To tajemnica, którą dzielę z Alice: ona także go potrzebuje, tak samo jak ja, więc nigdy nie oddala się zbytnio od mego boku. Gdyby stracharz dowiedział się o słoju, roztrzaskałby go o kamień. Wtedy zaś nastąpiłby koniec nas wszystkich. Wiem jednak, że nadejdzie dzień zapłaty. W dniu, kiedy umrę, Zły będzie na mnie czekał, gotów zabrać mą duszę. To cena, jaką okupiłem zwycięstwo na Meteorach. Pozostała mi tylko jedna nadzieja: zniszczę go wcześniej. Nie wiem, jak to uczynię, ale mama wierzyła we mnie, więc ja także próbuję wierzyć, że to możliwe. Muszę znaleźć jakiś sposób.

*Thomas J. Ward*

# Spis treści